클링조르를 찾아서

EN BUSCADE KLINGSOR by Jorge Volpi

ⓒ 1999 Jorge Volpi

Korean Translation Copyright ⓒ 2006 by Dulnyouk Publishing Co.

All right reserved.

The Korean language edition published by arrangement with
Antonia Kerrigan Literary Agency through MOMO Agency, Seoul.

클링조르를 찾아서 2

ⓒ 들녘, 2006

초판 1쇄 발행일 · 2006년 3월 24일

지은이 · 호르헤 볼피
옮긴이 · 박규호
펴낸이 · 이정원

펴낸곳 · 도서출판 들녘
등록일자 · 1987년 12월 12일
등록번호 · 10-156

주소 · 경기도 파주시 교하읍 문발리 출판문화정보산업단지 513-9
전화 · 마케팅 (031)955-7374 편집 (031)955-7381
팩시밀리 · (031)955-7393
홈페이지 · www.ddd21.co.kr

＊값은 뒤표지에 있습니다. 잘못된 책은 구입하신 곳에서 바꿔드립니다.

ISBN 89-7527-528-0 (04870) (전2권)
         89-7527-530-2

En Busca de Klingsor

2

클링조르를 찾아서

호르헤 볼피 지음 | 박규호 옮김

들녘

차례

*3*부

* 이 소설을 이끌어가는 주요인물 가운데
  구스타프 링스, 프랜시스 베이컨, 이레네, 나탈리아, 마리안네는 가공인물입니다.

1947년 2월, 괴팅겐

그를 마지막으로 본 것이 채 2년도 안 되었지만 베이컨에겐 벌써 백 년도 더 지난 것 같은 생각이 들었다. 알소스 특명 팀이 하이젠베르크를 우르펠트에 있는 고향집에서 체포했던 그 청명한 봄날 아침과 베이컨이 머뭇거리며 괴팅겐 대학 물리학 연구소의 문을 노크하는 이 추운 겨울 아침 사이엔 아득한 심연이 자리 잡고 있었다. 최근에 막스 플랑크 연구소로 명칭이 바뀐 이 연구소는 얼마 전까지만 해도 카이저빌헬름 연구소라 불렸던 곳이다. 하이젠베르크가 전쟁이 끝날 무렵에 자신을 호송했던 젊은 장교를 아직도 기억하고 있으리라고는 생각하지 않았다. 그렇지만 베이컨은 이 위대한 과학자를 평범한 전쟁포로처럼 가족들이 보는 앞에서 체포해 폐허로 바뀐 유럽의 황폐한 산야를 가로지르며 길고 힘겨운 여행을 하게 만들었던 것이 전적으로 자신의 책임인 것처럼 몹시 부끄러웠다. 어쩌면 그는 바로 이런 이유 때문에 이 물리학자와 약속한 사실을 내게 미리 이야기해주지 않았을 것이다.

하이젠베르크가 청춘의 샘물을 마셨다는 나의 주장과 달리 베이컨은 그의 모습도 시간과 몰락 때문에 많이 변했다고 생각했다. 거의 은색에 가까운 금발의 하이젠베르크는 하룻밤 새에 파삭 늙어버린 병든 아이

7

같은 모습이었다. 전쟁의 고통과 궁핍, 패전, 연합군측의 원자탄 프로젝트 성공 소식들이 그의 얼굴에 지울 수 없는 흔적을 남겼다. 전쟁이 끝난 뒤 그의 내부에서는 무언가가 죽어버리고 말았다.(그건 하느님의 은총에 대한 확신 같은 게 아니었을까?) 그는 일찌감치 내부의 문을 굳게 닫아걸고 침묵했다. 이런 그에게서 고백을 이끌어내거나 친근함의 불씨를 살려낸다는 건 거의 불가능했다. 그는 예의바르고 정중했지만 딱딱하고 직설적이었으며 호의적이지도 않았다. 사실 그의 친절한 태도는 자긍심과 의무감에서 나온 것이지, 상대방을 편하게 해주려는 배려에서 나온 것은 아니었다. 가늘게 뜬 파란 두 눈에는 깊은 비애가 서려 있었다. 윤기를 잃은 흐릿한 눈동자는 가슴속의 우울한 공허를 숨기지 못했다. 그가 조금만 덜 엄격하고 덜 천재적이고 자존심이 덜 강했더라면 벌써 오래전에 절망에 빠졌거나 미쳐버렸을 것이다. 지독히도 독일적인 확고한 의지가 그를 현재의 위치에 똑바로 서 있게 했다. 한때 히틀러를 위해서 일했던 것과 같은 맹목적인 인내심이 그에게 독일의 미래를 위해 헌신케 했다. 하이젠베르크는 주어진 의무를 수행하는 태도로 아무런 인사말도 없이 무덤덤하게 베이컨을 맞아주었다. 두 사람 중 누구도 초면이 아닌 것을 일깨우지 않았다.

"프린스턴에서 공부했다고요?"

"그렇습니다. 대학을 마친 뒤에는 고등연구소에서 일했습니다."

"거긴 정말 좋은 곳이죠."

하이젠베르크의 말은 우울하게 들렸다. 그는 히틀러와 전쟁을 피해 미국에서 같이 일해보자는 동료들의 제안을 거절했다. 수많은 초청이 잇달았고, 이미 망명한 친구들이 그를 설득하려고 부단히 노력했지만 그는 끝내 마음을 바꾸지 않았다. 그는 고향인 독일에 남아 있었다. 그는 도망치지 않았고, 어떠한 것도 두려워하지 않았다.

"나는 아인슈타인, 괴델, 파울리 같은 사람들과 함께 일할 수 있다는 게 얼마나 대단한 특권인지 잘 알고 있습니다."

"파울리 교수와는 만날 기회가 없었습니다. 그분은 제가 군에 입대하고 난 뒤에 연구소로 오셨으니까요. 하지만 다른 분들은 다 만나보았습니다. 그건 정말 큰 특권이죠. 제 지도교수는 폰 노이만 교수님이셨습니다."

하이젠베르크는 아무런 대꾸도 하지 않았다. 마치 그 이름들이 침묵을 명하기라도 한 듯이.

"오래 귀찮게 해드리지 않겠습니다, 교수님. 이미 말씀드렸듯이 저는 물리학자입니다. 그런데 이번 방문은 물리학보다는 오히려 과학사와 더 관련된 것입니다. 저는 지난 20년 동안의 독일 과학연구에 대한 글을 준비 중입니다.(이건 사실 아주 완곡하게 표현한 것이고 정확히는 '나치 정권 시대의 독일 과학연구'라고 말해야 한다.) 그래서 교수님을 찾아뵙게 되었습니다."

"도움이 필요하다면 무엇이든 말하세요, 베이컨 박사. 알다시피 나는 몹시 바쁜 사람입니다만 당신의 물음에 대답할 시간 정도는 내드릴 수 있습니다."

"정말 감사합니다. 제겐 정말 큰 도움이 될 겁니다. 저는 교수님의 연구 성과에 대해 언제나 존경심과 감탄을 금하지 못했습니다. 이렇게 직접 만나뵙게 되니까 정말 꿈만 같습니다."

"그렇게까지 말할 필요는 없어요. 누구도 이런 만남을 미리 알 수는 없으니까요."

"이렇게 시간을 내주신 교수님의 아량에 다시 한 번 깊이 감사드립니다."

베이컨은 지나칠 정도로 공손하게 굴었다.

"교수님께 지나치게 폐가 안 된다면 슈타르크 교수에 대한 이야기를 듣고 싶습니다."

"그건 이미 모두 말했어요. 정말 미안합니다."

하이젠베르크의 말투엔 경멸의 기색이 역력했다.

"그 사람에 대한 재판이 진행될 때 나도 증인으로 소환되었습니다. 관심이 있다면 재판기록을 찾아보세요."

"그건 이미 읽어보았습니다, 교수님. 귀찮게 해드릴 생각은 없지만 그 사건에 대한 교수님의 말씀을 직접 듣고 싶습니다. 이렇게 찾아온 것도 개인적으로 그 이야기를 나누기 위해서입니다."

"그걸 꼭 들어야겠습니까?"

"그렇습니다."

하이젠베르크는 몸을 뒤로 기대고 두 손을 맞잡았다. 그동안 똑같은 이야기를 얼마나 자주 말해야 했던가? 슈타르크와 자신의 적대관계에 대해 얼마나 여러 번 되풀이했던가?

"그럼 박사, 당신이 먼저 질문을 하세요. 그러면 내가 가능한 한 충실하게 대답하겠습니다."

"좋습니다."

베이컨은 연필과 노트를 꺼내들고 잠시 생각을 정리한 뒤 물음을 시작했다.

"슈타르크 교수와의 갈등은 언제 시작되었습니까?"

"그건 나에 대한 슈타르크의 적개심을 말하는 겁니까?"

"그렇습니다."

"나도 가끔 거기에 대해서 생각합니다. 처음에는 그것이 개인적인 원한인 줄 알았습니다. 그의 공격이 지나치게 심했고, 나에 대한 증오심이 너무 컸으니까요. 당시 슈타르크와 같은 인물에게 그렇게 나쁘게 보인다는 건 정말 심각한 문제를 초래하는 일이었습니다."

하이젠베르크는 무덤덤하게 말하려고 애썼다.

"나치 팸플릿에 실린 그의 비판은 정말 지독했습니다. 난 그 덕에 산 송장이나 다름없는 존재가 되었고요. 갑자기 모든 사람들이 내게 문을 닫아걸었습니다. 나와 내 가족의 안전마저도 위험한 지경에 이르렀습니다."

"그런데 지금 생각은 다르십니까?"

"지금은 슈타르크의 증오가 자기와 다르게 생각하는 모든 사람을 향한 것이었다고 생각합니다. 실제로 그는 노벨상을 받은 이후부터 갑자기 이류 물리학자로 전락했어요. 그의 인생은 노벨상이라는 정점을 지난 뒤 줄곧 실패를 거듭했습니다. 그러더니 당에 들어가 히틀러를 위해 일하기 시작했습니다. 다른 나치들처럼 그 역시 독일에 해가 된다고 여겨지는 모든 사람들을 증오했습니다. 그 사람들이 누구였을 것 같아요? 슈타르크에게 그건 아주 분명했습니다. 바로 양자역학이라는 새로운 과학에 종사하는 우리 물리학자들이었습니다. 그에게는 양자역학이 너무 어려웠어요. 자신이 전혀 두각을 나타낼 수 없는 그런 분야였지요."

"그럼 단순한 앙심으로 그런 일을 저질렀다는 말씀이십니까?"

"네, 복수심과 좌절감 때문이었습니다. 물론 여기엔 또 다른 이유도 작용했습니다. 우리와 전혀 일치할 수 없었던 그의 물리학관입니다. 그 것은 플랑크와 아인슈타인 그리고 그들의 후계자인 우리가 가지고 있던 물리학관과는 전혀 다른 것이었어요. 그에게는 우리의 새로운 물리학을 이해할 능력이 없었습니다."

"그는 좋은 과학자가 아니었습니까?"

"그렇진 않아요. 다만 그는 좋은 인간이 아니었습니다. 노벨상은 그의 재능을 입증해주었습니다만 그는 안타깝게도 너무나 이기적이고 천

박했어요. 실험물리학을 ─ 그는 실용물리학이라는 개념을 더 좋아했어요 ─ 다시 일으켜 세우려는 욕심에서, 그의 눈으로는 너무 독단적으로 보였던, 이론물리학을 발전시킨 우리 모두에게 저주와 비난을 퍼붓는 것을 자기 과제로 삼았던 겁니다. 그리고 당연히 그의 반유대주의도 한몫했고요. 이 모든 것의 결과가 바로 저 어처구니없는 '독일 물리학'의 탄생이었습니다."

"1937년 7월 〈슈바르처 코르푸스〉 지에 교수님을 '백색 유대인'이라고 욕하는 익명의 기사가 실렸습니다. 그 뒤를 이어 '과학의 정치적 실패', '과학계의 백색 유대인', '물리학의 실용주의와 독단주의' 같은 슈타르크의 글들이 속속 발표되었습니다. 마지막 것은 영국 잡지 〈네이처〉에 실렸던 글입니다. 이런 글들이 교수님의 인생행로에 어떤 영향을 끼쳤습니까?"

"그 즈음 나는 라이프치히 대학에 자리 잡고 있었습니다. 내가 스승인 아르놀트 좀머펠트 교수의 뒤를 이어 뮌헨 대학 교수에 임용되리라는 것은 공공연한 사실이었습니다. 그런데 슈타르크의 공격으로 나는 경쟁에서 탈락했고 결국 '독일 물리학' 쪽 인물인 빌헬름 뮐러가 그 자리를 차지했습니다. 내가 얼마나 큰 압박을 느꼈을지 한 번 상상해보십시오. 그 굴욕감과 불안감은 이루 말로 다하지 못할 정도였습니다. SS에서는 나에 대한 대대적인 조사가 이루어지고 있었습니다. 정말 끔찍한 시기였어요."

"교수님께선 어떻게 하셨습니까?"

"내가 할 수 있는 유일한 행동은 방어하는 것이었습니다. 공개적으로 내 생각을 밝혀, 내 이름을 다시 깨끗하게 씻어내는 것이었습니다."

"결국에는 명예를 회복하셨잖습니까?"

"적어도 한 번은 성공했다고 말할 수 있겠지요."

"히믈러가 교수님께 호의를 베푼 덕택이었습니까?"

"정확하게 말하자면, 뜻밖에도 나치 관료가 생애 처음으로 정의를 제대로 인식했기 때문이라고 봐야겠지요."

베이컨은 이쯤해서 대화의 주제를 바꾸었다. 하이젠베르크를 너무 빨리 흥분시켜서는 안 되기 때문이었다.

"전후의 나치 세력 색출과정에서 슈타르크는 자신에겐 아무런 잘못도 없다고 주장했습니다. 하지만 트라운슈타인의 특별재판소는 그에게 4년의 강제노동을 선고했습니다. 슈타르크는 뮌헨의 상급법원에 항소했습니다. 거기서 그는 세 가지 죄목으로 기소되었습니다. 첫째는 트라운슈타인 지역에서의 정치활동, 둘째는 1933년 이전에 히틀러와 나치를 지원한 행위, 셋째는 연구협회와 제국물리기술협회의 회장직 수행이 그 죄목이었습니다. 항소심에서 앞의 두 가지 기소사실은 증거불충분으로 기각되었지만, 과학적 활동과 관련한 세 번째 것에 대해서만은 재판을 진행했습니다. 이미 말씀하셨듯이 그때 교수님께선 증인으로 그 법정에 출두하셨습니다. 그때 무슨 말씀을 하셨는지 다시 들어볼 수 있습니까?"

"재판기록은 이미 다 읽어봤다고 하지 않았습니까?"

하이젠베르크가 얼굴을 찡그렸다.

"어쨌든 다시 한 번 말씀드리지요. 나는 두 가지의 구체적인 질문을 받았습니다. 하나는 슈타르크의 실용물리학과 이론물리학 구분이 그의 반유대주의에 기초한 것이냐는 질문이었고, 또 하나는 제3제국 시절 상대성이론에 대한 금지령이 내려진 것에 슈타르크가 어떤 역할을 했는가 하는 질문이었습니다. 나는 오직 사실에 근거해서 대답했습니다. 슈타르크는 격렬한 반유대주의자라기보다 지나치게 권력에 도취되었던 인물이었습니다."

베이컨은 기록을 살펴보았다.

"여기에 보면 법정에서 아인슈타인에게도 의견을 물었다고 나와 있습니다. 아인슈타인도 슈타르크가 기회주의적인 편집광이긴 하지만 반유대주의자는 아니라고 대답했습니다."

하이젠베르크는 아무 말도 덧붙이지 않았다.

"왜죠?"

베이컨이 의심스럽다는 듯 물었다.

"왜 아인슈타인과 교수님은 그를 변호하신 겁니까? 슈타르크는 히틀러를 처음부터 지지했던 몇 안 되는 과학자들 중 한 사람입니다. 그의 죄는 이미 명백했습니다. 교수님께선 슈타르크와 레나르트가 '독일 물리학'의 결성과 상대성이론에 대한 공격에 대해 가장 큰 책임을 져야 한다고 말씀하셨습니다."

"그랬습니다."

"그러나 뮌헨의 항소심 법정은 과학적 논쟁에 대한 판결능력이 없으므로 그 부분에 대한 판결을 기각하고 슈타르크에게 겨우 1천 마르크의 벌금형을 언도했습니다."

"그 소식은 나도 들었습니다."

"그후 슈타르크 교수는 다시 자유의 몸이 되었습니다. 그는 자신이 무죄라면서 나치 조직에 맞서, 특히 SS의 횡포에 맞서 학문의 자유를 지키기 위해 싸웠노라고 떠들어대고 있습니다. 영웅이라도 된 듯이 말입니다."

"그 사람은 전에도 늘 그런 과대망상증을 갖고 있었습니다. 항상 자기를 희생자라고 생각했지요."

"도대체 그가 누구에게 희생을 당했다는 겁니까?"

"유대인들에게, 그리고 그가 지지했던 나치에게 희생을 당했다는 겁니다. 거기에 대해서 내가 무슨 말을 하겠습니까? 다만 진실이 무엇인지 명확하다는 게 다행일 뿐입니다."

"정말 나치가 그에게 등을 돌렸습니까?"

"그렇다고 말할 수도 있습니다."

"왜 그랬는지 아십니까?"

베이컨이 아무것도 모르는 척 물었다.

"그들에게 거슬리는 행동을 했습니까? 아니면 나치의 정책에 거역을 했나요?"

"내 생각에, 당에서도 여러 해 동안 그를 겪어보고 나서 결론적으로 쓸모없는 과학자란 사실을 깨달은 것 같습니다."

"무슨 뜻입니까?"

"그는 모든 게 말뿐이었어요. '독일 물리학'이란 것도 그저 장황한 말장난에 불과했습니다."

"나치가 구체적인 성과를 원했다는 말씀이십니까?"

"물론입니다."

"결국 슈타르크가 더 이상 도움이 안 된다고 여긴 그들이 점차 그의 존재 자체를 망각한 것입니까?"

하이젠베르크가 고개를 끄덕였다.

"그 대신 나치는 다른 쪽 진영으로, 즉 교수님과 이른바 '아인슈타인 도당'에게로 눈을 돌렸겠군요."

"학문의 진리는 오직 하나뿐입니다, 베이컨 박사. 장기적으로 보면 그가 아니라 우리가 올바른 길 위에 있다는 건 누구나 다 알 수 있는 일입니다."

"그의 실패 원인은 이데올로기가 아니라 학문 자체에 있었다는 말씀이군요."

"그렇습니다."

"시간 내주셔서 정말 감사합니다, 교수님. 제가 너무 귀찮게 해드린 건 아닌지 모르겠습니다."

"천만에요. 물론 과학이 좀 더 중요한 문제들과 씨름해야 한다는 건 박사나 나나 다 아는 얘기지만, 앞으로도 언제든 내 도움이 필요하면 방문해주십시오."

집채만 한 파도가 해안을 공략하려는 듯 거칠게 바위를 때려댔다. 수천 수억의 분자와 원자들이 거센 폭풍에도 끄떡없이 버티고 선 성벽을 향해 돌진했다. 바다는 세상 끝까지 닿아 있는 무한한 어둠에 잠겨 있었다. 잿빛 하늘은 가볍게 흐르는 구름 위에서 가파른 해안선을 따라 벌어지는 격렬한 전투를 내려다보고 있었다. 옛 사람들이 성난 파도들을 세이렌의 노래라고 상상한 것은 당연하다. 해변의 동굴과 암초를 통과할 때, 거대한 손길이 깎아놓은 듯 뾰족하게 날이 선 가파른 비탈을 휩쓸며 지나갈 때, 바람은 마치 인간들이 울부짖는 듯 소리를 질러댔다.

폭풍이 엄청난 속도로 분노를 쏟아내고 있는 이곳은 북부 니더작센의 해안에서 멀리 떨어진 외딴 섬이다. 섬도 육지와 마찬가지로 확고하게 뿌리를 박고 있지만 늘 표류하는 배처럼 흔들리며 살아간다. 영원한 적수인 바다는 잠시도 공격을 멈추지 않지만 세계의 끝자락에 있는 이 작은 섬을 집어삼키지는 못한다. 납빛의 희미한 빛줄기는(아직 밝은 광선이 되지 못한 희뿌연 광자 덩어리에 불과하지만) 사라진 배들과 방황하는 유령들, 피에 굶주린 괴물들, 난파당한 해적들의 윤곽을 그려내며 서서히 어둠을 밝혔다. 잠시 후, 거센 폭풍 속에서 슬그머니 빠져나와 말없이 플랑크톤과 해초로 배를 채우고 있는 게으른 고래의 둥근 배처럼 헬골란트 섬이 모습을 드러냈다.

폭풍은 서서히 가라앉으며 기류의 흐름 속으로 스며들었고, 세상은 힘겹게 평온을 찾아갔다. 거인 바다와 육지는 휴전협정을 맺은 듯 다시 제자리로 돌아가 상처를 치유하는 중이다. 선한 신이 그 협정을 축하하듯 먹구름들은 순식간에 흩어졌다. 석양의 붉은 기운이 잣나무 숲 위에 깃들인다. 저만치 멀리 떨어진 배에서 바라보는 석양은 바다 한가운데에서 영롱한 불빛들이 교접을 펼치는 것 같으리라. 스러져가는 하얀 해는 황혼의 투명한 품속에서 마지막 사투를 벌이고 있다.

눈을 찡그리고 자세히 바라보니 높이 치솟은 바위 위에 하늘을 지키는 보초처럼 한 사내가 서 있다. 비옷을 걸친 젊은이의 모습이 어렴풋이 눈에 들어온다. 그는 하늘에서 벌어지는 이 기적과 같은 광경의 증인이 되려는 듯 꼼짝 않고 서 있다. 짧은 순간에 벌어진 거친 싸움과 장엄한 휴전협정의 과정을 겁도 없이 꼿꼿이 선 채 지켜보고 있다. 여름이 채 시작되지도 않았는데 수많은 별똥별들이 강렬한 섬광을 발하며 섬 위로 쏟아져 내린다. 젊은이는 이미 감각이 없어진 두 손을 마주 비볐다. 누가 보면 하늘을 향해 소원을 빌고 있는 줄 알리라. 하지만 그는 두 손에 입김을 호호 불어넣고 있는 중이다. 가녀린 수증기가 피어올랐다가 곧 공기 중으로 흩어졌다. 멀리서 해가 구름 사이로 잠깐 다시 모습을 나타냈다가 이젠 정말 완전히 사라졌다.(저것이 다음 날 다시 돌아오리라고 누가 확실하게 말할 수 있을 텐가?) 그러자 오랜 기다림을 보상해주는 듯 어두운 밤의 나라는 순식간에 수천 수만의 수줍은 개똥벌레들로 가득 채워졌다. 젊은이는 천천히 그것들을 헤아려본다. 우리가 모두 똑같은 물질로 만들어졌다는 걸 누가 부정할 수 있으랴! 어느 별이나 중심에선 전자들이 천상의 음악에 맞춰 춤추고 있으며, 진정한 천상의 조화는 허공을 비행하는 불덩이 속에서 이루어지는 변형과 돌연변이를 통해 비로소 실현된다.

젊은이의 얼굴에 신비스런 미소가 번졌다. 어린애 같은 그 얼굴은 바로 뮌헨의 신동 하이젠베르크의 것이다. 오늘이 그가 이 섬에서 보내는 마지막 날이었다. 깊은 우수에 빠져들면서도 그는 일을 모두 끝마쳤다는 홀가분함에 상쾌해졌다. 악령과 맞선 그는 마침내 승리했다. 악령들은 지금 그를 둘러싸고 있는 바다의 정령들만큼이나 막강했다. 그의 머릿속에서는 자연에서와 같은 변화가 일어났다. 큰 별 하나가 사라지고, 그 자리에 수백 개의 작은, 아름다운 별들이 나타났다. 지난 열흘 동안 하이젠베르크는 최악의 적을 맞아 싸웠다. 그것은 거울을 들여다볼 때면 언제나 나타나는 적, 바로 자기 내부의 조급함이었다. 그 열흘 동안 그는 옛 은자의 방식에 따라 시대의 모든 유혹으로부터 물러나 있었다. 성자 시몬은 자신의 세계가 단 하나의 지주 위에 세워져 있음을 알고 있었고, 성자 히에로니무스는 인간들보다 사자들과 함께 있는 것을 더 좋아했다. 이는 위대한 계시가 심연의 맨 끝자리에 있는 깊디깊은 고독 속에서만 이루어진다는 것을 뜻한다. 동류의 사람들로부터, 즉 그가 발견해낸 물리학의 미묘한 비밀을 이해할 수 있는 사람들로부터 수백 킬로미터나 떨어진 이 북해의 고도孤島가 하이젠베르크를 위한 암자이자 낙원이었다.

정말 깨달음을 얻은 것인가? 그는 한 번도 감히 그렇게 말하지 않았지만 내면 깊은 곳에서는 그것이 바로 깨달음이었다는 것을 알고 있다. 계시의 비밀은 이곳에서 갑자기 떠오른 생각에서 출발해 마침내 창조의 퍼즐을 모두 맞출 수 있게 해주었다. 모든 조각들이 제자리를 찾았다. 빈 곳들은 한 번도 존재한 적이 없는 것처럼 가득 채워졌다. 모든 것이 그저 착시였다는 듯이, 이제껏 자연법칙을 잘못 보고 있었다는 듯이. 이런 깨달음의 순간보다 더 감동적인 게 세상 어디에 있겠는가?

그는 밤낮으로 쉬지 않고 일했다. 새로운 생각들이 돌풍처럼, 사람을 사유 기계로 변형시키는 바이러스처럼 그의 머릿속으로 쇄도했다. 그는 단 1분도 잠들지 않았다. 계속해서 생각하고 또 생각했다. 모든 것이 정확하고 통일된 우주로 정리될 수 있을 때까지 몇 번이고 세계를 새로 구성하고, 원소들의 불가해한 스펙트럼 선들과 싸우고, 수천의 수학 공식들을 검토했다. 며칠 동안 씻지도 않고 옷을 갈아입지도 않은 채 그렇게 일에 몰두해서 마침내 기력이 모두 소진되었음을 느꼈을 때, 드디어 승리의 확신이 찾아왔다. 미쳐버리기 직전에 그는 마침내 해냈다.

이제 하이젠베르크는 마음껏 웃었다. 그는 사람들 앞에서 한 번도 그렇게 크게 소리내어 웃어본 적이 없었다. 배를 쥐고 허리를 구부리며 미친 듯이 웃는다. 드디어 자기 연구의 의미를 깨달은, 어릴 적부터 꿈꿔온 보물을 마침내 얻게 된 남자의 웃음이다. 어떤 이들에게 이것은 그저 천재적인 착상에 의해 얻어진 하나의 수학공식으로 보일는지도 모른다. 하지만 그는 안다. 오직 그만이 확실하게 안다. 그보다 수천 수만 배 더 위대한 업적이란 걸. 완벽한 완성품이란 걸!

그는 천천히 섬의 남쪽 끝자락에 있는 숙소로 발걸음을 옮긴다. 조금도 서둘지 않았다. 다시 문명의 세계로 돌아간 뒤에야 비로소 그는 자신의 연구 성과를 사람들에게 빨리 알리려고 할 것이다. 예언자에겐 항상 제자가 따르는 법. 코펜하겐으로 또는 괴팅겐이나 뮌헨으로 돌아가기 전에 그는 함부르크에 들러 파울리를 만날 것이다. 그리고 그를 행렬역학의 예언자로, 자신의 첫 제자로 삼을 셈이다. 그러나 우선 그는 또 하룻밤을 이곳 헬골란트에서 홀로 보낼 것이다. 거센 밤바람으로부터 자신을 지켜준 여인숙의 비좁은 방 안에서 마지막 야간보초를 설 것이다.

"갑자기 혼자 찾아가는 게 낫겠다는 생각이 들었어요, 교수님."

내가 기분 나쁜 기색을 보이자 베이컨이 자기 행동을 사과했다.

"생각해보세요. 지난번에 저는 그를 체포했어요. 그를 호송하면서도 거의 아무런 말도 건네지 않았어요. 거리를 두고 무언의 비난을 퍼붓기까지 했거든요. 그래서 이번에는 혼자 찾아가 그때의 행동을 어떤 식으로든 사과하고 싶었어요."

"당신이 그에게 사과할 이유가 뭐 있겠는가. 하지만 다 지나간 일이니 더는 말하지 말게. 그보다도 그와 무슨 얘길 나누었는지 그걸 좀 듣고 싶군."

"그에 관한 의혹들은 거론하지 않았어요."

"그럼 날씨 얘기나 나누었나 보군. 아니면 물리학 토론?"

"주로 슈타르크에 대해 얘기했어요."

베이컨은 삐딱한 나의 말투에 개의치 않고 무덤덤하게 대답했다.

"내가 한 번 맞혀볼까, 중위? 하이젠베르크는 또 똑같은 소리를 떠들어댔을 거야. 독일에서 히틀러에게 직접적으로 협조한 과학자들은 슈타르크와 레나르트 같은 '독일 물리학' 패거리들뿐이다. 우리 나머지 과학자들은 정치와 무관하게 오직 연구에만 힘썼을 뿐이다, 라고 말이야."

"꽤 불만스러운가 보군요. 그렇다면 교수님은 그에 대해 어떤 버전을 가지고 계셨나요?"

"진실은 거짓보다 훨씬 포착하기가 어려워, 중위."

"요즘도 하이젠베르크를 만나시나요?"

"굳이 알고 싶다면 고백하지. 그가 체포된 이후로 나는 그와 더 이상 말을 나누지 않았네. 적어도 전처럼은 아니야."

"이유가 뭐죠?"

"수학적으로 말하자면, 서로 직각으로 교차된 두 직선은 아무리 멀리 나아가도 결코 만날 수 없는 거지."

"공간이 휘어져 있을 경우엔 얘기가 달라지지요."

"그래, 비유가 적절치 못했던 것 같군. 하지만 내 말뜻은 이해할 수 있겠지?"

"그럼 그후로 두 분은 한 번도 서로 연락한 적이 없나요?"

"물론 없네. 무엇보다도 하이젠베르크가 그걸 원하지 않을걸. 그는 불편했던 과거를 가능한 한 멀리 떼어놓고 싶어 할 테니까."

"교수님의 말씀에선 상당한 불신이 느껴지는군요."

"나의 불신은 말이 아니라 사실에 근거한 거야. 그의 직접적인 행동에 근거한 거란 말이지. 우리의 나무랄 데 없는 하이젠베르크 교수가 전쟁 중에 어떻게 행동했는지 한 번 자세히 살펴보게. 그러면 내 말이 무슨 뜻인지 분명히 이해할 수 있을 걸세."

"왜 제게 좀 더 분명하게 말씀해주시지 않나요, 교수님? 우린 서로 신뢰하기로 약속했잖아요."

나는 헛기침을 했다. 그 물음에 아직 대답할 마음이 없었다.

"슈타르크와 벌어졌던 사건이 어떻게 끝났는지 하이젠베르크가 말하던가?"

"네, 제가 물었더니 히믈러가 도움을 주었다고 하더군요. 그는 그것을 비뚤어진 인간이 정의를 실천한 매우 드문 경우라고 했습니다."

나는 아무 말도 하지 않았다. 여기서 맞느니 틀리느니 하는 것은 아무런 의미도 없다. 문제의 진실은 스스로 드러나야 한다.

"왜 아무 말씀이 없죠? 하이젠베르크가 무언가를 감추고 있다고 믿는다면 분명하게 말씀해주세요, 교수님."

베이컨은 서로의 입장보다는 우정에 호소하는 듯한 목소리로 말했다.

"중위……."

조심스럽게 말을 꺼냈다.

"우리는 누구나 무언가를 감추고 있네. 그건 당신이나 나나 마찬가지야. 과거에 저지른 잘못이나 늘 후회하게 되는 실수, 아무도 모르게 덮어버리고 싶은 과오 따위들을 감추지. 하이젠베르크 같은 사람은, 솔직히 말하자면, 그런 식으로 감추고 싶은 비밀이 아주 많을 거라고 생각하네."

"그게 도대체 뭐냔 말입니다! 전 그걸 알아야 해요."

"이제 그를 잘 알게 되었으니 직접 물어보게."

"교수님, 제발 그러지 마세요."

"내가 알고 있는 건 전부 다 말했으니까."

내가 쌀쌀맞게 말했다.

"이제 그만 가봐야겠어, 중위. 내겐 할 일이 있네. 이렇게 유령이나 뒤쫓으며 평생을 보낼 수는 없지 않잖나? 그럼 이만."

"난 도저히 이해할 수가 없어, 이레네."

베이컨은 벌거벗은 채 침대에 엎드려 있었다. 이레네는 가늘지만 억센 손으로 그의 목과 어깨를 마사지해주고 있었다.

"그 링스 교수란 사람, 난 처음부터 맘에 들지 않았어요. 전에도 말했잖아요."

"그는 자기에게 말도 안 하고 하이젠베르크를 찾아갔다고 몹시 화를 냈어. 그럼 내가 일일이 자기에게 허락을 받아야 한다는 거야, 뭐야, 도대체?"

여자가 중위의 목을 더욱 세게 문질렀다.

"그가 뭐라고 해요?"

"하이젠베르크가 뭔가를 감추고 있다는 듯이 말했어."

"그냥 화가 나서 그런 걸 거예요. 자기를 무시했다고 생각해서요."

"아니야. 그 순간 링스의 얼굴을 봤다면 당신도 그 말이 진심이라는 걸 알았을 거야. 내 생각에 그와 하이젠베르크 사이에는 뭔가가 있어. 어쩌면 링스가 체포되었을 때 무슨 일이 있었는지도 모르지."

"하이젠베르크가 그를 배신했다고 말하려는 거예요?"

"그럴 수도 있지. 내 전 상관이었던 호우트스미트도 비슷한 말을 한 적이 있어. 하이젠베르크의 점잖고 정당해 보이는 태도 뒤편에는 감히 나치에 맞설 용기가 없었던 비겁하고 저열한 인간이 숨어 있다고."

"그가 정말 클링조르일 거라고 믿어요?"

"모르겠어."

"왜 다른 사람과는 말해보지 않죠? 물리학자들 중에 하이젠베르크와 나치의 관계에 대해서 말해줄 사람이 분명히 더 있을 텐데요."

"떠오르는 사람 있어?"

"당신이 말했잖아요. 하이젠베르크와 거의 동시에 양자물리학을 발견한 물리학자가 있다고."

"슈뢰딩거 말이로군. 그는 오래전부터 하이젠베르크와 보어의 최대 적수였어. 그들은 누구의 이론이 옳은지를 놓고 오랫동안 경쟁을 벌였지. 하이젠베르크는 헬골란트에서 행렬역학을 발견했고, 그보다 불과 일주일 뒤에 슈뢰딩거는 아로사에서 파동역학을 발견했거든. 두 사람 사이에 심한 논쟁이 벌어졌는데 싸움은 아주 희한하게 끝났지. 갈등이 극에 달했을 때 슈뢰딩거가 마치 솔로몬처럼 극적인 해결책을 발견했어. 그게 뭔지 알아? 사실은 두 사람은 똑같은 얘기를 다른 방식으로 말하고 있었다는 거지. 싸움은 하루아침에 싱겁게 끝나버렸어. 그후 슈뢰딩거는 유대인이 아니었는데도 전쟁이 시작되기 직전에 나치와 문제가 생겨 결국 더블린으로 도망친 거야. 그곳에서 그는 프린스턴에 있는 것과 같은 연구소를 설립했어."

"그는 아직도 더블린에서 사나요?"

이레네는 영리한 미소를 지어 보이며 베이컨을 돌아눕게 했다. 베이컨을 받아들이기 직전에 그녀는 그의 얼굴을 의미심장하게 바라보았다.

"무슨 좋은 아이디어라도 있어?"

"난 아직 한 번도 더블린에 못 가봤어요."

"어디로 간다고?"

나는 깜짝 놀라서 베이컨에게 되물었다.

"더블린이라고 말씀드렸잖아요."

"그건 말도 안 돼."

"글쎄요. 굳이 안 될 것도 없는 것 같은데요, 교수님?"

"슈뢰딩거가 우리 일에 도움이 될 거라고 생각해? 당신은 그를 몰라."

"잘 모르기 때문에 시도해보려는 겁니다."

베이컨은 여자 때문에 판단력을 완전히 잃어버린 것 같았다. 그는 이렇게 덧붙였다.

"교수님도 우리와 함께 가시겠어요?"

"우리?"

"이레네와 저 말입니다."

"중위, 당신의 기분을 망쳐버리고 싶은 생각은 없네만 이것은 공적인 임무야. 조사와 직접적인 관련이 없는 사람을 함께 데려가도 되는 건지 나는 정말 모르겠군."

"그냥 우리와 함께 가실 건지 아닌지만 대답해주세요, 교수님."

그가 단호한 눈초리로 쳐다보았다.

"중위가 꼭 그렇게 해야겠다면 하는 수 없군."

"너무 바쁘시면 굳이 안 가셔도 됩니다."

"아니, 됐어."

하는 수 없었다. 일을 망치지 않으려면 내가 물러설 수밖에.

"함께 가겠네."

"좋습니다. 그럼 필요한 준비를 하도록 하겠습니다."

관찰의 위험

1940년 2월, 베를린

양자이론이 던진 기이한 문제의 하나는 현실을 관찰하는 연구자와 관찰된 현실 간의 새로운 관계다. 고전물리학자에게 그것은 아무런 논란거리도 되지 못했다. 울타리의 한쪽에는 신비에 싸인 세계가 있고, 다른 쪽에는 그 신비를 풀기 위해 노력하는 성실한 물리학자가 있다. 여기에 뭐 문제될 것이 있겠는가? 과학자가 측정하고 계산하고 예측하고 수정하는 과정에서 반대편의 역할, 즉 세계의 역할은 기본적으로 수동적일 수밖에 없다. 다시 말해서 세계는 자신에 대한 측정, 계산, 예측, 수정을 허용할 수밖에 없고, 또 그것이 전부다.

이 틀은 1925년부터 붕괴되기 시작했다. 양자론과 그에 따른 새로운 발견들이 등장하면서 현실에 대한 측정과 같이 전혀 논란의 여지가 없어 보이던 것들까지도 모두 새롭게 기술해야만 할 필요가 생겼다. 새로운 물리학에 따르면 관찰자와 관찰대상의 관계는 더 이상 뉴턴 역학에서처럼 독립성의 법칙에 포함되지 않았다. 물리학자들에게 원자보다 더 작은 세계가 존재한다는 사실보다 더 충격적이었던 건 그 세계를 측정하는 일 자체가 측정대상으로 바뀌었다는 사실이었다. 다시 말해서 과학자가 현실을 탐구하는 행위를 통해서 현실 자체가 변한다는 것이었다. 따라서 측정 이후의 현실은 전과 다른 것이 되어버렸다. 이 얼마나 놀라운 발견인가! 과학자는 더 이상 책임에서 자유롭지 못했다. 그의 시선은 세계의 질서를 뒤흔들어놓기에 충분했다.

거의 사흘에 한 번꼴로 나는 똑같은 고문을 당했다. 나탈리아와 마리안네는 내가 근처에 있든 말든 상관없이 서재에 틀어박혀 은밀한 이야기를 속삭이며 두 사람만의 놀이에 탐닉했다. 처음에 나는 그 일을 오랜 친구 사이인 두 여인이 어쩌다 한 번 감정에 빠져 저지른 실수 정도로 여겼다. 나탈리아의 두려움과 마리안네의 연민이 만들어낸 순진한 과실로. 전쟁 중에 끔찍한 일을 겪다 보면 사람들의 감정과 행동이 곧잘 혼란에 빠져버리기 때문이다. 하지만 곧 그렇지 않을 거란 의심이 들었다. 비록 두 사람을 몰래 감시하지는 않았지만 내 방에 앉아 있을 때 나는 지금쯤 두 사람이 무슨 짓을 하고 있을까 하는 의문에 끝없이 시달려야 했다. 두 번 정도 모른 척하고 서재로 불쑥 들어갔다. 책을 찾을 게 있다고 하면서. 그럴 때마다 매번 두 사람이 소파에 아주 가까이 붙어 앉아 얘기를 나누고 있는 게 보였다. 그들은 내가 들어오는 것도 알아채지 못한 것 같았다. 나는 두 사람이 불편해할까 봐 얼른 아무 책이나 집어들고 그곳을 나왔다. 하지만 다시 방 안에서 숫자와 공식을 앞에 놓고 앉으면 두 사람이 불과 몇 미터 옆에서 무슨 짓을 저지르고 있는지 궁금해졌다.

한번은 조용히 방을 빠져나와 발끝을 들고 살금살금 서재 쪽으로 가보기도 했다. 그러고는 문 뒤에 서서 두 사람이 무슨 얘기를 나누는지 들어보려고 했다. 사랑의 말을 속삭일까? 아니면 죄악의 침묵을 만들어내고 있을까? 그러나 의심은 어떤 형태로도 확실하게 입증되지 않았다. 그들은 낮은 소리로 무슨 이야기인가 하고 있었지만 그것만으로는 증거가 충분치 않았다. 도대체 어떻게 해야 하지? 나는, 잘될지 확신할 수는 없었지만, 마리안네가 나의 의심을 눈치 채지 못하도록 무척 노력했다. 우리는 몹시 시끄러운 시절에 살고 있었다(놀랍게도 모든 전선에서 우리 군대는 승리에 승리를 거듭했다). 어쩌면 그 때문에 마리안네에게 갑작스런 나의 변화가 눈에 띄지 않았는지도 모른다. 나의 근심과 잠 못 이루는 밤들이 전쟁 때문이 아니라고, 히틀러가 뭐라고 떠들던 아무 상관도 없다고 어떻게 내 입으로 그녀에게 말할 수 있겠는가? 나는 한 줄의 공식도 제대로 만들어낼 수 없는 지경이 되었다.

그후에 벌어진 일은 순전히 나의 아이디어에서 나왔다. 그렇기 때문에 나 또한 우리들의 문제에 대해 책임을 져야 한다. 하루는 마리안네가 지나가는 말투로 베를린을 떠나 먼 곳으로 휴가를 떠났으면 좋겠다고 했다. 그때 나는 몹시 흥분해 있었기 때문에 그 말을 별로 주의 깊게 듣지 않고서 그냥 싫다고 대답했다. 그런데 몇 시간쯤 뒤 문득 아주 좋은 기회가 되리란 생각이 들었다. 나는 곧바로 아내에게 달려갔다.

"마리안네, 다시 생각해보니 아주 좋은 생각인 것 같아. 우린 모든 것에서 좀 벗어날 필요가 있어."

"휴가 말이야?"

"그래. 어디 조용한 휴양지나 시골 같은 데로 떠날까?"

"당신도 그렇게 생각한다니 정말 다행이야. 이번 여행은 우리 두 사람에게 아주 좋은 시간이 될 거야."

마리안네는 내 제안을 무척 반겼다. 나는 잠시 망설이다가 결국 내 운명에 봉인을 찍고 말았다. 갑자기 좋은 생각이 난 듯 그녀에게 이렇게 말했던 것이다.

"나탈리아도 함께 가자고 해. 하이니는 앞으로도 몇 주 동안 전선에 묶여 있어야 할 테고, 그러면 하루하루가 불안의 연속일 텐데 그녀 혼자 놔두는 게 너무 안됐잖아?"

"구스타프, 하지만……"

"나탈리아는 보나마나 좋다고 할 거야. 우리는 그녀의 가족이나 마찬 가지야. 아니, 우린 그녀의 가족이잖아."

나는 더 말할 필요도 없다는 듯 단호하게 말했다.

"전화해봐. 일단 뭐라고 하는지 들어보자고."

"난 그게 좋은 생각인지 잘 모르겠어, 구스타프. 당신은 모든 것에서 벗어나고 싶다고 했잖아. 난 나하고 단 둘이서 떠나자는 줄 알았는데."

"나탈리아만 남겨두고 우리끼리 떠나는 건 너무 이기적이란 생각이 들어. 그녀는 당신의 제일 친한 친구고, 내가 비록 하이니와 사이가 나 빠졌지만, 나도 나탈리아를 남이라고 생각하지 않아. 그러니까 여러 말 말고 내가 시키는 대로 해."

"알았어."

처음에는 나탈리아가 함께 가지 않겠다고 했지만 결국 마리안네의 요청을 거절하지 못했다. 하이니에게 편지를 써서 이 소식을 전한 그녀 는 언제든 떠날 수 있다고 말했다. 나는 실연당한 연인이 자살을 계획 하듯 치밀하게 모든 것을 준비했다. 내 계획을 실행에 옮길 적합한 장 소를 물색한 끝에 바이에른의 한 휴양지를 골라 예약했다. 대학에는 휴 가를 신청했다.

그해 2월이 끝나갈 무렵 우리는 드디어 여행을 떠났다. 마리안네는 이번 여행을 좀처럼 내켜하지 않았다. 그녀의 불안을 가라앉히기 위해 나는 처음부터 화기애애한 분위기를 만들고자 노력했다. 조금이라도 긴장감이 생겨나지 않도록 최대한 신경을 썼다. 내 실험을 위한 최적의 조건을 원했기 때문이다. 미움과 불신은 모든 걸 망가뜨릴 수 있기에 발생 가능한 장애를 제거하려고 최선의 노력을 했다. 이런 노력이 성공 을 거두었는지 마리안네와 나탈리아는 아무런 의심도 하지 않았다. 베를린을 벗어나자마자 우리는 곧 젊은 시절 함께 여행할 때와 같은 즐거운 기분이 되었다. 그리고 이상하게도 우리에겐 하이니의 존재가, 아니 그의 부재가 전혀 문제되지 않았다(어쩌면 우린 이미 그것에 익숙해졌는지도 몰랐다). 그렇다고 그를 전혀 떠올리지 않은 것은 아니다. 나는 두세 번 옛날의 다정한 추억을 얘기하면서 그에 대해 말했다. 이 모든 것은 물론 분위기를 띄우기 위한 전략의 일환이었다.

편안하게 휴식을 취하기에는 더없이 훌륭하고 아름다운 휴양지였다. 아담한 집들과 유겐트스틸 양식의 실내장식은 세기말의 데카당스한 분위기를 한껏 풍기고 있었다. 예상 대로 호텔은 전쟁 중인데다가 비수기여서 텅텅 비다시피 했다. 세상으로부터 벗어나기에, 혹은 또 다른 세상을 만들어내기에 더없이 완벽한 장소였다. 널찍하고 잘 손질된 방들은 작은 발코니와 정원이 딸려 있었고, 방은 작은 문을 통해 서로 연결돼 있었다. 먼저 그 문부터 확인해보았는데 다행히 잠겨 있지 않았다.

짐을 푼 뒤에는 주변을 산책하며 즐거운 대화를 나누었다. 멀리 눈 덮인 산들은 마치 거대한 요새의 성벽처럼 우리를 둘러싸고 있었다. 하지만 추위 때문에 곧 호텔로 돌아왔다. 우리들은 홀의 벽난로 앞에 모여 앉았다. 그곳에서 우리 말고 유일한 투숙객인 나이 든 부부와 카드놀이를 했다. 시간이 지날수록 세상잡사에서 벗어나 마치 시간이 멈춘 듯한 공간에 있다는 느낌이 점점 더 강렬하게 우리를 사로잡았다. 레스토랑에서는 이런 빈곤한 시절에도 최고급의 요리가 준비되어 있었다. 우리를 바깥세상과 이어주는 유일한 끈은 호텔 주인이 전선의 소식을 듣기 위해 저녁마다 트는 낡은 라디오뿐이었다.

떠들고 농담하고 웃어대는 와중에도 나는 두 여자 사이에 어떤 은밀한 눈짓이나 애정표시 같은 것이 오가는지 확인하려고 기를 썼다. 그런 건 눈에 띄지 않았다. 그래도 나는 포기하지 않았다. 셋째 날 오후 마침내 결정적인 순간이 왔다. 쌀쌀하던 날씨가 다소 누그러지자 나는 좀 더 멀리까지 산책하자고 제안했다. 물론 두 여자가 따라나서기엔 힘든 거리였다. 예상대로 여자들은 그렇게 멀리 갔다오기가 힘들다며 그냥 호텔에 남아 있겠다고 말했다. 드디어 내가 기다리던 순간이었다.

"한두 시간쯤 뒤에 돌아올게."

산책이 오래 걸릴 거라는 걸 보여주려고 각별히 옷을 더 든든히 챙겨 입었다. 물론 나는 호텔에서 몇백 미터 정도밖에는 더 나아가지 않았다. 아무도 보지 않는 것을 확인한 뒤에 호텔 뒷길로 해서 돌아온 나는 나탈리아의 방 옆에 있는 빈방으로 몰래 숨어들었다. 오래지 않아 두 여자가 홀에서 돌아왔다. 혹시 내가 이런 일을 꾸밀지 모른다고 예상한 건 아닐까? 하지만 쉴 새 없이 낄낄거리며 떠드는 걸로 봐서 그렇지는 않은 것 같았다. 두 사람은 이런저런 이야기로 한참을 떠들어대더니 마침내 조용해졌다. 내 생각이 맞았다! 나는 몇 분쯤 더 기다렸다가 문틈을 열고 살며시 안을 들여다보았다. 안에서는 내가 이제까지 보았던 것 중에서 가장 아름답고도 당혹스러운 광경이 벌어지고 있었다.

마리안네가 나탈리아의 옷을 천천히 벗기고 있었다. 둘은 내가 들여 다보는 문을 등지고 있었다. 아내는 침대 앞에 서 있고, 친구의 아내는 앉아 있었다. 마리안네는 나탈리아의 옷 단추를 풀어 내리면서 그녀의 머리카락에 키스했다. 아내의 촉촉이 젖은 입술이 나탈리아의 목을 타고 아래로 내려갔다. 아내의 등에 가려 잘 보이진 않았지만 나탈리아도 그녀의 손에 키스를 하는 것 같았다. 잠시 후 두 여자는 서로 역할을 바꾸었다. 물론 그들은 나의 갑작스런 귀환을 염두에 둔 듯 옷을 완전히 벗지는 않고 단추만 모두 풀어헤쳤다. 나탈리아가 마리안네의 블라우스 단추를 모두 푼 뒤 두 사람은 널찍한 침대 위에 누웠다. 그러고는 마치 눈 위를 뛰노는 두 마리의 새끼 늑대들처럼 깔깔거리며 서로를 애무하고 키스했다.

그 순간 내게 밀려든 감정들을 뭐라고 표현해야 좋을까? 분노? 흥분? 질투? 애정? 나는 더 이상 할 말이 없었다. 이 장면은 내 자신이 준비하고 만들어낸 작품이었다. 연출가로서, 또 실험자로서. 그러므로 결과에 대해 뭐라고 불평을 할 수는 없었다. 다만 한 가지 분명한 사실은, 눈앞에서 펼쳐지는 그 믿을 수 없는 장면을 내 스스로 파괴하고 싶지 않았다는 것이다. 남은 휴가기간 동안 내내 나는 매일 오후 그 광경을 다시 엿보기 위해 내가 할 수 있는 짓은 다 했다. 그리고 그것은 매번 묘한 행복감 같은 것을 느끼게 해주었다. 나탈리아의 벌거벗은 등과 헝클어진 빨간 머리카락, 땀에 젖은 피부, 아내의 가슴을 쓰다듬는 가녀린 손길을 바라보는 것만으로도 나는 황홀경에 빠져들었다. 이 두 사람의 모습을 보고 어찌 감탄하지 않을 수 있겠는가! 내 스스로 창조해낸 그 기묘한 결합에, 그 용감무쌍한 행위에 어찌 환호하지 않을 수 있겠는가! 또 한편으로는 내 어찌 모든 사내 중에 가장 비참한 자라고 느끼지 않을 수 있겠는가! 제 스스로, 그것도 이중으로 오쟁이를 진 헛똑똑이 마조히스트에다 관음증환자, 그게 바로 나였다.

지금 기억으로, 우리는 완전히 다른 사람들로 변해서 베를린으로 돌아왔다. 우리는 일주일 전에 여행을 떠났던 바로 그 세 사람이 아니었다. 전에 두 사람은 키스 정도만 나누었을 뿐인데 바이에른의 휴양지에서 비로소 과감한 성적 자유를 만끽했다는 사실은 확실했다. 그리고 나에게도 역시 그날 오후 두 사람의 행동을 지켜본 뒤로 근본적인 변화가 일어났다. 무슨 행동을 어떻게 해야 할지 알 수 없었지만 한 가지 확실한 것은 무엇을 하든 그것을 단호하고 철저히 해야 한다는 점이었다. 그것은 곧 나의 세계관뿐만 아니라 남은 생애 전체를 송두리째 바꾸어 놓는 결정이 될 터였다. 나의 확신은 곧 사실로 판명되었다.

에르빈 슈뢰딩거
혹은
쾌락에 대하여

1947년 3월, 더블린

베이컨은 여기저기 알아본 끝에 간신히 함부르크에서 더블린을 경유해 미국으로 돌아가는 낡아빠진 군용기에 세 사람의 자리를 마련했다. 비행기는 정말 심하게 낡았고 엉성했다. 하지만 승무원은 그 비행기가 전쟁 때 거의 출격하지 않았기 때문에 아직은 양호한 상태라고 큰소리쳤다.

"왜 출격하지 않았지요? 그때는 고물비행기가 아주 많았나 보군."

내가 물었다.

"아니, 그렇진 않습니다."

여드름으로 온 얼굴이 노천탄광처럼 울퉁불퉁한 젊은 병사가 웃으며 대답했다.

"그냥 출격을 하려고만 하면 번번이 마지막 순간에 고장이 발견되어서 그렇게 된 겁니다."

이 친절한 설명을 들고 난 후 나의 신경줄은 끊어질 정도로 팽팽해졌다. 여행에 따라나선 게 후회스러웠다. 베이컨 중위가 이레네를 데리고 비행장에 나타나자 그러잖아도 불편해진 나의 심기는 더 나빠졌다. 그녀에 대해 여기서 뭐라고 길게 주절거릴 생각은 없다. 그녀의 태도와 천박한 외모는 처음부터 마음에 들지 않았다. 몇 마디 말을 나누고 난 뒤엔 아예 쳐다보기도 싫어졌다. 그러나 그녀에게서 풍기는 쾰른산 향수 냄새만은 피할 방법이 없었다. 그 향수는 어쩌면 베이컨이 사준 것인지도 몰랐다. 발음으로 보아 그녀는 독일인이 아니라 슬라브 계통 같았다.

"교수님, 안녕하세요. 이레네를 소개할게요."

베이컨이 유쾌하게 인사했다.

"앙샹떼!"

나는 예의를 갖춰 이레네에게 인사를 건넸다.

"이분이 내가 얘기하던 링스 교수님이셔, 이레네. 우리 작전의 브레인이시지."

여자는 시장에서 생선을 고르는 여인네처럼 나를 머리부터 발끝까지 훑어보았다.

"안녕하세요?"

여자는 이렇게 말하면서 손을 내밀었다. 하는 수 없이 그녀의 손을 잡고 가볍게 키스했다.

비행기에 탑승했을 때(비행기 내부는 거의 창고 수준이었다. 승객을 위한 좌석은 따로 없었고 벽에 의자가 몇 개 붙어 있었다. 등불조차 희미해서 모든 게 칙칙하고 불쾌했다) 나는 행복에 겨운 두 연인으로부터 가능한 한 멀리 떨어져 앉으려고 했지만 승무원은 한사코 우리가 함께 붙어 앉아야 한다고 고집을 부렸다. 그뿐만이 아니었다. 이 눈치 없는 젊은이는 이레네를 우리 둘 사이에 앉혔다.

"시간은 얼마나 걸리오?"

불안한 표정으로 물었지만 사실 정말로 묻고 싶은 것은 얼마나 오랫동안 이 여자와 나란히 앉아 있어야 하는가였다.

"대략 네 시간입니다."

네 시간! 혹시 수면제라도 얻을 수는 없을까? 파스칼의 『수상록』을 가져온 것이 천만다행이다. 어지럽지만 않으면 내내 그걸 읽으면 되는데…….

"아들이 있다면서요."

나는 거부감을 드러내지 않기 위해 조심하면서 예의상 이렇게 물었다.

"아, 우리 요한요! 어쩔 수 없이 할머니에게 맡겨놓고 왔는데 벌써 너무 보고 싶어요."

여자가 과장된 목소리로 대답했다. 파스칼이 있는 게 정말 다행이었다. 프로펠러가 돌아가기 시작하자 커다란 굉음이 들려왔고 곧 기체가 움직였다. 꼭 레미콘 통 속에 들어간 기분이 들었다.

"비행기 타는 게 두려우신가 봐요?"

"아, 네. 괜찮습니다."

지겨운 비행시간 내내 베이컨과 여자는 신혼여행을 떠나는 부부처럼 두 손을 맞잡고 소곤거렸다. 책을 보다가 잠깐 고개를 들 때마다 꼬물거리는 혀와 손길들이 만들어내는 역겨운 쇼가 펼쳐졌다. 그들에겐 그것이 사랑이었을까? 허공에서 주고받는 이런 끝없이 애무가?

저녁 여덟 시경에 더블린에 도착했다. 연구소에서 마중 나온 사람이 방을 예약해놓은 작은 호텔로 우리를 데려다주었다. 불행하게도 내 방은 베이컨과 이레네의 방 바로 옆으로 정해졌다. 예상대로 벽이 너무 얇아 나는 밤새도록 두 사람의 신음소리를 들으며 머릿속 화면에서 포르노를 감상해야 했다. 어둠속에서 잠을 청해보려는 모든 노력은 공간을 뚫고 침입해 들어오는 열정의 외침들 앞에 속절없이 무너졌다. 꿈인 듯 실제인 듯 절정의 순간에 이른 이레네의 그로테스크하게 일그러진 얼굴이 생생하게 눈앞에 보이기도 했다. 당연한 결과지만 다음 날 아침 슈뢰딩거를 만났을 때, 나는 그가 하는 말을 거의 제대로 알아들을 수조차 없었다. 나는 좀비처럼 창백하게 변해버렸다.

비엔나 토박이인 슈뢰딩거는 하이젠베르크와는 정반대의 인물이었다. 1888년생으로 그보다 열세살 살이 많은 이 물리학자는 매우 사교적이고 여자를 좋아했다. 슈트라우스의 왈츠 같은 생활 철학을 지닌 신사이자 도락가였다. 술과 여자 그리고 음악. 하이젠베르크가 물리학의 금욕주의자였다면 슈뢰딩거는 대표적인 쾌락주의자였다. 두 사람의 인생행로는 정반대 방향으로 나아갔다. 젊은 시절 슈뢰딩거가 새로운 양자이론에 눈길도 주지 않은 반면, 하이젠베르크는 양자이론과 함께 컸다고 해도 과언이 아니다. 그들이 위대한 첫 발견을 세상에 발표했을 때, 슈뢰딩거는 취리히 대학의 평범한 교수에 불과했던 데 반해 일찌감치 신동이란 평을 들었던 하이젠베르크는 이미 물리학의 대가들로부터 사랑과 비호를 한 몸에 받고 있었다. 하이젠베르크는 스물다섯 살에 벌써 세계적으로 유명한 인물이 되었지만 슈뢰딩거는 서른일곱 살이 되어서야 비로소 사람들의 인정을 받기 시작했다.

1934년 초 슈뢰딩거도 프린스턴을 찾았지만 베이컨은 그가 행한 많은 강연들 중 고작 하나를 들은 게 전부였다. 슈뢰딩거 교수는 명쾌하고 정확한 사람이었으나 가끔 특유의 엉뚱한 행동을 하기도 했다. 여행을 다닐 때마다 그는 항상 아내 애니와 정부 힐데 마치를 함께 데리고 다녔다. 그 사실은 모르는 사람이 없을 정도로 유명했다(마치는 옛 제자의 아내였다). 미국에 머무는 동안 그는 미국인들의 생활방식에 대해 끝도 없이 불평을 해댔다. 프린스턴에서 슈뢰딩거는 대학원 기숙사에서 묵었다. 휴게실과 거대한 식당이 딸린 이 중세풍의 건물은 영국의 옥스퍼드를 본떠서 지은 것이었다. 베이컨은 식당에서 한 번인가 그에게 말을 붙여보려고 했지만 이 교수는 늘 몹시 기분이 언짢은 듯이 보였다(누군가가 말하기를 그는 그런 종류의 식사를 매우 혐오한다고 했다). 슈뢰딩거는 얼마 지나지 않아 그가 거주하던 영국으로 되돌아갔다. 슈뢰딩거는 미국에서의 경험을 이렇게 얘기했다. 5등급 와인을 제일 좋은 거라고 내놓는 나라에선 도저히 살 수 없었노라고.

베이컨이 기억하는 슈뢰딩거의 강연은 학계의 진부한 틀에서 벗어난 자유분방한 내용으로, 그가 그때까지 들은 강연들 중 단연 최고로 꼽을 만했다. 그랬기 때문에 슈뢰딩거가 미국에 남아달라는 대학과 고등연구소의 제안을 뿌리치고 유럽으로 돌아간 사건은 몹시 안타까운 일이었다. 그 뒤로 베이컨은 더 이상 슈뢰딩거의 소식을 듣지 못했다. 슈뢰딩거는 1936년까지 옥스퍼드에 있다가, 그후 그라츠 대학의 교수로 임명되어 그의 조국 오스트리아로 돌아가는 매우 불행한 결정을 내리고 말았다. 그라츠는 오스트리아가 1938년 독일에 합병되었을 때 나치 군대를 가장 열렬하게 환영한 도시들 중 하나다. 그때부터 슈뢰딩거는 자신의 특별한 가족들을 이끌고 온 세계를 떠도는 오디세우스가 되었다. 마침내 다시 영국행 배에 오르기까지.

영국에 온 슈뢰딩거는 더블린에다 프린스턴 같은 '고등연구소'를 세워달라는 아일랜드 수상 이몬 드 벌레라의 요청을 받아들였다. 슈뢰딩거는 전쟁이 발발하기 직전인 1939년 10월 7일에 더블린에 도착했다. 아일랜드 의회는 몇 달 전에 연구소 설립을 승인했는데, 이에 반대하는 목소리도 적지 않았다. 유럽이 곤경에 처한 시기에 나온 드 벌레라의 구상이 너무 이기적으로 보인다는 게 그들의 반대 이유였다. 그러나 그때부터 슈뢰딩거는 당시의 그 어느 과학자보다도 더 여유롭게 평화를 누리며 지낼 수 있게 되었다. 아일랜드가 비록 내부적으로는 가난하고 불안정한 나라였지만 유럽의 갈등으로부터 떨어져 있었던 덕택이다. 막 노년에 접어들기 시작한 이 물리학자는 아일랜드의 고전 베다에 마음껏 심취하면서 물리학과 철학 분야에 관한 연구와 저술활동에 전념했다(그의 글들은 대부분 기이한 그의 가족에게 헌정되었다. 그의 정부 힐데는 그 즈음 딸 루트를 낳았는데 아내 애니는 이 배다른 딸도 정성껏 돌봐주었다).

모차르트의 「돈 조반니」 1막에는 주인공의 충성스러운 하인 레포렐로가 승리에 찬 주인의 행적을 노래하는 대목이 나온다.

아씨, 이게 바로 그 목록이에요,
우리 나리께서 정복하신 여자들의 목록,
내가 공들여 작성한 거죠,
자, 보세요, 저와 함께 읽어봐요.

그렇다면 슈뢰딩거는 도대체 얼마나 많은 여자를 침대 속으로 끌어들였을까? 레포렐로처럼 멋들어지게 그의 여성 편력을 한 번 읊어볼까? 얼굴을 반이나 덮는 커다란 안경을 걸친 이 왜소하고 못생긴 남자가 정말 과학사 최고의 연애박사란 말인가? 믿기 어렵겠지만 그것은 엄연한 사실이었다. 슈뢰딩거는 여자와 물리학 중 어느 것을 더 좋아하는지 아마 쉽게 대답하지 못할 것이다. 그는 발길이 닿았던 도시마다 연애소설 작가들이 군침을 흘릴 만한 에로틱한 행적들을 수없이 남겼다(빈, 취리히, 베를린, 옥스퍼드, 그라츠, 더블린 등 오랜 시간 거주했던 도시들은 물론 세계를 여행하는 동안 잠깐 머물렀던 도시들까지 합친다면 도시의 숫자만도 정말 적은 양이 아니다). 그는 학자 가운을 걸친 난봉꾼으로 양의 탈을 쓴 늑대였다. 선량해 보이는 얼굴 뒤에는 음탕한 신 프리아포스가 숨어 있었다. 여기서 정말 신기한 것은, 그가 도대체 언제 시간이 나서 그렇게 많은 여자들과 애정행각을 벌일 수 있었으며, 도대체 어떤 영혼을 지녔기에 그렇게 많은 여자와 사랑에 빠질 수 있었는가 하는 점이다. 지금 나는 의도적으로 '사랑에 빠지다'라는 단어를 사용했다. 슈뢰딩거는 자신이 침대로 끌어들인 모든 여자들을, 모두가 아니라면 적어도 거의 대부분의 여자들을 진심으로 사랑했노라고 성경에 손을 얹고 맹세할 사람이다. 한 달에 두 명? 확실하다. 세 명? 네 명? 물론이다. 심지어는 여섯 명, 일곱 명도 가능했다. 그의 심장은 어떻게 쉬지 않고 그런 에너지를 만들어내는 것일까? 이 지칠 줄 모르는 영구동력기관은 항상 여자들의 명단을 목록에 추가시킬 준비가 되어 있었다.

자, 그럼 시작해보자. 그의 첫사랑은 펠리시에, 즉 행복이라는 거창한 이름의 여자였다. 하지만 그녀는 이 땅에서 유일하게 그에게 허락되지 않은 행복이었다. 비엔나에서 과학자로 활동을 시작할 무렵 슈뢰딩거는 이 고상한 귀족 출신 여인의 자태에 완전히 빠져버렸다. 그 열정이 얼마나 컸는지 그녀의 마음을 얻기 위해서라면 물리학조차 내팽개칠 정도였다. 그러나 불행하게도(과학으로선 다행이었지만!) 여자의 부모는 그에게 딸을 내줄 마음이 없었다. 모든 낭만적인 영혼의 소유자들이 다 그렇듯이 슈뢰딩거는 온 힘을 다해 사회적 제약에 맞서 싸웠으며, 또 모든 연애소설의 결말이 늘 그렇듯이 우리의 주인공은 자신의 패배를 우주적인 비극으로 승화시켰다.

쓰라린 패배 뒤에는 곧 복수가 뒤따랐다. 몇 주일 동안 슬픔에 빠져 있던 슈뢰딩거는 여자의 영혼을 연구하기로 결심했다. 요조숙녀건, 하녀건, 처녀건, 창녀건, 통통하건 날씬하건 상관없이 치마 두른 여자만 보면 슈뢰딩거는 자신의 여성 연구를 위한 대상으로 삼았다. 이 시기의 여인들 중에서는 특히 두 사람의 이름이 주로 언급된다. 로테와 이레네.(이레네라니, 정말 재미난 우연 아닌가!)

1920년, 제1차 세계대전이 끝난 직후 서른두 살의 슈뢰딩거는 정신을 차려 결혼을 하기로 마음먹었다. 여자는 젊지도 예쁘지도 않았다. 사람들의 말에 따르자면 호감이 가는 얼굴도 아니고 지적인 타입도 아니었다고 한다. 안네마리 베르텔. 슈뢰딩거는 그녀를 애니라고 불렀다. 혹시 왜 이런 결혼을 했는지 궁금해하는 독자가 있을지도 모르겠다. 미리 경고하지만, 나의 대답은 틀림없이 여러분의 마음에 들지 않을 것이다. 그가 이 여인과 결혼한 이유는 단 하나였다. 다른 여자들과 좀 더 손쉽게 어울리기 위해서였다. 하지만 곧 애니가 남편의 외도를 눈치 챈 걸 보면 그가 생각한 것보다는 조금 더 영리한 여자였던 것 같다. 그녀는 일단 남편의 행동을 방해하지 않기로 마음먹었다.

슈뢰딩거는 애당초 무언가를 남몰래 은밀하게 처리하는 사람이 아니었다. 그는 여자를 정복하고자 했을 뿐만 아니라 여러 사람들 앞에서 공공연히 자신의 연정을 떠벌렸다. 그의 애정행각은 취리히의 친구들 사이에서 유명해졌다(그때 슈뢰딩거 부부는 취리히에서 살고 있었다). 그러자 이젠 애니도 남편을 본받아 미심쩍은 결혼의 의무를 저버리고 남편의 동료와 사랑에 빠져버렸다. 처음에 그는 두 사람의 관계에 별 의미를 두지 않으려고 했다. 눈에는 눈이니까. 하지만 시간이 지날수록 그는 그 문제를 극복하지 못했고 1924년 무렵에는 이혼을 결심하기에 이르렀다. 1925년, 그의 인생에는 아무도 예상치 못했던 전환점이 찾아왔다.

지긋지긋한 부부싸움에서 벗어나기 위해 슈뢰딩거는 1925년 크리스마스를 그가 제일 좋아하는 곳에서 보내기로 작정했다. 스위스의 그라우뷘덴 주에 있는 휴양지 아로사였다. 이 여행에는 처음부터 운이 따라주었다. 평소에 그가 늘 묵곤 하던 오토 헤르비히 박사의 별장 대신 이번에는 산 속에 호젓하게 자리 잡은 오두막에다 짐을 풀었다. 이곳에서 슈뢰딩거는, 불과 몇 달 전에 하이젠베르크가 그랬듯이, 과학을 혁명적으로 바꾸어놓는 깨달음을 얻었다. 눈 덮인 전나무와 새파란 하늘 아래에서, 따뜻한 벽난로 곁에 앉아 질 좋은 포도주를 음미하며, 슈뢰딩거는 난생처음으로 이 세상에서 자기가 해야 할 일이 무엇인지 비로소 깨달았다. 몇 분간의 무아지경 속에서 그는 과학의 퍼즐을 빈곳 없이 완벽하게 맞추어줄 비밀을 풀었다. 플랑크와 아인슈타인과 보어가 고전물리학의 세계를 산산조각으로 부숴버렸다면, 슈뢰딩거는 이제 그 세계를 다시 꿰어맞출 수 있게 된 것이다.

슈뢰딩거는 맞수 하이젠베르크와는 전혀 다른 사람이었다. 그가 이 극도로 창조적인 순간에 홀로 오두막에 있지 않았으리란 것은 확실하다. 그런데 그의 주변에 있던 수많은 여자들 중에 누가 그 순간 아로사에 함께 있었는지는 확인하기 어렵다. 누군가가 그것을 묻자 슈뢰딩거는 '끔찍하게 귀여운' 여인이 그때 자신과 함께 있었으며, 그 덕에(그 여자 덕에? 아니면 그녀가 선사한 미증유의 쾌락 덕에?) 천재적인 발상이 떠오를 수 있었다고 대답했다. 다시 말해서 파동역학은 결국 '에로틱한 상상력'의 산물이었던 셈이다. 그 다음 이야기는 좀 더 잘 알려져 있다. 슈뢰딩거는 당대 최고의 영향력을 발휘하게 되는 논문 몇 편을 썼고, 그 결과 하루아침에 세계적인 유명인사가 되었다. 그때부터 그의 추종자들과 하이젠베르크의 행렬역학 지지자들 사이에 치열한 싸움이 벌어졌다. 이 놀라운 발견으로 슈뢰딩거는 또 다른 이익도 얻었다. 유명해진 덕택에 여성 편력의 범위가 전보다 훨씬 더 넓어진 것이다.

남편이 아로사로 돌아가고 난 몇 달 뒤 애니는(그 사이 두 사람은 다시 화해했다) 열세 살짜리 쌍둥이 소녀 로스비타 융거와 이티 융거를 남편에게 소개시켜줘야겠다는 엉뚱한 생각을 했다. 남편에게 두 소녀의 수학과 물리학 수업을 부탁하기 위해서였다. 쌍둥이 소녀를 보자마자 슈뢰딩거는 머리부터 발끝까지, 그것도 두 배로, 벅찬 사랑에 빠지고 말았다. 물론 나중에 그중의 한 소녀를 선택했지만 말이다. 슈뢰딩거의 새 뮤즈는 이티였다. 그때부터 그는 끈질기게 그녀에게 구애했다. 여기서 우리는 세상에 별로 알려지지 않은 슈뢰딩거의 새로운 면모를 발견할 수 있다. 녹록치 않은 시적 재능이다.(시는 언제나 사랑놀이의 중요한 무기인 걸 어쩌겠는가!) 주제는 당연히 이티였다.

> 슈니처 교수님을 쫓아가느라
> 숫자와 도형들 속에서
> 귀여운 이티는 죽을 맛이라네 ─
> 불쌍한 아가는 완전히 풀이 죽었네.
> 취리히엔 다른 얘기들도 많지만
> 난 더 이상 관심이 없다네.

슈뢰딩거는 말보다 행동이 더 과감한 인물이다. 이티가 열여섯 살이 되자 이 발정 난 물리학자는 소녀의 침실로 들어가기 위해 갖은 수단을 다 썼다. 하지만 번번이 퇴짜를 맞았다. 그의 정신과 의지에 불을 붙이는 것이 있다면 그것은 바로 난관이었다. 그는 물러서지 않았다. 이티가 부모와 함께 살고 있는 잘츠부르크를 방문했을 때 그는 한밤중에 몰래 이티의 방으로 숨어든 적도 있었다. 이때 그는 소녀의 풋풋하고 가녀린 육체가 선사하는 청춘의 묘약을 겨우 몇 분 맛볼 수 있었지만 그것으로 그만이었다. 집요한 요구에도 불구하고 이티는 끝끝내 그의 마지막 소망을 들어주지 않았다. 이티의 생일날 슈뢰딩거는 다시 한 편의 시를 써서 보냈다. 이 시에 담긴 마음을 읽어내기 위해 굳이 심리학자까지 동원할 필요는 없다.

> 그대의 첫 기저귀를 펼쳤을 때
> 요람에선 방울이 울렸네.

어릿광대 임금님이 왕홀을 흔들어
생의 기쁨을 그대에게 선사했네.

재미있는 일화가 될 수도 있었지만 대부분의 이야기들과 마찬가지로
이 이야기 역시 여자의 불행으로 끝나고 만다. 이티는 그후로도 칠 년
동안이나 슈뢰딩거에게는 도달할 수 없는 대상으로 남아 있었다. 1932
년 말 슈뢰딩거가 혼자 머물고 있는 베를린에 이티가 찾아와(애니는 잠
깐 다른 도시로 여행을 떠나고 없었다) 마침내 스승에게 몸을 허락했다.
칠 년 동안의 공략, 끈질긴 기다림, 꺼질 줄 모르는 욕망의 결실이었다.
제 발로 도살장에 들어선 양처럼 이티는 슈뢰딩거의 파동역학에 몸을
맡겼다. 그가 이미 다른 여자 힐데 마치에게 빠져있는 줄도 모른 채. 몇
주 뒤 이티에겐 더 큰 불행이 찾아왔다. 그만 임신을 하고 만 것이다. 충
격에 빠진 젊은 여자는 치욕에서 벗어나기 위해 의사를 찾아갔다. 비극
은 그것으로 끝나지 않았다. 수술은 실패했고 이티는, 시 속의 귀여운
이티는 더 이상 아기를 가질 수 없는 몸이 되었다. 그런데도 그녀는 그
후로도 계속 슈뢰딩거를 상냥하게 대했다.
    그를 거쳐 간 여자가 모두 몇 명일까? 사실 그건 아무래도 상관없다.
우리의 슈뢰딩거는 계속해서 새로운 사랑에 빠졌으니까. 힐데는 가장
충실하게 그의 곁을 지킨 여자들 중 하나였다. 이티의 경우와는 달리 슈
뢰딩거는 힐데와 자기 사이에서 낳은 딸 루트에게 자신의 성을 물려주
었다. 그리고 그 다음 여자는…… 한지였다! 애니의 옛 친구였던 한지
는 친구를 만나기 위해 1931년에 베를린을 방문한 길이었다. 이 이야기
를 계속할 필요가 있을지 모르겠다. 기왕 내친걸음이니 좀 더 가보기로
하자. 더블린에 도착한 뒤에도 슈뢰딩거는 조금도 머뭇거리지 않았다.
애니와 힐데를 함께 데려왔지만 그는 곧 인기 여배우 쉘라 메이의 매력

에 푹 빠지고 말았다. 슈뢰딩거는 그녀를 위해 또다시 많은 시를 지었다. 이번에는 그것들을 책으로 묶어 발표하는 것도 주저하지 않았다.

그렇다면 쉘라는 그에게 오직 하나뿐인 진실한 사랑이었을까? 천만에! 돈 후안에게 오직 하나뿐인 사랑 같은 것은 없다. 그는 모든 여자들을 다 사랑하거나 아니면 아무도 사랑하지 않았다. 이것이 그의 천성이었다. 세비야의 불행한 호색한과 달리 슈뢰딩거의 거침없는 애정행각은 처벌받지 않았다. 복수심에 찬 돌기사가 나타나 멱살을 움켜쥐고 지옥으로 끌고 가는 일 따위는 일어나지 않았다. 여기서 우리는 슈뢰딩거가 현실에 대한 예리한 관찰자였으며, 자신의 욕망 하나하나에 결코 예외를 두지 않았다는 사실을 명심해야 한다. 그는 자신의 행동을 세심하게 연구했으며 행위의 동기를 발견하기 위해 노력했다. 그에게 한 여자와 벌이는 애정행위는 단순한 기분전환도, 게임도, 도전도 아닌 그 이상의 어떤 것이었다. 그것은 자연과 하나가 되고, 삼라만상의 오르내림을 경험하고, 신과 같은 초월과 창조의 순간을 체험하는 멋진 기회였다. 그는 쉘라에게 보낸 편지에서 다음과 같이 말했다.

"그대의 떨리는 두 입술이 가볍게 열리며 내게 사랑한다는 말을 건넸을 때 나는 모든 천사들에 둘러싸인 신의 영광을 보았소."

또 한 편지에서는 이런 말도 했다.

"세상에서 가장 간단한 일은 침대로 가는 거라오. 우린 매일같이 그일을 해야 하지만 그걸 혼자서 하고 싶은 사람은 아무도 없소. 그대의 맑고 순수하고 단순하고 열린 사랑은 내게 다른 무엇보다도 많은 것을, 천 배나 더 많은 것을 준다오. 거기엔 단 한순간도 무의미한 유희가 없었고, 앞으로도 절대 없을 것이오."

베이컨 중위와 이레네 그리고 나, 이렇게 세 사람이 더블린의 '고등

연구소'에 도착했을 때 슈뢰딩거는 우리에게 그의 새 애인을 소개했다. 정부관청에서 일하는 창백한 얼굴의 처녀였다. 그녀의 나이는 스물일곱이었고 그는 이제 겨우 예순이었다!

슈뢰딩거 교수와 처음 인사를 나눌 때부터 이미 우리가 최악의 순간에 방문을 했다는 걸 직감했다. 슈뢰딩거의 얼굴은 죽은 사람처럼 창백했다. 내가 남자의 매력을 판단할 줄 안다고 자부하지는 못하지만, 적어도 그의 외모에서는 잘생긴 아름다움은 아니더라도 비엔나 사람 특유의 어떤 완고한 우아함을 느끼게 해주었다.

파동역학의 발견은 양자물리학이 뉴턴의 법칙들을 뒤엎는 데 크게 기여했다. 그럼에도 불구하고 슈뢰딩거의 정신은 오히려 플랑크나 아인슈타인에 더 가까웠다. 기본적으로 그는 여전히 부르주아 출신의 전통적인 비엔나 보수주의자였다. 자신이 선도적 역할을 수행했던 물리학의 혁명이 끝나자 그는 다시 고전물리학의 확고한 영역으로 복귀했다. 슈뢰딩거는 제2차 세계대전이 시작된 이후 줄곧 더블린 '고등연구소'의 자기 연구실에 틀어박혀 아인슈타인의 새로운 동맹자로서 우연의 추종자들에 맞선 싸움을 전개했다. 아인슈타인과 마찬가지로 그의 목표 역시 단 하나였다. 전자기력, 중력, 원자론 등 자연에 작용하는 모든 힘들을 하나로 통합할 수 있는 통일된 장이론을 찾아내어 우주에 대한 일관된 설명을 가능하게 하는 것이었다.

이미 여러 달 전부터 슈뢰딩거와 아인슈타인은 이런 통일장이론에 대해서 많은 편지를 주고받아왔다. 아인슈타인 역시, 비록 슈뢰딩거보다는 덜 열광적이었지만, 중력과 전자기력을 모순 없이 통합시키려는 아이디어에 크게 매료되어 있었다.

1947년 1월 27일, 슈뢰딩거는 아인슈타인에게 보내는 편지에서 마침내 문제의 해법을 찾아내었노라고 썼다.

"오늘 드디어 실제적인 진전에 대한 소식을 전해드릴 수 있게 되었습니다. 교수님께선 얼마 전에 제 방법이 틀렸다고 말씀하신 바 있으니 어쩌면 몹시 화를 내실지도 모르겠군요. 하지만 조만간 제 생각에 동의하시리라 생각합니다."

슈뢰딩거는 스스로에 대한 확신이 대단했기 때문에 아인슈타인의 이의 제기를 간단히 무시하고 자신의 발견을 곧장 '아일랜드 왕립학술원'에 제출했다. 그것만으로는 충분치 못했는지 아일랜드 언론에 다음과 같이 발표했다.

"오늘 여러분에게 통일장이론의 기본원리를 말씀드리게 되어 영광입니다. 이로써 지난 삼십 년간 우리를 괴롭혀온 문제, 즉 1915년에 발표된 아인슈타인의 위대한 이론을 일반화시키는 문제는 이제 완전히 해결되었습니다."

다음 날 〈아이리시타임스〉와 다른 신문들은 일제히 슈뢰딩거의 말을 머릿기사로 실었다. 어떤 기자가 그에게 자신의 이론을 확신하느냐고 묻자 슈뢰딩거는 이렇게 대답했다.

"이것이 진정한 일반화입니다. 이제 아인슈타인의 이론은 단지 특수한 케이스에 불과한 것이 되었습니다. 나는 내가 옳다고 확신합니다. 만약 내가 잘못 생각한 거라면 날 바보천치라고 말해도 좋습니다."

이 말은 슈뢰딩거의 운명을 결정지었다.

슈뢰딩거의 '발견' 소식은 곧 대서양을 건너 아인슈타인의 귀에까지 전해졌다. 화가 난 아인슈타인은 슈뢰딩거의 이론이 극히 미미한 수준의 진전에 불과한 것이라고 〈뉴욕타임스〉에 발표했다.

"독자들은 요즘 과학의 나라에서 5분에 한 번씩 혁명이 일어난다는 인상을 받게 된다. 작고 불안정한 공화국에서 빈번히 쿠데타가 일어나듯이. 하지만 실제로 이론과학의 발전과정은 최고의 두뇌들이 세대를 거치면서, 길고 집요한 작업을 통해 점진적으로, 자연법칙에 대한 더 깊은 이해에 도달하는 방식으로 진행된다. 그러므로 진지한 언론이라면 과학의 이런 측면을 진지하게 다루어야 한다."

이는 슈뢰딩거의 불같은 기질에 찬물을 끼얹는 말이었다. 전 세계의 신문들이 아인슈타인의 이 글을 '만약 내가 잘못 생각한 거라면 나를 바보천치라고 말해도 좋습니다'라고 한 슈뢰딩거의 말과 함께 나란히 실었다. 신문을 읽은 슈뢰딩거는 심한 우울증에 빠졌다. 1947년 2월 2일, 우리가 더블린을 방문하기 한 달쯤 전에 아인슈타인은 슈뢰딩거에게 이 문제에 대해 마지막 편지를 보냈다. 거기서 그는 마치 아무 일도 없었다는 듯 간명하게, 그밖에 또 다른 진전이 있으면 지체 없이 자기에게 연락하라고 썼다.

'아인슈타인 사건'은(슈뢰딩거는 그렇게 불렀다) 더블린 방문기간 내내 우리를 따라다녔다. 나는 슈뢰딩거의 얼굴에서 이 불행한 사건에 대한 고통과 수치심을 확연히 읽을 수 있었다. 그러나 이 사건 때문에 그가 조금 겸손해진 것도 사실이었다.

"시간을 내주셔서 고맙습니다."

베이컨이 먼저 인사를 건넸다. 좀 더 독창적인 인사말을 떠올리는 건 그에겐 무리다. 하지만 이레네를 쇼핑이나 내보내지 않고 슈뢰딩거의 연구실까지 데려온 것은 정말 한심한 발상이었다. 그런 탓에 나 역시 별다른 인사말을 떠올릴 수 없었다.

"반갑소이다."

슈뢰딩거가 무덤덤한 목소리로 받았다.

"오랜만이오, 링스 교수. 아직도 칸토어와 무한에 빠져서 지내고 있소?"

"그런 편입니다."

이것이 그날 슈뢰딩거가 내게 보인 유일한 관심이었다.

"그리고 아가씨, 당신의 이름은?"

"이레네예요."

"훌륭한 결정이야, 젊은이. 함께 할 여자가 없다면 우주는 너무나 지루할 거야. 안 그렇소?"

베이컨의 얼굴이 빨개졌다. 돈 후안의 입에서 흘러나온 말이 이레네의 허영심을 자극했다.

"편지로 말씀드린 것처럼 저는 제3제국 시절의 독일 과학에 대해 글을 쓰고 있습니다. 그 시절 교수님께선 누구보다도 뛰어난 업적을 보인 분이십니다."

"그러지 말고 파동역학이 어떻게 시작되었는지부터 먼저 말씀해주시죠, 교수님."

내가 딱딱한 분위기를 깨며 말했다.

"그 다사다난했던 1925년부터 시작하는 게 어떨까 싶은데요."

"맞아, 정말 굉장한 한 해였지."

슈뢰딩거가 향수에 젖은 목소리로 말했다.

"그때 세계는, 특히 과학계는 끝없는 혼돈 속으로 빠져들고 있었어. 우리는 고전물리학의 규범이 무너지고 있다는 걸 알았지. 하지만 아직 누구도 새것을 찾아내지는 못했어. 이런저런 시도들은 많았지만 좀처럼 앞으로 나아가지 못했거든. 그 어느 것도 뉴턴의 법칙들이 지닌 효율성과 명료함을 대체할 능력이 없었지."

슈뢰딩거는 그의 말을 하나도 알아듣지 못할 이레네만을 쳐다보며 말했다.

"플랑크의 작용양자, 아인슈타인의 상대성이론, 보어의 원자 모델, 제만 효과, 스펙트럼 선 문제 등등 온갖 이론들이 다 발표되었지만 어느 하나 확고한 기준점으로 작용하지 못했어. 모든 게 뒤죽박죽이었지. 퍼즐을 완성하려면 원자의 행태를 완벽하게 설명할 수 있는 양자론이 필요했는데 아직 그런 게 나오질 않았으니 당연한 일이 아니겠어?"

"전 무슨 얘긴지 잘 모르겠어요, 교수님."

내가 잘못 들은 건가? 지금 이레네가 말한 것 맞아? 이런 말도 안 되는 일이!

"전문용어들이라 너무 어렵겠지만 이건……."

내가 급히 끼어들었다.

"괜찮아요, 링스 교수. 이 아가씨도 우리가 하는 말을 이해할 권리가 있으니까."

슈뢰딩거가 내 말을 잘랐다. 베이컨도 동의하는 듯 아무 말이 없었다.

"말씀을 방해할 생각은 없었어요."

이레네가 말했다.

"그럼 내, 좀 더 알아듣기 쉽게 설명해보리다."

슈뢰딩거의 이런 쓸데없는 신사놀음 때문에 도대체 얼마나 많은 시간이 낭비될 것인가? 베이컨은 도대체 이 무의미한 시간 낭비를 끝낼 마음이 없단 말인가?

"이레네 양, 여기 있는 당신 친구들은 잘 알고 있겠지만……."

슈뢰딩거는 이렇게 말을 꺼낸 뒤 다시 강연조로 말투를 바꾸었다.

"처음으로 이 문제에 빛을 끌어들인 사람은 루이 드 브로이 왕자였어. 그 사람의 천재적인 발상 덕택에 우리는 입자의 운동을 빛의 파동 광학과 같은 방식으로 설명할 수 있으리라고 생각하게 되었지. 다시 말해서 안경쟁이들이 렌즈를 시력에 맞추어 다듬을 때 사용하는 방식을 물질의 운동에 적용시키려 한 거야."

"그전까지만 해도 물체의 운동은 오로지 뉴턴식 고전역학의 법칙에 따라서 설명되었습니다."

내가 한마디 거들었다.

"이 간단한 생각이 그후 이십 년 동안 과학계 전체에 혁명을 몰고 온 거야. 어떻게 그럴 수 있었는지 궁금하지요?"

슈뢰딩거가 다시 이레네를 쳐다보며 물었다.

"그건 드 브로이가 자기도 모르는 사이에 원자 연구에 너무나 중요한 도구를 찾아냈기 때문이었지. 잠시 머릿속에 그 장면들을 떠올려봐요, 이레네 양. 세계 곳곳에서 물리학자들이 새 물리학에 적합한 연구방법을 찾아내기 위해 머리를 쥐어짜고 있었소. 그런데 갑자기 프랑스의 귀족 드 브로이가 나타나서는 우리들이 그동안 절실하게 찾아 헤매던 퍼즐 조각을 눈앞에 내민 거야. 우리는 그동안 잘못된 방법에 매달려 있었기 때문에 그것을 미처 보지 못했던 거지."

"교수님의 이론은 하이젠베르크의 이론과 거의 같은 시기에 나란히 등장했습니다."

"그렇지."

"하이젠베르크에 대해서도 말씀해주시겠습니까?"

내가 물었다.

"하이젠베르크 역학의 중요한 문제점은 그가 사용한 수학이 대부분의 물리학자들조차 제대로 이해할 수 없었다는 거였어. 하이젠베르크는 신동이었지. 일찌감치 보어, 좀머펠트, 보른 같은 대가들의 총애를 한 몸에 받았어. 그러나 실제 그가 한 일은 오히려 혼란만 가중시켰네."

자기 맞수를 이렇게 깎아내리고 난 슈뢰딩거는 잠시 말을 멈추었다가 다시 시작했다.

"내 말을 오해하진 마시오. 하이젠베르크의 발견은 정말 천재적인 것이었어. 상이한 장소에서 직접 전자들의 이동을 조사하는 대신에 그는 전자가 어느 장소에 도달하게 될지를 합리적으로, 다시 말해서 대략적으로 예측하는 방법을 발견해낸 거야. 이것은 정말 뛰어난 아이디어지. 하지만 문제는 이를 실제로 증명하는 것이었어. 이 증명작업을 위해 하이젠베르크는 19세기 말에 크로네커가 발견한 굉장히 복잡한 수학체계를 끌어들였지."

"칸토어를 너무나도 괴롭혔던 그 크로네커 말이군요."

나도 모르는 사이에 입 밖으로 말이 튀어나왔다.

"간단히 말해서, 하이젠베르크는 위대한 발전을 이루어냈지만 결국 소수의 사람들에게 이해받는 데 그치고 만 거야."

슈뢰딩거는 잠시 말을 끊고 골치가 아픈 듯 뒤통수를 손으로 만졌다. 아무리 노력해도 매력적인 이레네가 알아듣기 쉬운 개념들만 사용해서 설명하기란 곤란한 듯했다.

"나중에 폴 디랙이 하이젠베르크의 추론과정을 다시 검토해 좀 더 쉽게 설명해보려고 노력했지만 결과는 마찬가지였지."

"그때 바로 교수님이 등장하셨습니다."

내가 말했다.

"그래. 내 자랑은 별로 하고 싶지 않지만 나는 이 문제에 새로운 빛을 던져주었지."

"사실 교수님은 하이젠베르크와 디랙이 교수님과 같은 연구를 진행하고 있는 줄 모르셨다면서요?"

"맞아. 난 전혀 몰랐어. 이 이야기는 아마 천 번도 더 말했을 거야. 그들은 모두 팀을 이루어 작업을 했지. 괴팅겐, 케임브리지, 코펜하겐의 사람들 말이야. 그들은 서로 아이디어를 교환하면서 긴 편지들을 주고받았지만 나는 완전히 혼자 취리히에 있었네."

슈뢰딩거는 다시 말을 멈추었다. 수도 없이 말한 내용일 테지만 자신을 유명하게 만들어준 그 이야기를 다시 상기하는 건 여전히 즐거운 모양이었다.

"1925년 크리스마스 때 나는 조그만 휴양도시 아로사로 여행을 떠났어. 아로사는 아주 아름다운 곳이지, 이레네 양. 남자친구에게 그곳에 한 번 가자고 졸라봐요. 그곳에서 눈과 고독 속에 파묻힌 나는 점점 더 명료한 생각을 하게 됐어. 나는 루이 드 브로이의 글을 많이 읽었거든. 아인슈타인도 그에게 매우 큰 관심을 보였고. 나는 그의 글들이 내 작업에 훌륭한 시발점이 되어줄 거라고 확신했지. 내 생각은 간단했어. 드 브로이의 파동역학을 양자물리학적 시각에서 관찰해보자는 것이었지. 거기서 내가 한 일이 뭐냐고. 혹시 우리 이레네 양이 물을지도 모르겠군. 아까도 말했지만 내가 한 일은, 간단히 말하자면 퍼즐 맞추기였어요, 이레네 양."

"그것이 온 세상을 놀라게 한 건가요?"

이레네가 물었다.

"당시 내게 수학을 배우던 내 어린 여자친구도 그와 비슷한 말을 하더군. '그게 그렇게 엄청난 결과를 가져올 줄 선생님도 몰랐죠?' 하고. 그래, 그건 가히 폭발적이었어. 하지만 그런 결과를 얻기까지의 과정은 정말 힘겨웠어. 1926년에 나는 그것을 주제로 여섯 편의 논문을 발표했고, 그 다음에야 플랑크와 아인슈타인 같은 대가들의 주목을 받게 되었지. 그랬더니 사방에서 연락이 오더군. 새로운 발견에 대해 강연을 좀 해달라고."

"교수님의 성공은 하이젠베르크보다 훨씬 더 극적이고 숨가쁜 거였어요."

내가 말했다.

"정말 하이젠베르크의 수학은 너무 복잡했어."

"그는 자신이 진짜 양자역학의 발견자라고 생각하고 있습니다."

"그런 건 아무 상관없어. 정말 중요한 건 결국 물리학자들이 원자를 연구하는 데 더 적합한 방법을 택할 거란 사실이지. 그리고 그들이 선택한 건 수학적으로 훨씬 간단명료한 내 방법이야. 나의 방법이 하이젠베르크의 것보다 훨씬 더 간단하다는 걸 깨달은 물리학자들이 너도나도 내 방법을 사용하기 시작했다고. 심지어는 하이젠베르크의 친구인 파울리조차도 내 공식의 단순성에 감탄했지. 모든 물리학자들이 그렇게 이성적으로 반응하지 않았던 것은 정말 유감이야. 그들은 그렇게 간단할 수가 없다고 믿었던 것 같아. 보어와 하이젠베르크에 지나치게 경도된 나머지, 비엔나 출신의 아웃사이더가 그들을 능가한다는 걸 차마 눈뜨고 인정할 수가 없었던 거야."

"하이젠베르크는 어떤 태도를 보였나요, 교수님?"

"그는 나를 의도적으로 무시했어. 파동역학이 아주 흥미롭긴 하지만 기본적으로 자신의 발견에서 한 걸음도 더 나아가지 못했다고 평가하더군."

"하이젠베르크의 말은 근거가 있는 것이었나요? 아니면 그냥 질투심에서 나온 건가요?"

내가 물었다.

"남을 나쁘게 말할 생각은 없지만 그건 경쟁심에서 나온 말이었다고 생각해. 직전까지만 해도 현대물리학의 참된 해법을 오직 자기만의 소유물로 여겼을 테니 충분히 그럴 수 있지 않겠어?"

"그런데 두 분의 견해는 실제 서로 대립되는 것이 아니었다면서요?"

"나도 처음엔 그렇게 믿지 않았어. 하이젠베르크와 보어가 실증주의적 사고방식으로는 원자의 움직임을 관찰하는 게 불가능하다고 여긴 반면에 나는 가능하다고 했으니까. 내 이론은 원자의 내부에서 무슨 일이 벌어지는지 실제로 볼 수 있게 해주었지."

"대단히 역설적인 상황이군요."

베이컨이 마침내 말문을 열었다.

"오랫동안 물리학자들은 원자의 움직임을 기술해줄 수 있는 역학이 없다고 한탄해왔는데, 갑자기 그에 대한 이론이 한 개도 아니고 두 개나 한꺼번에 나타나 서로 대립하는 듯한 주장을 폈으니 말이에요."

"둘의 대립은, 지금 베이컨 박사가 지적한 그대로, 그런 것 같아 보일 뿐이었소."

슈뢰딩거는 대단히 만족스런 표정을 지어 보였다.

"1926년 5월에 발표한 논문에서 나는 두 이론이 형식적으로는 서로 다른 역학을 다루고 있는 것 같지만 근본적으로 등가적이란 사실을 증명해냈지! 하이젠베르크의 추종자들에겐 끔찍한 일이었어. 그들은 마치 모욕이라도 당한 듯 화를 냈지. 나는 하이젠베르크와 전혀 무관하게 해법을 찾아냈을 뿐만 아니라 내 방법을 가지고서 하이젠베르크의 방법이 할 수 있는 모든 것에 정확하게 도달할 수 있었어. 그것도 비교할 수 없이 쉽게 말이지. 두 이론이 똑같은 이용가치를 갖는다면, 그리고 하나가 다른 하나보다 훨씬 쉽고 편리하다면, 다른 하나를 계속 갖고 있을 필요가 어디에 있을까?"

베이컨은 가져간 노트를 열심히 들여다보다가 말했다.

"당시 하이젠베르크는 파울리에게 이렇게 말했습니다. '슈뢰딩거 이론의 물리학적 부분에 대해 생각하면 할수록 더욱더 그를 혐오하게 된다'고 말입니다. 또 다른 자리에서는 ─ 이런 표현을 용서하십시오 ─ '그건 개소리'라고도 했습니다."

슈뢰딩거가 갑자기 커다란 소리로 웃음을 터뜨렸다.

"그건 진짜 전쟁이었소. 한쪽에는 하이젠베르크, 보어, 요르단 등이 행렬역학으로 무장하고 있었고, 다른 쪽에는 나 혼자서 파동역학으로 버티고 서 있었지. 둘이 근본적으로 동일한 것이었는데도 양측은 한 치도 물러서려 하지 않았어. 이건 자존심의 문제였으니까. 전 세계의 과학자들이 우리의 싸움을 지켜보았지. 훗날 양자물리학의 주도권을 누가 쥐느냐 하는 문제가 그 싸움에 달려 있었거든."

"그렇다면 그것도 결국 권력다툼 같은 건가요?"

이레네가 물었다.

"당신이 그렇게 부르겠다면 굳이 반대하지는 않겠어요, 이레네 양."

"많은 사람들이 그것은 단지 하이젠베르크의 질시와 속된 명예욕 때문에 생겨난 거라고 말합니다."

내가 말했다.

"맞아, 나도 그런 소리를 들었지."

"그래서 어떻게 되었나요? 누가 이겼어요?"

이레네가 물었다.

"일은 결국 순리대로 가게 되어 있었지. 사필귀정이라고나 할까. 곧 모든 물리학자들이 내 방법을 그들의 연구에 사용하기 시작했어. 공식적으로는 하이젠베르크에게 동의한다고 말하면서도."

슈뢰딩거의 얼굴에 다시 미소가 나타났다.

"그러고는 드디어 두 분이 직접 대면하는 기회가 찾아왔죠?"

"그랬지. 1926년 7월에 좀머펠트가 뮌헨 대학에 와서 내 이론을 좀 설명해달라고 요청해왔어. 나는 흔쾌히 그 제안을 받아들였지. 강연이 끝난 뒤 키가 큰 금발의 젊은 사내가 자리에서 일어서더니 큰 소리로 나를 공격하더군. 하이젠베르크였어. '순전히 우연히' 뮌헨에 들렀다가 강연에 왔다고 하더군. 그는 내게 제대로 답변할 기회조차 주지 않고 제 주장만을 펼쳤지. 급기야 진행을 하던 빈 교수가 큰 소리로 그를 제지했어. 아직도 그가 한 말이 생생히 기억나. '이보시오 젊은이, 슈뢰딩거 교수는 틀림없이 적당한 때 그 질문에 대해 답변하실 테니 제발 오늘은 그만하시오. 그놈의 양자 논쟁이 슬슬 사람들을 지겹게 만들고 있다는 걸 모르겠소?'라고. 하이젠베르크는 씩씩거리며 강연장을 빠져나가 야단맞은 어린애가 자기 형에게 고자질을 하듯 보어에게 그날 일을 편지로 미주알고주알 늘어놓았다더군."

"보어는 거기에 어떻게 반응했나요?"

"평소 성격대로였지."

슈뢰딩거는 알쏭달쏭한 몸짓을 해 보였다.

"보어는 내게 초청장을 보냈어. 코펜하겐으로 자신을 찾아오라고. 거의 소환장 수준이었지."

"그래서 그 초청에 응하셨나요?"

"거절할 이유가 뭐 있어? 안 그래요, 이레네 양?"

슈뢰딩거가 이레네를 쳐다보며 말했다.

"보어는 흥미로운 인물이긴 했지만 하루 종일 함께 지내기에는 적합한 사람이 아니었어. 한번 고집을 부리기 시작하면 도저히 멈추지 못하더군. 나를 자기 집에 묵게 하고는 감옥에 가둔 죄수처럼 빵과 물만 주면서 끝도 없이 심문을 해댔어. 어쩌다 내가 자기 말에 동의하지 않을라치면 무자비한 야수로 돌변해 숨 돌릴 틈도 없이 몰아쳐댔지."

"정말 끔찍했겠네요, 교수님."

다시 이레네의 목소리가 들려왔다.

"이레네 양, 난 진심으로 당신이 평생 그런 나쁜 경험을 하지 않았으면 해요. 아니 내 최악의 적에게도 그렇게 되지 않기를 빌겠어. 보어에게 내 이론을 설명해주었더니 계속해서 내 입장에 반박할 거리들만 찾더군. 결국 그는 나를 절망의 끝으로 몰아갔어. 그의 면전에 대고 이런 지긋지긋한 싸움질에 휘말려들 줄 알았다면 애당초 양자이론에는 눈길도 돌리지 않았을 거라고 고함치고 말았지. 그제야 그도 조용해지면서 화해의 뜻을 내비치더군. '하지만 우리는 당신이 행한 일들에 매우 감사하고 있습니다. 당신의 파동역학이 지닌 수학적 명료성과 단순성은 기존의 양자역학 연구에 커다란 발전을 가져다주었으니까'라고 하면서."

"두 분은 어떤 결론에 도달했습니까?"

"밤낮으로 토론을 벌였지만 기존의 입장에서 한 치도 앞으로 더 나아가지 못했지. 정말 미치겠더군. 그러더니 급기야 정신뿐만 아니라 몸도 완전히 결딴이 나고 말았어. 보어의 아내 마르그레테의 정성어린 간호가 없었더라면 나는 아마 거기서 죽음을 맞이했을 거야. 나는 온종일 고열에 시달리며 거의 의식을 찾지 못할 지경이 되었어. 그런 와중에도 보어는 침대 머리맡에 앉아 고문을 계속 했지. '하지만 슈뢰딩거 교수, 이것만은 꼭 알아야 합니다' 하면서 말이지. 그 소리를 들을 때마다 난 온몸이 덜덜 떨렸지. 정말 끔찍한 고문이었어. 끝에 가서는 내 입장을 고수해야 할지 아니면 그의 입장을 받아들여야 할지 더 이상 확신이 서질 않더군. 보어와의 대화는 내게 모든 것을 모호하게 만들어버렸지."

"좋습니다. 오늘은 이 정도로 그만 끝내죠."

내가 손뼉을 치며 큰 소리로 말했다.

"슈뢰딩거 교수님께 보어 때와 같은 끔찍한 경험을 두 번씩이나 하게 해선 곤란하니까. 이제 식사를 하러 나가는 게 어떨까요? 이야기는 내일 계속하기로 하고."

"링스 교수, 그건 오늘 당신 입에서 나온 말 중에서 제일 괜찮은 말인 것 같군."

슈뢰딩거가 맞장구를 쳤다. 그는 이레네 쪽으로 몸을 돌렸다.

"게다가 난 여기 이레네 양에게 물어보고 싶은 게 많거든. 우리의 숙녀분께서 내가 물리학에만 관심이 있다고 생각하면 섭섭하니까."

슈뢰딩거는 소파에서 일어서며 이레네에게 손을 내밀었다.

"자, 나를 따라오세요, 이레네 양. 연구소에서 여러분을 위해 조촐한 음식을 준비해놓았다는군요. 어서 이쪽으로."

그는 이레네와 팔짱을 끼고 앞장섰다.

그날 밤에도 나는 베이컨과 이레네의 신음소리와 시시덕거리는 소리에 시달리면서 끔찍한 시간을 보냈다. 우리 셋은 아침 일찍 다시 슈뢰딩거의 연구실을 찾았다. 서로를 좀 더 알게 된 탓인지 둘째 날의 대화는 다소 여유로운 분위기 속에서 진행되었다. 이레네의 당돌하고 뻔뻔스러운 태도는 전날보다 훨씬 덜 했다. 나도 그녀의 부자연스런 몸짓이나 황당한 코멘트 때문에 더 이상 당혹스러워하지 않았다. 슈뢰딩거도 자신이 이레네를 어찌해볼 수 없다는 걸 일찌감치 알아채고(베이컨은 틈나는 대로 자기 역할을 확실하게 과시했다) 쓸데없는 농담을 자제했다.

"어제도 나온 이야기지만 교수님께선 오래전부터 하이젠베르크와 사이가 좋지 않았던 걸로 알려져 있습니다."

"우리는 하나의 트로피를 놓고 싸우는 경쟁자였지, 베이컨 박사. 나는 그의 태도를 어느 정도 이해할 수 있어. 당신도 잘 알겠지만 물리학자는 한 가지 문제에 몇 년씩 매달려 그것을 풀어보려고 애쓰지. 그것도 머리가 한창 잘 돌아가는 왕성한 시기에. 하지만 성공에 대한 보장은 어디에도 없어. 하이젠베르크도 몇 년 동안 그런 문제와 씨름을 했고 마침내 그것을 해결했다고 믿었던 거야. 그런데 갑자기 누군가가 나타나 그가 틀렸다고, 심지어는 그보다 훨씬 더 나은 해답이 존재한다고 말했던 거지. 그의 태도는 성격의 문제가 아니라 좌절감에 따른 당연한 반응이라고 봐."

"두 분은 같은 해에 노벨상을 받으셨습니다."

"정확히 말하자면 그렇지 않아. 1932년에 노벨상이 수여되지 않았기 때문에 1933년에 그해의 것과 전년도의 것이 함께 수여된 것이지. 무슨 이유에선지는 잘 모르겠지만 스웨덴 한림원은 하이젠베르크에게 1932년의 상을 수여했고 내게는 폴 디랙과 공동으로 1933년의 상을 줬어. 아마 솔로몬의 판결을 염두에 뒀던 모양이야."

"지금은 하이젠베르크 교수에 대해 어떻게 생각하십니까?"

"어떻게 생각하다니! 그는 두말 할 것도 없이 금세기 최고의 물리학자 중 한 사람이야. 대단히 뛰어난 인물이지. 영리하고, 엄격하고……."

"그리고 야심가죠."

내가 덧붙였다.

"우리 분야에서 그렇지 않은 사람이 어디 있겠나. 링스 교수?"

"문제는 목적달성을 위해 어디까지 갈 수 있느냐 하는 게 아닐까요?"

베이컨이 끼어들었다. 슈뢰딩거는 미소를 머금은 채 한동안 아무 말도 하지 않았다.

"난 그가 파우스트와 같은 인물이었다고 보네. 자기 영혼을……."

"명예를 위해, 불멸의 명성을 얻기 위해 팔았죠."

"아니, 그렇지 않아. 그건 인식을 얻기 위해서였어. 하이젠베르크가 그런 소인배라고는 생각하지 않아. 그가 추구하는 목표는 결코 그런 저열한 것들이 아니야. 그의 야심의 근원은 아주 어릴 적부터 자신이 선택받은 사람이란 걸 알고 있었다는 데에 있었어. 우리 주 하느님께서 우주의 비밀을 발견할 능력을 부여한 소수자 중의 하나란 걸 그는 잘 알고 있었지. 그래. 난 그가 세상 사람들보다 '진리'에 더 가까이 가기 위해 무슨 짓이든 했으리라고 믿어."

"무슨 짓이든지요?"

내가 되물었다. 슈뢰딩거는 직답을 피했다.

"하이젠베르크는 불확정성원리에 완전히 빠져 있었어. 어쩌면 자신의 능력을 너무 지나치게 의식했는지도 몰라. 그래서 불확실한 미래는 몹시 고통스러운 압박감으로 작용했을 거야. 그는 자신이 발전시킨 양자역학이, 내 것과 같은 남의 이론들을 깔아뭉개고, 진리를 독점하기를 원했어. 그런데 내가 보기에 그런 소망은 세계에 의미를 부여하려는 절망적인 노력에 불과하지. 역설적으로 들리겠지만, 그는 다른 누구보다도 간절하게 확실성을 원했던 거야. 정보에 대한 확실성이 물리학적으로 불가능하다는 사실을 밝혀낸 불확정성원리의 주창자가 그랬단 말이지."

"양자역학이 던지는 불확정성이 하이젠베르크에겐 자유의지에 대한 찬가로 받아들여졌으리라고 생각하지는 않나요, 교수님?"

베이컨이 다소 철학적인 질문을 던졌다.

"그의 동료 중 한 사람인 파스쿠알 요르단은 그렇게 생각했지. 나치의 열렬한 지지자였던 요르단은 자연이 그렇게 불확실하기 때문에 인간이 그 빈 곳을 채워야 한다고 주장했어. 인간적 의지를 통해서 말이지. 사실 이것은 매우 낡은 생각이야. 옛날 독재자나 폭군들이 품었던 생각이거든. 세상엔 확실한 것이 아무것도 없다, 따라서 진리는 강자의 것이다, 라는 식이지. 무엇이 좋고 나쁜지, 옳고 그른지를 결정하는 것은 강자, 그러니까 강철같은 의지의 소유자뿐이라고 믿었던 거야."

"제가 제대로 이해를 했는지 모르겠는데요."

베이컨이 한숨을 쉬며 말을 이었다.

"그러니까 교수님 말씀은, 자유의지가 상대적 양자세계의 우연 속에 그 기원을 두고 있다는 건가요?"

"그것이 그들의 이론이지. 우주가 우리의 의지적 행위를 통해 하나의 전체를 이룬다는 것."

"교수님은 그 이론에 동의하시지 않는 것 같은데요?"

"물론이지!"

슈뢰딩거가 단호하게 대답했다.

"그런 생각들은 도저히 참을 수 없는 도덕적 무책임이야. 사건들이 단지 우연의 고리로 연결되어 있다면 나는 무슨 짓을 하든 선하지도 악하지도 않을 거야. 그런데 나의 결정이 가장 저열한 것에서부터 가장 고귀한 것에 이르기까지 수많은 근거에 따라서 이루어지는 것이라면, 그 결정은 더 이상 우연이라고 말할 수 없어. 또한 양자역학이 우주의 불확정성에서 출발하는 것이 설령 사실이라고 해도 우연에 기대지 않은 통계적 예측이 얼마든지 가능하거든."

"교수님의 결론은 무엇입니까?"

"이런 대립을 통해 얻어진 가장 소중한 결실은 자유의지와 물리학적 결정론의 화해였어. 수많은 오류와 실수 끝에 우리는 물리학적 우연이 윤리학의 토대로서는 매우 적절치 않다는 걸 깨닫게 되었지."

슈뢰딩거는 최후의 진리를 설파하는 제사장처럼 근엄하게 말했다.

"간단히 말해서 양자물리학은 인간의 자유의지와 조금도 관련이 없다는 거지."

"그럼 물리학은 다시 우리의 도덕적 행위와 무관한 것이 되었군요."

"과학이 제시하는 세계상은 우리의 궁극적인 운명에 대해서 그 어떤 말도 해주지 않아. 신에 대해서도 아무런 관심이 없어. '나는 어디서 와서 어디로 가는가?'와 같은 질문에 과학은 절대로 답을 줄 능력이 없어. 그런데도 요르단과 같은 사람들은—어쩌면 하이젠베르크도 거기에 속할지 몰라—우리가 현실을 분명하게 인식할 수 없다는 사실을 마치 양자물리학이 증명하고 있는 것처럼 생각했지. 그래서 오직 의지만이 행동의 변수로 작용할 수 있다고 본 거야. 난 그런 생각이 무모한 착각이라고 봐. 그건 사람들을 잘못된 행동으로 이끌고 갈 뿐이야."

"모든 것이 불확실해서 선악도 구별할 수 없는 세계라면 나치의 강제

수용소나 원자폭탄도 하나도 이상할 것이 없겠군요, 교수님."

이레네가 놀랍다는 듯 말했다.

"그런 관점을 끝까지 밀고 나간다면 분명히 그럴 수도 있어요, 이레네 양."

"저명한 물리학자들 중에서 원자탄 프로젝트에 어떤 식으로든 한 번도 관여한 적이 없는 사람은 양쪽 진영을 통틀어 정말로 얼마 되지 않습니다. 교수님이 바로 그중 한 분이십니다."

베이컨이 단호하게 말했다.

"파티에 초대받지 못했지만 그런 요청이 왔어도 나는 당연히 거절했을 거야."

"그런데 미국이나 독일의 과학자들은 왜 그 프로젝트에 그토록 많이 뛰어든 걸까요?

"도전해 보고픈 욕구가 엄청났겠지."

"지적 허영심에서요?"

"물론이지. 물리학자라면 누구나 자기 이론이 현실에서 실제로 작용하는지 증명해 보이고 싶을 거야. 우리 과학자들은, 특히 이론물리학자들은 본성부터 비뚤어진 구제불능들이거든. 우리는 한평생 무언가를 골똘히 생각하고 계산만 하며 지내. 그래서 우리의 이론을 실제에 직접 적용시킨다는 생각에 그토록 열광했던 건지도 몰라."

"그럼 윤리나 종교적인 측면은 어떻게 되는 겁니까?"

"세계는, 아인슈타인의 의미가 아니라 프로타고라스의 의미에서, 상대적이고 불확실하기 때문에 물리학자는 흔히 스스로 세계와 거리를 둬야 한다고 생각하지. 행동반경을 오직 과학 연구에만 제한시키고 모든 비과학적인 고려를 멀리한다면 양심의 가책에 시달릴 필요도 없어질 테니까. 그렇게 생각하는 물리학자에게 원자탄의 버섯구름은 그의 이론이 옳았다는 증명에 불과할 뿐이야."

"그게 전부인가요?"

"그렇소. 베이컨 박사, 당신은 왜 그렇게 많은 과학자들이 기꺼이 원자탄 프로젝트에 참여했다고 보나? 조국애 때문에? 천만에! 조국애를 과소평가할 생각은 없지만 그들에게 그런 건 정말 하나도 중요하지 않아. 그건 자존심 때문이야! 'vanitas vanitatum(덧없고 또 덧없도다).' 물리학자들은 자기들만의 전쟁을 하고 있었어. 총칼 없는 전쟁! 모두들 원자탄을 만든 최초의 인물이 되고 싶어 했지. 누군가의 성공은 곧 나머지 모두의 패배를 의미했어. 폭발로 인해 초래될 결과는 아무런 의미도 없었지. 중요한 것은 오로지 다른 과학자들을 웃음거리로 만드는 거였어. 그게 전부야. 링스 교수에겐 미안한 말이지만, 하이젠베르크 팀이 패한 건 정말 다행이야."

"도저히 믿을 수가 없군요."

이레네는 윤리와 도덕의 사도라도 되는 듯 말했다.

"그들에겐 경주에서 승리하는 순간 사라져가야 할 생명들이 정말 아무것도 아니었단 말인가요? 오직 상대방보다 자신이 더 낫다는 걸 증명하고 싶은 욕망 때문에! 그렇다면 히틀러보다도 더 추악해요."

"과학자들은 순결한 천사들이 아니라오, 이레네 양."

슈뢰딩거의 말투가 냉소적으로 바뀌었다.

"실망스럽겠지만, 이레네 양, 당신은 지금 모범적인 피조물들과 함께 있는 게 아니에요."

"단지 하나의 이론을 증명하기 위해 수백만의 목숨을 사라지게 하다니!"

나 역시 치밀어오르는 분노를 억누르기 힘들었다. 하지만 어쩔 수가 없었다. 슈뢰딩거는 계속해서 나를 자극했다.

"그들에게 그건 일종의 게임이었어. 체스나 포커와 같은. 적어도 수학적으로 볼 땐 그랬지. 그건 링스 교수, 당신도 잘 알잖아? 게임의 목표는 상대를 이기는 거야. 중요한 건 오직 그것 한 가지뿐이라고."

"그래서 하이젠베르크는 전쟁이 끝나자 그렇게 망가진 거로군요."

베이컨이 고개를 끄덕이며 말했다.

"독일이 패전했기 때문은 아니지. 그건 사실 몇 달 전부터 이미 분명했으니까. 그는 자신이 아직 먼 가능성 정도로만 생각하고 있던 것을 연합군측 물리학자들이 실현시킨 것을 알고서 절망한 거야. 프로젝트의 리더였던 게를라흐가 히로시마 소식을 듣고 펑펑 운 것도 바로 그 때문이었어."

"정말 역겨워요!"

이레네가 까마귀처럼 갈라진 소리로 외쳤다.

"그 많은 희생자들을 앞에 두고도 단지 상처받은 자존심 때문에 눈물을 흘리다니!"

"그러나 국가와 군의 개입이 없었다면 그 모든 게 가능하지 않았을 거란 점도 생각해주길 바라요, 이레네 양. 물리학자들이 아무리 양심 없는 철면피들이라고 해도 누군가의 강요가 없었다면 그들은 절대로 그런 어마어마한 폭탄 같은 건 만들지 않았을 거야. 인류의 무서운 적은 바로 국가였어, 모든 국가! 파시즘이란 종양은 제거되었지만, 그 이념은 훨씬 더 무자비한 적들의 내부에 여전히 살아 있지. 우리가 앞으로 어디까지 가게 될 것인지 생각하면 자다가도 온몸이 부들부들 떨려. 우린 이미 너무 멀리 나갔어."

고물 군용기는 돌발기류와 악천후 속에서의 악몽 같은 비행을 끝내고 우리를 함부르크 공항에 헌 짐짝처럼 내려놓았다. 우리는 다시 기차를 타고 괴팅겐으로 향했다. 기차 객실 앞의 비좁은 통로에서 결국 나는 그녀와 불쾌한 언쟁을 시작하고 말았다.

"그는 정말 멋진 인물이지?"

슈뢰딩거에 대해 이야기하면서 내가 베이컨에게 물었다.

"두뇌가 명석한 건 의심할 바 없더군요."

"제가 보기엔 행실이 형편없는 사람이에요."

이레네가 나를 쳐다보았다.

"미안하오만 내 생각엔 당신이 잘못 본 것 같군요, 이레네. 당신 판단에 이러쿵저러쿵 할 마음은 없지만, 내가 보는 견지에서 슈뢰딩거 교수는 실제 자기 이론을 행동으로 옮긴 사람이라는 생각이 들어요."

"무슨 말씀을 하시려는 건지 잘 모르겠어요, 교수님."

베이컨이 거들고 나섰다.

"아주 간단해. 슈뢰딩거가 자기 사고실험에 대해서 말했던 거 기억나지? 저 유명한 '슈뢰딩거의 고양이.' 슈뢰딩거 교수가 식사하면서 얘기했던 거 말이야, 이레네."

베이컨이 이레네에게 설명했다. 그녀는 그때 분명히 한마디도 못 알아들었을 테니까.

"우리는 그 실험을 이렇게 해석해볼 수도 있어. 양자의 움직임을 한 번 측정할 때마다 세상이 한 번씩 쪼개어진다고 말이야."

"그런 게 도대체 슈뢰딩거 교수의 난잡한 생활방식과 무슨 관계가 있다는 거죠?"

이레네가 다시 공격적으로 내게 물었다.

"충분한 관계가 있어요. 양자의 차원에서 우리가 하는 모든 관찰은 하나의 길을 선택하게 해줍니다. 그때마다 우리의 또 한 부분이, 아니면 '또 다른' 우리가 그 세계 안에서 다른 방향으로 나아간다는 걸 알지만 우리는 늘 그렇게 살아갑니다. 사랑을 한 예로 들어봅시다. 사랑은 우리가 내리는 가장 큰 결정이라고 할 수 있지 않나요? 그가 어떤 사람을 사랑하기로 '결심'할 때, 그는 오직 하나의 가능성만을 선택합니다. 그 한 번의 결정으로 나머지 모든 가능성들은 단박에 다 사라져버리지요. 아주 끔찍하지 않나요? 한 번 결정을 내릴 때마다 우리는 수백 수천의 다양한 삶들을 잃어버리는 겁니다. 한 사람을 사랑한다는 건 다른 많은 사람들을 사랑할 수 없다는 뜻이기도 해요."

"사랑에 대한 우리 두 사람의 생각이 하늘과 땅만큼 다르네요."

이레네가 내 말을 잘랐다.

"난 그렇지 않다고 봐요, 이레네. 이건 새로울 게 하나도 없는 이야기입니다. 당신은 여기 이 멋진 젊은이를 선택했어요."

베이컨을 가리켰다.

"그래서 다른 사람을 사랑할 가능성을 없애버렸죠. 예를 들어 슈뢰딩거 교수나 나 같은 사람 말이지요."

"아, 천만다행이군요!"

"내 말이 바로 그거예요!"

나는 그녀의 비아냥거림을 무시하고 계속 말했다.

"무언가를 선택한다는 건 다른 수많은 가능성을 잃어버린다는 뜻입니다. 우리가 상자 안에서 죽은 고양이를 보는 순간에 시간은 더 이상 되돌릴 수 없게 돼요. 그것을 관찰하는 우리의 행위가 우리를 '그' 세계 안에 머물 수밖에 없는 운명으로 만드는 것이지요. 사랑도 똑같아요. 이럴 때 '만약 그렇게 하지 않았더라면⋯⋯?'이라고 묻는 것은 정말 절망적인 일이에요."

"누구나 자기 결정에 책임을 져야 한다고 믿어요."

"오, 이레네! 당신의 자기 희생적인 태도가 정말 감탄스러워요. 그런데 누구나 다 당신처럼 생각하는 건 아니에요."

내가 웃으며 말했다.

"우리 인간은 부족한 존재입니다. 당신은 아닐지 몰라도 대부분의 사람들은 살아가면서 적어도 한 번 이상은 실수를 하고 잘못된 선택을 합니다. 그러고 나서 곧 자신의 행동을 후회하지요. 바로 그 순간에 이런 물음이 마법 주문처럼 떠오릅니다. '만약 그렇게 하지 않았더라면……?'이라고 말이지요. 나는 슈뢰딩거도 그런 다양한 삶을 원했던 불행한 사람들 중 한 명이라고 생각합니다. 슈뢰딩거는 하나의 삶 안에 많은 삶을 담고 싶어 했던 거예요. 그래서 아내와 애인 모두와 함께 살 수 있는 것이고, 그래서 수많은 여자들을 동시에 사랑할 수 있는 것이고, 그래서 절대적인 행복은 오직 다양한 경험 속에 있다고 생각하는 겁니다."

"그 사람의 주장처럼 그가 모든 여자들을 사랑한다고는 믿지 않아요."

"난 그의 말을 믿어요. 아니면 적어도 그 자신은 그들을 모두 사랑한다고 믿고 있어요. 그것만으로도 이미 충분하지 않나요?"

"사랑하거나 사랑하지 않거나, 가능성은 둘 중 하나밖에 없어요, 교수님."

"그렇지 않아요, 이레네. 다시 말하지만 절대적 확실성이 없는 세상에서는 사랑조차 의심을 비껴갈 수가 없어요. 아마도 슈뢰딩거는 자신의 사랑을 절대적으로 확신했을 겁니다. 그에게 그 이상을 바랄 수는 없어요. 내 생각에 슈뢰딩거는 그래서 많은 여자들을 동시에 사랑한 겁니다. 아니면 사랑한다고 믿었거나. 어차피 둘은 같은 거니까. 결정의 압제에서 벗어나기 위한 노력이었던 셈이지요. 그렇게 많은 세상이 존재한다면 왜 자신을 단 하나의 세상에 제한시킨단 말입니까? 그렇게 많은 여자들이 있는데 왜 자신을 단 한 여자에게 구속시켜야 하지요? 이런 확신에서 그는 동시에 평행적으로 존재하는 다수의 삶들 속으로 뛰어든 겁니다. 슈뢰딩거는 돈 후안도 카사노바도 아닙니다. 자신이 정복한 여자들의 목록을 늘이기 위해서 처녀들 뒤꽁무니나 뒤쫓는 스포츠를 즐겼던 게 아니라고요. 오히려 그 반대였어요. 그는 자신의 사랑을 구속하지 않으려고, 자신의 가능성을 제한시키지 않으려고 노력했습니다. 아내와 애인 그리고 그 애인이 낳은 딸과 한집에서 살아가는 게 과연 쉬운 일이었을까요? 추측건대 그건 편하지도 즐겁지도 않았을 거예요. 그런데도 슈뢰딩거가 그렇게 한 것은 앞서 말했듯이 기쁨이나 만족 때문이 아니라 후회하지 않기 위해서였어요. 오직 애니를, 또는 오직 힐데를, 또는 오직 무대의 연인을 선택한 것에 대한 후회를 없애려고요. 그래서 그는 그들 모두와 함께 사는 겁니다."

"교수님, 당신도 그 사람 못지않게 혐오스럽군요."

이레네가 분을 참지 못해 소리쳤다. 내내 침묵하고 있던 베이컨이 나서서 흥분을 가라앉히려고 했지만 소용없었다.

"그런 못돼먹은 짓을 변호하려고 과학을 들먹이다니⋯⋯. 결정을 내릴 때 따라오는 의심과 후회를 떨쳐버리려면 아예 아무런 결정도 하지 않으면 간단하겠군! 이건 내가 지금껏 본 것 중에서 가장 비겁한 짓이야. 교수님, 자유가 소중한 것은 사람들이 위험을 무릅쓰고 그것을 얻으려고 하기 때문이에요. 물론 잘못될 수도 있어요. 하지만 그래서 모험할 가치가 있는 것 아닌가요? 바로 그런 행위가 우리를 인간으로 만드는 것 아니에요, 교수님? 슈뢰딩거와 당신은 가장 손쉬운 길을 택했어요. 모든 길을 동시에 택하는 거였죠. 당신들은 언제나 승리만을 원해요. 하지만 난 당신들이 늘 자신을 기만하고 있다고 생각해요. 패배의 유일한 장점은 새롭게 다시 노력할 수 있는 가능성이거든요."

"벌써 괴팅겐에 다 왔군."

나는 이렇게 언쟁을 끝내버렸다.

육체의 만유인력

1940년 12월, 베를린

우리가 계속 그런 상태로 머물 수는 없었을까? 은밀한 두 연인과 나. 벽 뒤의 소리 없는 관찰자, 안전한 거리를 두고 자신의 세계에서 안전하게 실험하고 관찰하는 겁쟁이. 우리 세 사람이 계속해서 자신들의 관성에 따라 살아갈 수는 없었을까? 내가 조금만 덜 호기심을 가졌더라면, 새로운 경험에 대해 조금만 덜 궁금해했더라면 아마 혼돈으로 추락한 뒤에도 다시 온전하게 빠져나올 수 있었을지도 모른다. 그래서 다시 한 번 자문한다. 왜 그 조그만 눈덩이는 그렇게 어마어마한 눈사태로 이어져야만 했을까? 일단 구르기 시작한 눈덩이는 아무도 멈출 수 없었을까?

바이에른의 휴양지에서 돌아온 지도 거의 여섯 달이 지났지만 상황은 조금도 변하지 않았다. 이 잔인한 게임은 우리 모두에게 각각의 역할을 부여했다. 마리안네는 무심한 아내이자 열정적인 연인이었고, 나탈리아는 하인리히를 그리워하면서도 여자친구에게서 위안을 구했다. 그리고 나······. 나의 역할은 계속해서 그 두 사람의 행위를 지켜보는 관객에 머물러 있었다.

그런데 1940년 크리스마스 만찬 때 모든 것이 바뀌었다. 히틀러가 비밀리에 소련을 공격하려고 바르바로사 작전을 계획하던 바로 그 시기였다. 전선이 긴박하게 돌아가자 하이니는 크리스마스 휴가를 나오지 못했다. 나탈리아는 자연스럽게 우리 집에 초대되었다. 나탈리아가 하이니가 파리에서 보낸 장문의 편지를 눈물을 글썽이며 읽어주었다. 편지에서 그는 축복과 더불어 모두와 함께하지 못하는 아쉬움을 전한 뒤, 내게 절교선언을 재고해달라고 간절히 부탁했다. 어쩌면 화해할 시간이 별로 많이 남아 있지 않은지도 모른다는 말과 함께. 크리스마스라는 특별한 시간과 편지에서 느껴지는 비장한 분위기 때문이었는지, 아니면 나탈리아와 마리안네의 눈물 때문이었는지는 나도 잘 모르겠다. 나는 하이니를 용서하겠으며, 나 역시 그동안 두 여자 못지않게 하이니를 몹시 보고 싶었다고 큰 소리로 고백했다. 기회가 되는 대로 곧 그를 만날 것이며 우리의 우정을 더욱더 돈독히 할 거라고도 말했다. 이러한 나의 태도가 분위기를 한층 더 고조시켰다. 우리는 곧 다시 한가족이 될 것 같았다.

마리안네가 내게로 다가와 품에 안겼다. 나탈리아도 주저하지 않고 마리안네와 똑같이 했다. 그녀는 나를 끌어안고 키스한 뒤에 마리안네에게도 강렬하고 사랑스럽게 포옹하고 키스했다. 우리 세 사람은 미처 의식할 사이도 없이 너무나 오랜만에 느껴보는 행복과 환희의 감정에 휩쓸렸다. 그동안 마음을 옥죄어온 긴장과 부담에서 해방되었던 것이다. 자유로웠다. 그 저녁시간 내내 우리는 모든 것으로부터 자유로웠다. 우리는 여리고 예민한 감정들을 서로 나누면서 더욱더 가까이 느꼈다. 어느 순간 우리는 더 이상 세 사람의 개인이 아니라 단지 육체만 셋으로 나뉜 하나의 영혼이 되었다. 우리는 그 어느 때보다도 서로가 필요했다. 창문을 통해 스며든 춥고 캄캄한 밤은 우리에게 불확실한 운명을 일깨워주었다. 우리가 내년에도 다시 이렇게 함께 모여 진심으로 하나가 될 가능성은 얼마나 될까? 아마도 그다지 크지 않으리라. 우리는 시대의 격랑과 불안 속에서 겁에 질리고 만 보잘것없는 피조물들이었다. 우리는 곧 욕망의 파괴적인 힘이 지닌 마력 속으로 속절없이 빠져들었다.

　누가 그 첫 걸음을 내디뎠던가? 나였던 것 같다. 그래, 그 저주받은 윤무를 처음 시작한 건 바로 나였다. 그 순간에 그것은 얼마나 정겹고 부드럽고 사랑스러운 감정으로 보였던가! 나는 마리안네에게, 내 아내에게 오랫동안 해주지 못했던 길고 깊은 키스를 선사했다. 그러는 동안 내 손은 나탈리아의 사랑스런 두 손을 쥐고 있었다. 미처 정신을 차리기도 전에 나탈리아의 입술이 갑자기 얼굴 앞으로 다가왔다. 그녀는 한 치의 망설임도 없이 곧장 나의 입술에 자신의 입술을 포갰다. 그러자 내 혀는 다시 그녀의 혀를 더듬기 시작했다. 나는 감전이라도 된 듯 온몸을 떨었다. 그러는 동안 마리안네는 드레스의 단추를 풀고 있었다. 기적이 일어났다(물론 지금 내게는 저주로 보이지만). 기적이 우리 세 사람을 용해시켜 한 인간으로 만들었다.

　그날 밤 땀에 젖은 우리의 육체는, 노예들이 사슬을 벗어던지듯이, 몸에 걸친 모든 옷들을 벗어버렸다. 우리는 먹이를 놓고 다투는 맹수들처럼 한 덩어리가 되어 바닥을 굴렀다. 서로 키스하고 쓰다듬고 잡아뜯으며 끝없이 서로를 위해 죽고 또 사랑했다. 기력이 완전히 소진될 때까지. 우리는 개인을 상실한 채 오직 쾌락과 자극만을 좇는 하나의 존재로, 다양한 하나의 존재로 바뀌었다. 그 순간은 누가 누구이고 어느 다리, 어느 눈길, 어느 피부가, 그리고 어느 성기가 누구의 것인지 전혀 문제가 되지 않았다. 우리는 모든 것을 서로 나누었고, 모든 것을 있는 그대로 받아들였다. 무아의 도취 속에서 진실로 사랑하는 사람들 사이엔 아무런 경계가 없다는 것을 확인했다. 네 이웃을 네 몸처럼 사랑하라고 그분은 말씀하셨다. 그리고 우리는 그분의 탄생을 지금 이 저녁에 기념하고 있었던 것이다. 우리는 그분의 계율을 마지막 지점까지 따라

가보기로 했다. 우리는 죄를 짓지 않았다. 아니, 죄를 지을 수가 없었다. 오히려 은총을 받았다. 그때 우리들은 어린아이처럼 순수하고 순결했다.

우리는 침실로 달려갔다. 벌거벗은 채 침대 위에 뒤엉켜 있는 우리의 모습은 마치 성령의 힘으로 어부의 그물에 걸려 올라온 물고기들 같았다. 나는 여지껏 한 번도 그렇게 완벽하게 조화로운 아름다움을 본 적이 없었다. 단순히 무아지경에 빠진 한 명의 남자와 두 명의 여자가 만들어내는 사랑의 윤무가 아니었다. 우리는 성의 구별도 없이 하나가 되어 거대한 거미줄을 만들고 그 아름다움에 취해 스스로 그 거미줄에 걸려들고 있었다. 세세한 부분 하나하나가 모두 대가의 솜씨로 빚어놓은 것 같은 걸작이었다. 사방으로 어지러운 곡선을 그리며 뒤엉킨 아름다운 젖가슴들, 한 여인의 배를 지나 곧바로 다른 여인의 등으로 미끄러지는 나의 혀, 내 어깨에서 여인의 발로 이어지는 키스, 끝없는 움직임 속에서 다르면서도 똑같은 두 개의 음부를 넘나드는 나의 성기, 여섯 개의 손, 부드러우면서도 빈틈없이 밀착된 피부, 위로하고 속삭이고 소리치고 흐느끼면서 더 이상 구별할 수 없이 하나로 합쳐지는 세 개의 목소리. 바야흐로 새로운 세계가 탄생하고 있었다. 우리만의 세계가! 우리의 포옹은 태초의 힘이었고, 우리의 중얼거림은 말씀이었고, 우리의 피로는 일곱째 날의 휴식이 되었다.

폭풍이 지나가자 고요가 찾아왔다. 우리는 난파당한 선원들처럼 침대 위에 널브러졌다. 도움을 요청할 수도 없이 지쳐 그냥 누군가가 구해주기만을 바라며. 그것이 사랑이 아니라면 도대체 뭐라고 불러야 할까? 우리는 생각에 잠긴 채, 놀라움과 갈증 속에서 구원의 별빛처럼 천장에 매달려 있는 등불을 응시했다. 그것은 기도였을까? 우리는 아무 말 없이, 달콤한 와인 맛처럼 느껴지는 침을 삼키며 용서를 빌었다. 신에게, 하이니에게, 인간에게. 하지만 그러면서도 다른 한편으로는 이런 기회를 다시 허락해달라고 빌었다. 한 번, 또 한 번, 결국 완전히 파멸할 때까지, 끝없이 간구했다.

거짓말쟁이 역설

1947년 4월, 괴팅겐

어두운 침묵 속에 잠긴 채 베이컨 중위와 이레네 그리고 나, 세 사람은 금요일 저녁 일곱 시경에 괴팅겐 역에 도착했다. 베이컨은 택시를 잡은 뒤 일단 이레네를 요한이 기다리고 있을 그녀의 어머니 집으로 떠나보냈다.

"피곤한 한 주일이었어요, 교수님. 집에 가서 푹 쉬시고 월요일에 다시 만나요."

"그러지. 자, 그럼 이만."

이레네와의 언쟁 때문에 생긴 불쾌감이 채 가시지 않은 나는 그에게 작별인사를 건넸다.

베이컨은 기차역에 걸린 시계를 힐끗 쳐다보고서 집으로 발걸음을 옮겼다. 오랜 시간 사람들과 함께 지내고 난 뒤라서 그런지 괴팅겐 거리의 편안한 익명 속으로 들어가는 발걸음은 가벼웠다. 밤이 되면 도시는 달라졌다. 상쾌하고 자유롭다. 아침의 악덕과 피곤함이 없다. 그가 사는 집은 조용히 잠들어 있는 고래 같았다. 가로등 불빛은 그 아가리 근처에도 채 미치지 못했다. 베이컨이 덫에 걸린 작은 짐승처럼 집 안으로 삼켜졌다. 벌써 한밤중이었다. 그는 목욕을 하고 쉬고 싶었다. 작은 등을 켠 뒤 옷을 벗기 시작했다. 바지를 벗어 바닥에 내려놓으려는데 문지방 틈에 하얀 봉투가 보였다. 누군가가 현관문 아래로 찔러넣은게 틀림없었다. 처음에 베이컨은 상부에서 새로운 명령이 하달된 것이라고 짐작했다. 그런데 그런 거라면 이런 식으로 전달되지는 않을 터였다. 궁금해하며 봉투를 열어보니 더 작은 봉투가 들어 있었다. 은근히짜증스러운 마음으로 봉투를 열어보자 카드가 한 장 나왔다. 우아한 필체로 써내려간 큼직한 글자가 눈에 들어왔다.

친애하는 베이컨 박사

당신이 아직 나를 찾아오지 않고 있지만 난 어차피 우리가 조만간 만나게 될 거란 걸 알고 있소. 그래서 차라리 내가 먼저 당신에게 연락하기로 결심했소. 왜냐고? 당신에게 경고하기 위해서요. 지금 당신이 전혀 모르는 영역에 겁 없이 함부로 발을 들여놓고 있기 때문이오. 전에내가 그랬듯이. 그래서 나는 결국 패배하고 말았소. 그러니 부디 몸조심하길! 물리학자들은 모두 거짓말쟁이들이라오.

요하네스 슈타르크 교수

베이컨은 등골이 오싹해지는 걸 느꼈다. 차라리 그저 누가 농담한 거라고 생각하고 싶었다. 슈타르크가 도대체 어떻게 주소를 안 것일까? 그는 왜 베이컨에게 이런 불길한 소식을 전했을까? 이 일에서 손을 떼게 하려고? 이게 정말 그를 위한 경고일까? 아니면 그냥 겁을 주려는 것일까? 베이컨은 잠시 침대에 누워 꼼짝 않고 생각에 잠겼다가 곧 다시 몸을 일으켰다. 그때 유일하게 떠오른 생각은(하지만 그건 최악의 선택이었다) 이레네에게 가는 것이었다. 그녀는 잠에 취한 얼굴로 짜증스럽게 그를 맞이했다(아마도 좀 더 빨리 찾아오지 않은 것 때문에 골이 난 건

지도 몰랐다). 그녀의 품엔 아직 잠들지 않은 요한이 안겨 있었다.

"무슨 일이에요? 문이 다 부서지는 줄 알았어요."

베이컨은 대꾸 없이 안으로 들어섰다.

"근처에서 혹시 이상한 사람 못 봤어?"

"아뇨, 난 집에 온 뒤로 내내 안에만 있었어요. 그런데 왜요?"

베이컨이 편지를 보여주었다.

"이게 도대체 뭐예요?"

"현관문 아래에 있었어."

이레네가 편지를 읽었다.

"이상하군요. 그 사람이 도대체 왜 이런 걸 보냈을까요?"

"나도 모르겠어. 아무튼 그가 우리 일을 알고 있는 건 분명해."

"정말 웃기는 짓이군요."

"그렇지 않을지도 몰라."

이레네는 재빨리 요한을 침대에 눕히고 마치 베이컨을 외부의 위협으로부터 보호해주려는 듯 품에 안았다. 아직 모성애의 관성이 남아 있는 것처럼.

몇 시간 뒤 베이컨은 벌써 나의 집 소파에 앉아 있었다. 새벽 4시였다.

"아침까지 도저히 기다릴 수 없었던 모양이군."

얇은 잠옷 바람인 내게 새벽공기는 너무 차가웠다.

"커피?"

"네, 고마워요."

"말해보게, 중위. 대체 무슨 일이지?"

그는 이레네에게 보여주었던 편지를 건넸다.

"그 늙은 여우가 당신에게 이걸 보냈단 말인가?"

나는 불편한 심기를 감추지 않았다. 우리는 부엌으로 갔다. 커피를 끓이는 동안 베이컨이 지금까지의 일을 설명했다.

"그가 이상한 자라는 건 우리도 이미 알고 있는 일이야."

내가 짜증스럽게 말했다.

"그래, 그가 갑자기 우리 일에 개입하려고 마음먹은 걸 수도 있어. 그런데 그게 뭐가 중요하단 말인가? 그자가 얻을 수 있는 게 뭐가 있다고?"

"그는 우리 일에 대해서 잘 알고 있다고 알려온 거예요. 어쩌면 이건……."

"이건 뭐?"

"그는 지금 우리에게 도전장을 던지는 게 분명해요. 다시 한 번 잘 읽어보세요."

"부디 몸 조심하시길! 물리학자들은 모두 거짓말쟁이들이라오."

내가 큰 소리로 읽었다.

"그는 체스 게임을 하듯 규칙을 정해놓았어요. 그는 왜 이런 짓을 하는 걸까요? 가만히 침묵하고 있는 편이 더 현명하지 않았을까요?"

"슈타르크는 우리가 자기를 의심하고 있다고 생각하는 거야. 그리고 이건 그가 자신을 방어하는 방식이지. 차라리 자기가 먼저 행동하려는 거겠지."

"그래도 이건 말이 안 돼요. 제정신이 아닌 게 틀림없어요."

"그럴지도 모르지. 하지만 그가 그러든 말든 우리와는 아무 상관도 없어. 어차피 우리에겐 선택의 여지가 없으니까."

"그럼 어떻게 하죠?"

"어떻게 하긴, 지금처럼 계속해나가야지."

"이 수수께끼는 어떻게 하고요?"

"그가 시간을 벌려고 그랬을지도 몰라."

"정말 한판 붙어보자는 거로군요!"

"진정해, 중위."

그의 어깨에 손을 얹으며 커피 잔을 내밀었다.

"더 이상 그 사람을 생각할 필요는 없어. 그가 제시한 게임규칙을 받아들이지 않으면 그뿐이야."

"그러기엔 너무 늦었어요. 우리에겐 두 가지 선택밖에 없어요. 게임을 하느냐 아니면 그만두느냐. 우리가 그만두면 클링조르가 이기는 겁니다."

"알았어, 알았다니까!"

내가 두 손을 들었다. 급히 커피를 마시다가 입술까지 데었다.

"우리도 게임을 하자고, 됐나? 그렇다면 중위, 당신은 슈타르크의 메시지가 무슨 뜻이라는 건가?"

"솔직히 잘 모르겠습니다."

"지금껏 모은 증거들이 틀렸다고 말하려는 걸까? 누군가가 우리를 속이고 있다고?"

"그런 것 같긴 한데, 그게 도움이 되기는커녕 오히려 더 혼란스럽군요. 대체 누가 우리를 속인다는 건지 통 알 수가 없으니까요. 안 그래요? 그는 우리에게 의혹만 심어주었어요. 우리가 방향은 제대로 잡았지만 누군가에게 속고 있다고 말한 거니까요."

"그게 바로 불확실성이란 사악한 괴물이지."

"더 기분 나쁜 것은 지금 그의 작전이 우리에게 먹혀들고 있다는 거예요!"

베이컨은 주먹으로 책상을 쾅 내리쳤다.

"이제 다른 사람들은 더 믿을 수 없게 되었어요."

그는 잠시 말을 끊었다가 내가 미처 뭐라고 하기도 전에 벌떡 일어났다.

"교수님, 그럼 아침에 사무실에서 만나요. 방금 이 일에 도움이 될 만한 사람이 하나 떠올랐어요."

몇 시간 후 우리는 베이컨의 사무실에서 다시 얼굴을 마주했다. 토요일이었지만 사무실 안은 제법 사람들로 붐볐다. 병사들은 상자나 서류 뭉치들을 나르고 있었고, 민간인 차림의 십여 명이 책상에 앉아 문서를 작성하거나 전화를 하고 있었다. 시계바늘은 아홉 시를 조금 넘어서고 있었다. 우리는 오전 내내 책상에 붙어 앉아서 베이컨이 직접 작성한 장문의 보고서를 암호화시킨 뒤 발송했다. 오후에 답변이 도착했다. 그 것은 존 폰 노이만으로부터 온 것이었다.

발신: 존 폰 노이만

수신: 프랜시스 P. 베이컨 중위

친애하는 프랭크에게

전보 잘 받았네. 아주 흥미로운 문제야. 추리소설 같아. 그는 게임을 썩 좋아하는 물리학자더군. 꽤나 똑똑하고. 그 슈타르크와 차라도 한 잔 나누고 싶을 지경이라네. 미친 사람이 틀림없지만 나름대로 유머 감각도 있고.

자네의 수수께끼는 어렵지만 풀 수 없을 정도는 아니었네. 자네들 두 사람처럼 유능한 과학자들이 이 정도의 의도를 읽어내지 못하다니, 이 거 놀라운걸? 너무 노골적이어서 그랬는지도 몰라. 이건 유명한 에피메니데스의 역설과 관련이 있네. 에피메니데스는 다른 사람들을 놀려 먹기 좋아하던 소피스트였어. 이런 건 요즘 사람들도 본받아야 할 바 람직한 습관이지. 아무튼 현명하고 정직하기로 유명했던 이 크레타 출 신의 소피스트가 어느 날 이렇게 말했네. '모든 크레타 사람들은 거짓말쟁이다'라고.

이 말 속에 담긴 논리적 문제를 모두 늘어놓을 필요는 없을 거라고 믿네. 아무튼 슈타르크가 에피메니데스나 우리의 친구 괴델처럼 예리한 구석이 있는 건 분명하다네. 그럼 행운을 빌겠네. 일이 돌아가는 모양을 보니 자네에겐 이 말이 꼭 필요할 것 같군. 새로운 소식이 생기면 또 연락하게.

"아, 내가 왜 그걸 미처 생각하지 못했을까?"

내가 한심하다는 듯이 소리쳤다.

"저는 어떻고요. 멍청하긴! 저 유명한 괴델 정리의 기초인데 말예요!"

더 우스꽝스러운 처지가 된 건 수학자인 나였는데 베이컨은 오히려 자신이 더 부끄러워했다.

"아무튼 다행이에요, 교수님. 중요한 건 이제 우리가 한 발짝 더 나아갔다는 사실이에요."

"모든 크레타 사람이 거짓말쟁이란 말이나 모든 물리학자들이 거짓말쟁이란 말이 그 자체로는 아무런 문제도 없지. 하지만 이 말을 하는 사람이 크레타 사람이나 물리학자일 경우에는 얘기가 달라지지."

"그래요, 우리의 경우에도 모든 물리학자가 거짓말쟁이라고 말한 사람은 물리학자인 셈이에요."

"바로 그거야, 중위. 그래서 이 문장은 내가 거짓말쟁이거나 아니면 문장 자체가 거짓인 게 되어버리지. 내가 거짓말을 한 게 아니라면 이 문장이 사실이 되어야 하겠지만, 이 문장이 사실이라면 나 역시 거짓말쟁이이므로 결국 내 말이 틀려야 해. 전형적인 무한 반복의 역설이지, 역설!"

"폰 노이만 교수가 지적한 것처럼 이건 괴델의 정리로도 이어집니다.

불확정성으로요. 양자역학에서처럼 이젠 수학에서도 불확정성이 중심 문제로 떠오른 거예요. 괴델은 아무리 완벽한 시스템일지라도 그 시스템의 법칙에 의거해서 증명될 수 없는 진술이 최소한 한 개 이상 존재한다고 말했어요. 참도 거짓도 아닌 결정 불가능한 진술 말입니다."

"그래, 중위. 슈뢰딩거의 고양이처럼 살아 있으면서 동시에 죽은 것!"

"모든 게 너무 잘 맞아떨어져요, 안 그래요 교수님? 프린스턴에서 괴델을 만난 적이 있어요. 어찌 보면 제가 지금 여기에 있는 것도 모두 그 사람 때문이랄 수 있어요. 아주 긴 이야기지만요."

"슈타르크의 메시지에는 '또 다른' 메시지들로 가득 차 있어."

"그리고 그 모든 메시지들은 한 점으로 귀결되지요. 아무리 노력해도 진실을 온전히 경험할 순 없다는 불확실성으로 말입니다."

"그는 결국 우리의 용기를 꺾으려드는 거야, 중위. 물리학이나 수학 같은 과학조차 절대적인 확실성에 도달할 수 없는 이 마당에 도대체 무엇 때문에 고생을 하느냐고 말이지. 우리더러 도대체 왜 그런 무모한 짓을 하냐고 묻고 있는 거야. 진실은 결정 불가능한 문장처럼 이중적이고, 전자처럼 파악할 수 없고, 역설처럼 불확실한 것이라고 말이지."

"그렇게 해선 클링조르를 찾아낼 수 없다고 말하려는 걸까요, 그는?"

나는 잠시 아무 말도 하지 않고 모든 가능성들을 생각해보았다. 해답을 알 것도 같았다.

"내게 한 가지 생각이 떠올랐어, 중위. 슈타르크의 메시지는 의혹만 증폭시키는 게 사실이긴 해. 그리고 그는 지금까지 우리가 이야기를 나눈 과학자들과 적대관계에 있는 인물이야. 모두들 그에 대항하는 동맹을 맺은 셈이지. 현재까지도."

"대체 무슨 말씀을 하시려는 거예요, 교수님?"

"모든 물리학자들은 거짓말쟁이라는 말을 다시 한 번 잘 생각해봐.

슈타르크는 우리가 지금까지 모은 증거들을 의심하길 바라는 거야. 왜 그럴까? 생각해봐."

나는 활기차게 말했다.

"클링조르가 사실은 슈타르크의 적들 중 한 사람이라는 가설에서 출발한다면 어떨까? 그렇다면 그들은 지금 그의 정체를 보호해주기 위해 모두들 거짓말을 하고 있을지도 모르지. 예전에 그랬던 것처럼. 모든 물리학자들이 그를 보호하기 위해 거짓말을 하고 있다면? 예를 들자면 하이젠베르크를?"

"슈타르크 같은 자의 말을 믿고서 하이젠베르크를 의심하는 건 어처구니없는 짓입니다, 교수님."

"바로 그거야, 중위. 슈타르크는 우리가 그를 신뢰하지 않을 거란 사실까지 알고 있어. 그래서 우리를 설득하려는 노력을 포기하고 그가 틀렸다는 걸 증명해보라고 자극하는 거야. 그러니까 이 편지는 고발이 아니라 도발이지. 만약 우리의 대화 상대자인 물리학자들 중 누군가가 하이젠베르크를 보호하기 위해 거짓말을 하고 있다는 걸 증명할 수만 있다면, 그렇다면 우린 올바른 해법을 찾게 될 수 있어."

"그러려면 이 나라에 있는 물리학자 전체를 대상으로 삼아야 할 텐데요. 그건 마치 반란사건을 조사하는 것 같은 거예요."

베이컨은 도저히 불가능하다는 얼굴로 이렇게 말했지만, 그의 눈빛에는 구미가 당기는 기색이 역력했다.

"하지만 만약 그것이 사실이라면?"

나는 계속해서 베이컨을 유인했다.

"슈타르크가 비열한 인간인 것은 확실해. 그러나 그의 말이 사실이라면? 단지 그가 비난받아 마땅한 인간이기 때문에 그 가설을 내버려야 한다는 건 부당하지. 만약 다른 사람들이 그보다 더 나쁜 인간들이라면 그

땐 어떡할 거야? 하이젠베르크를 불신하는 게 나뿐만은 아니네, 중위."

마침내 히든카드를 꺼냈다.

"보어조차도 결국 하이젠베르크에게 등을 돌렸다는 건 이미 널리 알려진 사실이야."

"닐스 보어가요?"

"그래, 중위. 잘은 모르지만 분명히 심각한 이유가 있었을 거야. 궁금하면 하이젠베르크에게 직접 물어보지, 그래?"

베이컨은 아무 말도 하지 않았다. 그는 생각 속에 깊이 잠겼다.

"무슨 생각을 하고 있어요?"

한동안 어둠 속에서 아무런 말이 없자 여자가 베이컨에게 물었다. 그녀의 육체는 바닷가에 내던져진 물고기 같았다. 오후의 뙤약볕 아래에서 말라죽을 운명을 타고난 물고기. 베이컨이 그녀의 허벅지 안쪽으로 손을 가져가자 그녀는 작살에 맞은 것처럼 이리저리 몸을 뒤틀었다.

"정말 맘에 안 들어요. 프랭크. 난 하이젠베르크가 이 일에 연루되었을 거라고는 믿지 않아."

그녀가 침대에서 윗몸을 일으키자 한 입 베어 물고 싶은 분홍빛 젖가슴이 드러났다.

"당신은 나보다 더 그 일을 걱정하고 있군."

그가 이렇게 말하며 머리를 이레네의 무릎 사이로 가져갔다.

"그 사건을 그렇게 가볍게 생각하는 당신이 난 진짜 이해가 안 가."

그녀가 갑자기 짜증을 내며 그의 얼굴을 밀쳐냈다.

"벌써 넉 달이나 이 일에 매달려 있으면서도 아직 아무런 성과도 못 얻고 있잖아. 게다가 링스 교수는 당신을 마음대로 조종하려고만 해요. 확실한 증거도 없으면서!"

"슈타르크가 보낸 편지가 있잖아."

베이컨이 포옹하려고 했지만 이레네는 그것마저 뿌리쳤다.

"그래요, 그 알량한 편지! 그건 아무 소용도 없어, 프랭크. 거기 어디에 하이젠베르크가 유죄라는 증거가 있어요? 그건 그냥 마음대로 지어낸 생각일 뿐이야."

베이컨도 짜증이 났다. 나라면 그런 여자와는 벌써 오래전에 헤어졌을 것이다. 아니면 적어도 내 일에는 관여하지 말라고 정확히 못 박았으리라. 그런데 우리의 불쌍한 베이컨은 영락없는 겁쟁이였다.

"이제 그만, 이레네! 그게 당신하고 무슨 상관이야. 링스 교수를 싫어하는 건 잘 알지만 그 사람 없이는 이 일을 제대로 할 수 없어!"

"어차피 지금도 일을 제대로 하지 못하잖아요, 프랭크."

"그렇게 생각해? 당신이 틀렸어. 난 우리가 아주 중요한 진전을 보았다고 생각해."

"어떤 진전?"

"당신도 플랑크나 폰 라우에, 슈뢰딩거 같은 사람들의 이야기를 들었잖아. 하이젠베르크가 비록 우리가 찾는 그 사람이 아닐지 몰라도 적어도 그는 우리를 클링조르에게 데려다 줄 수는 있어."

"한심하게도, 당신은 아직 확실한 증거를 하나도 얻지 못했어요. 그건 모두 머릿속 생각일 뿐이야."

이레네가 벌떡 일어나 옷을 주워 입기 시작했다.

"이 일에 왜 그렇게 흥분하는 거야? 그리고 지금 어딜 가려는 건데?"

"당신이 이렇게 시간 낭비만 하고 있는 게 딱해서 그래요. 이제 나갈 준비를 해야 해. 벌써 일곱 시가 다 됐어요."

"이레네, 제발 그러지 마. 그러잖아도 문제가 산더미같이 쌓였어. 난 당신하고 싸울 힘조차 없다고."

그녀는 아무런 대답도 하지 않았다. 우울한 표정은 분노 때문에 일그러져 있었다. 베이컨도 옷을 입는 수밖에 다른 도리가 없었다.

오후의 햇살은 반짝이는 우유 방울처럼 쏟아지고 있었다. 베이컨은 정해진 시각에 맞춰 약속장소에 나타났다(나는 그의 이런 일관성이 종종 거슬리기도 한다). 하이젠베르크도 상대방을 기다리게 하지 않았다. 하이젠베르크는 이 집요하고 단순한 미국인이 은근히 귀찮아지기 시작했다. 베이컨은 이번에도 지난번과 똑같은 구실을 댔다. 독일의 과학연구에 대해 글을 쓴다는 구실.

"바쁘실 텐데 또 한 번 시간을 내주셔서 고맙습니다. 교수님의 시간을 많이 빼앗지는 않겠습니다."

베이컨이 말을 꺼냈다.

"교수님께선 왜 독일 원자탄 프로젝트에 참여하셨습니까? 이런 위험한 폭탄이 히틀러의 손에 들어간다면 어떤 일이 벌어질지 누구보다도 더 잘 아셨을 텐데요."

"난 연구를 계속했을 뿐입니다, 베이컨 박사."

하이젠베르크의 목소리는 카랑카랑했다.

"전에도 말했지만, 독일의 원자탄 프로젝트에 참여하는 건 선택의 문제가 아니었습니다. 그 위치에 있으면 내 조국뿐만 아니라 세계에 유익한 일을 할 수도 있었고요."

"무슨 말씀이십니까?"

"폭탄개발의 진척 여부는 전적으로 내게 달려 있었습니다."

목소리에 힘이 들어갔다.

"나는 그 가공할 위력의 무기가 인류에게 사용되는 걸 절대로 허락하지 않을 생각이었습니다."

하이젠베르크는 잠시 아무 말도 하지 않았다.

"그렇다면 교수님께선 프로젝트의 성공을 방해할 작정으로……."

"나는 그 무기가 사용되는 걸 허락하지 않겠다고만 말했어요, 박사. 그게 전부입니다."

"그건 조국을 배반하는 게 아닙니까?"

"난 절대로 조국을 배반하지 않았어요, 박사."

하이젠베르크가 흥분한 목소리로 말했다.

"또 수백만의 죄 없는 사람들이 내 잘못으로 목숨을 잃게 만드는 일도 절대로 허락하지 않았을 거고요. 그런데 히로시마와 나가사키에서 당신들이 한 짓은……."

이제 공격의 방향이 바뀌었다.

"우리 한번 현실적으로 말해봅시다, 베이컨 박사. 나는 단 한 사람의 죽음에 대해서도 양심에 걸리는 게 없습니다. 그런데 미국에 있는 동료들은 어떨까요? 애국심에서건, 아니면 더 큰 악을 피하기 위해서건 그 이유는 별로 중요하지 않아요. 이런 걸 판단하는 것 역시 내 몫이 아니고요. 그런데도 왜 계속 내게만 시비를 거는지 잘 모르겠군요."

"죄송합니다, 교수님."

"연합군의 원자탄 프로젝트에는 얼마나 수많은 물리학자들과 수학자들이 참여했습니까? 그 이름을 전부 다 대자면 정말 한참 걸리겠지요. 아인슈타인도 폭탄제조에 최초로 찬성한 과학자 대열에 속해 있더군요. 보어 교수도 마찬가지고요. 그런데도 그들은 나를 비난하고 있습니다."

하이젠베르크는 흥분해서 너무 많은 말을 했다고 생각했는지 갑자기 입을 닫았다. 억지로 미소를 지으며 간신히 분노를 가라앉히고 있었지만 눈빛은 얼음장처럼 차가웠다.

"보어 교수도 그랬습니까?"

베이컨은 아무것도 모르는 얼굴로 되물었다. 하이젠베르크는 잠시 머뭇거렸다.

"그밖에도 여러 사람들이 있었습니다."

"특히 두 분은 절친한 사이였잖습니까?"

베이컨이 끈질기게 물고 늘어졌다.

"교수님께선 그의 가족과 마찬가지였던 걸로 알고 있습니다."

"그건 지금도 마찬가지입니다. 난 아직도 그분을 존경하고 있어요."

"그런데, 이젠 서로 연락을 주고받는 사이가 아니군요."

"안타깝지만, 그래요."

"언제부터였습니까? 전쟁이 시작된 뒤부터였습니까?"

"대략 그 무렵이었어요. 그 즈음 마지막으로 코펜하겐에서 만났으니까."

베이컨은 자신이 문제의 핵심에 접근했다는 걸 알았다.

"그때 무슨 일이 있었는지 여쭤봐도 될까요, 교수님?"

"그건 말하고 싶지 않습니다. 개인적인 일이라서 당신이 쓰려는 글과는 아무런 상관이 없습니다."

"제가 보기엔 보어 교수가 화를 낸 것도 무리가 아닌 것 같은데요."

베이컨은 상대방의 반응에 개의치 않고 계속해서 말했다.

"덴마크는 독일의 공격을 받았어요. 어쩌면 교수님의 어떤 태도가 보어 교수에게 상처를 주었을지도 모릅니다."

"그랬을 수도 있겠지요."

"코펜하겐을 마지막으로 방문하신 게 언제인가요?"

"1941년입니다."

"두 분은 예전처럼 연구소에서 만나셨습니까?"

"아닙니다. 나는 코펜하겐의 독일 과학연구소에서 주최하는 강연회에 초대된 거였습니다. 그 행사가 독일과 덴마크 과학자들의 관계를 조금이라도 회복시키는 데 도움이 될 거 같아서 그 초대에 응한 겁니다. 하지만 그건 착각이었어요."

"교수님께선 그 기회를 이용해 보어 교수를 만나신 거지요?"

"네."

"만나서 무슨 이야기를 나누셨습니까?"

"주로 전쟁에 관한 얘기를 했습니다. 물리학에 대한 얘기도 나눴고요. 하지만 아주 짧은 만남이었습니다."

"그때 이후로 지금까지 두 분은 서로 아무런 연락도 취하지 않으신 건가요?"

"유감스럽지만, 그렇습니다."

하이젠베르크는 손가락으로 책상을 두드리기 시작했다.

"이제 다 끝났습니까?"

"네, 교수님. 이번엔 여기까지만 하겠습니다."

베이컨은 자신의 목소리가 너무 신랄하게 들리지 않도록 조심했다.

"내 이야기가 도움이 되었기를 바랍니다."

작별인사를 건네는 하이젠베르크의 손이 가늘게 떨리고 있었다.

전쟁이 끝났을 때 독일 과학자들에게 던져진 질문은 언제나 똑같았다. 그리고 그것은 원자탄 프로젝트에 참여한 이후 줄곧 자기 스스로에게 던졌던 질문이기도 했다. *왜? 무엇 때문에?*

당신은 신무기 개발과 관련된 연구 프로젝트에 참여했는가? 그렇다.

당신이 하는 연구가 폭탄 제작으로 이어진다는 사실을 알고 있었는가? 그렇다.

당신은 나치와 같은 정부가 그런 무기를 손에 넣으면 어떻게 사용할지 알고 있었는가? 그렇다.

하지만 당신은 언제나 나치 정책에 반대해왔고 단 한 번도 당을 도운 적이 없다고 주장했다. 정말 그러한가? 그렇다.

그런데도 왜 그런 행동을 했을까? 그 대답은, 짐작할 수 있듯이, 그리 간단하지 않다. 나는 희생자로 분류되었기 때문에 이런 질문에 대해 납득할 만한 설명을 찾아내려고 머리를 썩일 필요가 없었다. 감옥에서의 고초는 참회의 증거로 충분했다. 하지만 하이젠베르크와 같은 자들은 좀 더 그럴싸한 변명을 내놓으려고 애를 썼다.

"내겐 그 프로젝트에 참여해야 한다는 일종의 암시 같은 것이 있었습니다."

하이젠베르크는 자신의 행위에 대한 정당성을 요구받을 때마다 이 말만을 되풀이했다.

"정부의 공식적인 입장은 '전쟁을 위해 물리학을 이용하자'는 것이었습니다. 우리는 그것을 '물리학을 위해 전쟁을 이용하자'라고 바꾸었던 것입니다!"

그는 어마어마한 책임에서 벗어나기 위해 얼마나 많은 말을, 얼마나 많은 논리를 만들어냈던가. 그의 유일한 공로가, 그가 용서받을 수 있는 유일한 근거가 그의 실패였다는 것만은 확실하다. 하이젠베르크 팀은 전쟁이 끝날 때까지도 폭탄제조는 고사하고 원자로를 만들고 연쇄반응을 일으키는 단계조차 끝내지 못했다. 무던히도 노력했지만 성공하지 못했다. 만약 그가 성공했다면? 히틀러가, 미국인들이 히로시마와 나가사키에서 했던 것처럼 런던이나 버밍엄에서 수백만 명의 무고한 사람들을 죽였다면 어땠을까? 그래도 역사의 판결이 하이젠베르크에게 이렇게 관대했을까?

그는 온 힘을 다해 자신을 방어했다. 당시의 역사적 상황은 특수했다.

그리고 자신은 독일인이었다. 자신이 조국의 멸망이 아니라 승리를 바랐던 것은 당연하고 또 정당한 일이 아닌가? 조국을 지키는 데 기여하는 것이 자신의 의무가 아닌가? 물론 평범한 전쟁이었다면 그의 의무가 맞다.(이것은 그들이 그에게 제시한 설명이다.) 하지만 이 전쟁은 다르다. 히틀러는 국민을 위해 최선을 다하는 정치가가 아니라 범죄자였기 때문이다. 이 문제는 이미 뉘른베르크에서 충분히 밝혔다. 범죄자의 명령에 복종할 의무는 없는 것이다. 과학자라면 더더욱 그렇다.

그는 왜 원자탄 프로젝트에 참여하기로 동의했을까?

하이젠베르크는 좀 더 지능적인 변명거리를 찾았다. 자신의 연구를 위해 전쟁을 이용하려고 했다는 게 그것이었다. 처음부터 그는 폭탄 제조가 (적어도 전쟁 중에는) 자기 손에 달려 있지 않다는 사실을 알고 있었다. 자신은 그저 연구를 하고자 했을 뿐 나치에게 대량살상 무기를 제공하려는 생각은 추호도 없었다. 핵분열의 문제는, 이 과정에서 방출되는 에너지의 실제적 사용 문제는 자신에게 하나의 연구주제이며 과학적이고 기술적인 도전거리에 불과하다. 그 이상의 의미는 없었다. 자신도 물론 연합군측 과학자들의 수준에 이르기를 염원했다.(왜 사람들은 수백만의 주검이 그들의 실험실에서 비롯됐다는 것을 알게 되었음에도 연합군측 과학자들에게는 그들의 기분이 어떤지 묻지 않는가?) 이런 소망은 죄악이 아니다. 그것은 오히려 정당한 경쟁이다. 그는 한결같이 자신이야말로 일본에서와 같은 대량살상을 절대로 용납하지 않았을 거라고 주장했다.

과연 그의 말이 사실일까? 과연 질문자들은 단죄할 자격이 있는 것일까? 그들은 혹시, 그들의 과학자들에게 무기에 쓰일 재료를 만들게 했을 뿐만 아니라 그것을 실제로 사용하게 했기 때문에 오히려 자신들이 더 죄를 많이 지었다고 생각하는 것은 아닐까? 그래서 더 이상 그를 추

궁하지 못하고 용서를 베푼 것은 아닐까? 원고들도 피고 못지않게 유죄 판결을 받아야 하는 건 아닐까? 하이젠베르크는 자기 방어를 위한 마지막 논리를, 결정적인 핑계를 내놓았다. 만약에 그와 동료들이 그 프로젝트 참여하기를 거부했더라면 그들보다 훨씬 더 비도덕적이고 거침없는 과학자들이 그 일을 떠맡았을 것이라고(이때 그는 슈타르크와 그 일당을 염두에 두고 말했을까?), 그랬더라면 정말 무슨 일이 벌어질지 몰랐을 것이라고……. 그가 배후에서 연구의 진척을 감시하고 필요할 경우 제동까지 건 것이 사실이라면, 그것은 틀림없이 더 나은 선택이 분명했다.

우리가 그의 버전을 곧이곧대로 다 받아들여야 하는 것일까? 하이젠베르크와 같은 인물을 과연 믿을 수 있을까? 이보게, 베이컨 중위, 그건 절대로 당연히 그렇지 않다. 절대로!

"하이젠베르크를 만난 일은 어떻게 되었어?"

베이컨 중위는 수수께끼 같은 표정을 지었다. 이번 방문에서는 무슨 이야기들이 오고간 것일까? 궁금해서 미칠 지경이었지만 태연을 가장하고 물어보았다. 그 또한 책상에 앉아 나의 반응을 탐색하는 것처럼 빤히 쳐다보았다.

"어땠냐고?"

다시 한 번 재촉했다.

"별로 인정하고 싶지는 않지만, 이번에도 교수님이 옳았어요."

"그게 무슨 뜻이지, 중위?"

"하이젠베르크의 태도 말이에요. 저는 폭탄 얘기만 꺼내면 당혹스러워할 거라고 예상했는데 전혀 그렇지 않았어요. 그런데 보어 얘기가 나오니까 얼굴빛이 금방 달라지더군요. 전쟁 중에 코펜하겐에서 옛 스승을 만났을 때 무슨 문제가 있었던 게 분명해요."

"그것 봐. 내가 그렇다고 했잖아!"

나는 자리에서 벌떡 일어서며 소리쳤다.

"교수님은 하이젠베르크가 우리가 찾는 인물이길 정말 몹시 바라시는군요."

그가 미심쩍은 눈초리로 쳐다보았다.

"교수님과 그의 관계는 어땠나요?"

"그냥 동료 사이였어."

머뭇거리지 않고 곧장 대답했다.

"사무실이 서로 멀리 떨어져 있어서 원자탄 프로젝트가 진행되는 동안 겨우 두세 번 정도 만났을 뿐이야. 우리는 여러 그룹으로 나뉘어 일했지. 중위도 알다시피, 스파이에 의한 정보유출을 피하려고 그랬던 거야."

"아, 네, 그 이야긴 그만하죠. 그보다 코펜하겐에서 보어와 하이젠베르크 사이에 무슨 일이 있었는지 자세히 조사해볼 필요가 있겠어요. 짐작이 옳다면 정복자와 피정복자 사이의 감정 싸움보다 더 깊은 어떤 이유가 분명히 있을 거예요."

"맞아, 중위. 보어와 하이젠베르크는 아버지와 아들 같은 사이였어. 두 사람처럼 가까운 관계는 좀체 찾아보기 힘들지. 그런 그들이 다시 만나지 않게 되었다면 분명히 아주 중요한 이유가 있었을 거야."

"너무 추측에만 의존하지 마세요, 교수님."

베이컨이 평소답지 않게 단호한 어조로 경고했다. 이레네가 뒤에서 뭐라고 속삭였음이 틀림없다.

"우리는 오직 사실에만 근거해야 합니다. 아시겠죠?"

"물론이야."

"그럼 이제 보어를 직접 만나보는 수밖에 없어요."

"코펜하겐으로 가서?"

"그 외에 다른 방법이 있나요? 며칠 뒤에 곧바로 떠날 거예요."

그의 초조함은 이해하고도 남았지만 공격적인 말투가 거슬렸다.

"난 준비할 시간이 필요해."

"죄송스럽지만 교수님은 이곳 괴팅겐에 남아서 저를 도와주세요."

뭐라고? 내 귀를 의심했다. 내 도움으로 겨우 일을 시작한 주제에 이젠 나를 따돌리려고 하다니! 자기 애인이 나를 싫어한다는 이유 하나만으로. 해도 너무했다!

"도무지 이해할 수 없군, 중위."

"죄송합니다, 교수님."

그가 화해를 청하는 듯 말했다.

"솔직히 말씀드리자면 혼자서 보어를 만나고 싶습니다. 교수님의 시간도 빼앗고 싶지 않고요. 저 때문에 교수님이 일을 못 하시는 건 원하지 않아요."

"더는 나를 신뢰하지 못하겠다는 뜻인가?"

그의 얼굴을 똑바로 쳐다보았다.

"아니, 절대로 그런 건 아닙니다."

그는 매우 다정한 척 말했다.

"다만 상황이 자꾸 복잡하고 어려워져서 그래요. 점차 많은 인물들이 연루되고 있기 때문에 여간 조심스러운 게 아닙니다. 그러니까 이해해주세요, 교수님. 사사로운 감정으로 그러는 건 절대로 아닙니다. 교수님의 도움이 없었다면 전 여기까지 오지도 못했을 거예요. 그건 교수님도 잘 아시잖아요."

"마음대로 하게, 중위."

잠시 무거운 침묵이 흐르는 동안 우리는 서로의 속내를 가늠해보려고 애썼다. 결국 더 이상 참지 못하고 나를 진짜 불안하게 만드는 것에 대해 물었다. 마치 아무 일도 아닌 것처럼 지나가는 투로.

"이레네도 함께 가나?"

"아직은 잘 모르겠습니다."

베이컨은 거짓말에 서툴렀다.

"어쩌면 함께 갈지도 모르지만 이런저런 문제가 있어서……."

"그렇군."

"제게 화나신 건 아니지요?"

"물론."

"다행입니다. 교수님께 좋은 소식을 전해드려야 할 텐데. 아무튼 그 동안에도 계속 이 일에 대해 생각해주세요. 교수님의 아이디어들이 이 제껏 제 임무에 얼마나 큰 도움이 되었는지 잘 아시지요?"

나는 처음부터 그녀가 못마땅했다. 그녀의 말이나 행동에는 무언가 사악하고 교활한 것이 감추어져 있는 것 같았다. 베이컨을 대하는 태도에서도 꾸민 듯한 열정이 느껴졌다. 꼬리가 길게 늘어진 갈색 눈, 불만에 가득 찬 몸짓, 자기 마음에 들지 않는 것에 대해 보이는 폐쇄적인 태도와 적개심 등등, 그것들은 불신을 불러일으키기에 충분했다. 하지만 그동안은 친구에 대한 예의 때문에 가능한 한 말을 아끼며 충돌을 피하려고 노력했다. 그래서 득을 보는 건 클링조르뿐일 거라는 계산도 있었다. 그러나 이레네를 각별히 조심해야 한다는 건 점점 더 분명해졌다. 홀로 어린 아들을 키운다는 여자의 어둡고 음산한 분위기도 그걸 말해주고 있었다. 게다가 그녀는 중위의 눈을 순식간에 완전히 멀게 한 완벽함까지 갖추고 있었다. 몇 달이나 고생해온 일이 한 여자 때문에 위험에 처해지는 걸 그대로 방관할 수는 없었다.

처음부터 두 가지가 의심스러웠다. 첫 번째 의심은 베이컨이 하는 일에 그녀가 지나치게 집요한 관심을 보인다는 것이었다. 두 번째 의심은 베이컨이 이제껏 단 한 번도 대낮에 그녀를 만난 적이 없다는 사실이다. 어디론가 외출했다가 돌아온 그녀는 저녁때만 그와 만났다. 그와 떨어져 있는 낮 동안의 생활은 철저히 베일에 싸여 있었다. 혹시 내가 너무 지나친 상상을 하고 있는 건 아닐까? 그러나 만일의 경우를 위해서 나는 그녀가 무슨 의도를 가지고 베이컨을 만나고 있는지 확실히 알아야 했다. 며칠 뒤면 이레네와 베이컨 둘이서 덴마크로 떠나게 된다. 한시바삐 서둘러야 했다.

어느 날 아침 나는 평소보다 일찍 일어나, 연구소나 베이컨의 사무실로 가는 대신 두 사람이 사는 집으로 가 눈에 띄지 않는 곳에 숨었다. 해가 아직 완전히 모습을 드러내지 않아 공기는 축축하고 차가웠다. 여덟 시쯤 베이컨이 건물을 나섰다. 그는 빠르고 신경질적인 걸음으로 사무실로 향했다. 잘됐다! 이젠 이레네만 기다리면 되었다. 난 그녀가 어디를 가든 끝까지 뒤따라가볼 작정이었다.

힘겨운 기다림 끝에 마침내 여자가 아들과 함께 나타났다. 열 시경이었다. 아마도 아이를 자기 어머니에게 데려다주려는 모양이었다(그녀는 베이컨에게 항상 그렇게 말했다). 평소답지 않은 우스꽝스러운 몸짓으로 서둘러 가는 걸 보니 미처 나를 보지 못한 게 틀림없었다. 그녀가 아이를 무슨 짐짝 다루듯 거칠게 대하는 것도 내겐 전혀 이상하게 보이지 않았다. 그녀는 걷는 동안 내내 단 한 번도 아이에게 뽀뽀를 해주거나 쓰다듬어주지 않았다. 그렇게 한참 동안 걸어간 그녀는 다 무너지게 생긴 문 뒤에서 뻗어나온 정체 모를 두 팔에 아기를 안겨주었다. 이레네는 문 안으로 들어선다거나 아들에게(정말 그녀의 아들이 맞다면) 작별인사도 하지 않은 채 다시 바삐 길을 나섰다.

계속해서 그녀를 몰래 뒤쫓아갔다. 열 시 십오 분쯤, 이레네는 그녀가 일하는(또는 그렇다고 말하는) 공장에 도착했다. 그러고는 사장의 엄한 질책을 두려워하는 직원처럼 재빨리 문 안으로 빨려들어 갔다. 아무래도 이날의 계획은 실패한 것처럼 보였다. 하지만 나는 점심때까지 계속 살펴보기로 마음먹었다. 마침 연구소에 갈 일도 없었고 베이컨과 만날 약속도 없었다.

한 시 십 분쯤에 이레네가 다시 공장 밖으로 나왔다. 그녀는 무슨 초조한 일에 쫓기는 듯 빠르고 날렵하게 걸었다. 처음에는 요한을 다시 데리러가거나 점심을 먹으러 가는 줄로 알았다. 하지만 그녀의 발길은 점점 시내로부터 멀어졌다. 한 시 삼십 분쯤 이레네는 시 외곽에 있는 작은 교회 안으로 들어섰다. 나는 기둥 뒤에 숨어서 그녀가 육중한 체구의 사내와 만나는 걸 지켜보았다. 농부 차림의 사내는 그녀에게 봉투를 건네주었다. 이 장면은 정확히 사흘에 한 번씩 되풀이되었다. 빙고! 내 의심이 정확했다. 사내는 그녀의 접선자가 틀림없었다.

감정의 여러 차원

1941년 4월, 베를린

마리안네와 나탈리아와 나, 이 세 사람의 은밀한 공동체가 이루어졌던 잊지 못할 1940년 크리스마스 이후부터 우리가 다시 만나기까지는 몇 주일이 걸렸다. 우리는 매우 조심스러워져 일단 서로를 멀리했다. 그때의 행동을 분명하게 의식하자 너무나 혼란스러워져 그 일에 대해 아무런 말도 할 수 없었다. 그날 밤의 마지막 기억은 허겁지겁 옷을 입은 나탈리아가 말없이 우리 두 사람의 뺨에 가볍게 키스를 하고 집을 나서던 모습이었다.

마리안네와 나 사이는 더 간단치가 않았다. 우리는 급하게 옷을 입을 필요도 없었고(그곳은 우리 집이었으니까), 그날 밤 아무런 특별한 일이 없었다는 식의 환상도 가질 수가 없었다. 나와 마리안네는 한참 동안 욕실에 머물면서 거울 속에 비친 자기 얼굴이 전과 같은 모습인지를 살펴보았다. 그러고 다시 침실로 돌아와 파자마를 입고 침대에 누웠다. 도저히 잠을 이룰 수 없었지만 둘 다 고집스럽게 침묵했다.

나는 내 행동과 그에 따른 결과를 생각하기보다는 마리안네와 나탈리아가 이 일에 어떻게 반응할지를 짐작해보려고 애를 썼다. 두 여자는 그때 어떤 느낌이었을까? 왜 거절하지 않았을까? 그들은 왜 (내가 만들어낸) 이런 감정의 나락으로 떨어졌을까? 이것은 앞으로 절대 입 밖에 내서는 안 되는 일회적인 경험이었을까? 아니면 새로운 인생의 시작일까? 나는 죄책감을 느끼지도, 마리안네가 잘못을 저질렀다고도 생각하지 않았다. 이 일로 양심의 가책에 시달리는 사람은 나탈리아뿐일지도 몰랐다. 마리안네와 나는 좀 특이하기는 해도 어쨌든 부부였으니까. 그런 대담한 행동도 둘의 성적 판타지와 욕구 대상을 서로 공유하려는 부부간의 상호신뢰에 대한 증거랄 수 있었다. 이런 의미에서 나탈리아는 셋 중에서 유일하게 부정을 저지른 사람인 셈이다.

이런 사실을 의식하자 갑자기 몸속으로 허탈함이 밀려들었다. 불면의 어둠 속에서 떨쳐낼 수 없는 불안감이 나를 옥죄었다. 왜 그랬을까? 그것은 두려움이었다. 또다시 그것에 몸을 던지게 되리라는 두려움. 두 여자와의 체험은 나를 완전히 매료시켰다. 그것은 즉흥적인 충동, 흥분, 고통, 쾌락, 질투, 희열, 죄책감 등등이 첨가되어, 내 모든 땀구멍과 뼈마디 하나하나에서 그리고 내 성기에서 뿜어져 나오는 엄청난 기운이 빚은 오묘한 영약이었다. 하지만 나탈리아가 더 이상 우리를 만나려 하지 않는다면? 혹시 마리안네가 나를 자기 여자친구에게서 떼어놓으려 든다면? 그러면 어쩌지? 절대로 그렇게 되도록 내버려둘 수는 없다. 만약 그렇게 된다면 내겐 공허함과 삭막함밖에 남아 있지 않을 것이다. 우리 세 사람 모두를, 우리의 세 육체를, 세 욕망을, 심지어는 고통과 절망까지도 모두 품에 안을 수 있는 세계를 만들어내야 한다. 그것만이 내가 계속해서 살아갈 수 있는 유일한 가능성이었다. 우리가 헤어진 지 겨우 두 시간밖에 지나지 않았는데도 나는 또다시 그와 같은 결합을 간절히 맛보고 싶어 했다.

다음 날 아침 마리안네는 나보다 먼저 일어났다. 내가 침대에서 일어나 욕실 안으로 들어섰을 때 마리안네는 막 샤워를 하려던 참이었다.

"무슨 일이야?"

그녀가 신경질적으로 물었다. 나는 잠시 그녀를 바라보았다.

"당신을 갖고 싶어!"

나는 더 이상 머뭇거리지 않고 곧바로 그녀에게 다가갔다. 지난밤의 기억은 아직 뜨겁게 살아 있었다. 나의 부드러운 키스가 그녀의 온몸을 뒤덮었다. 나는 노예처럼 무릎을 꿇고서 입술로 그녀의 음부를 더듬었다. 얼마 전까지도 거절해왔던 육체에 지금은 경의를 표하고 있었다. 자신의 은밀한 애인을 나에게 나누어준 성의에 어떤 식으로든 감사해야 했다. 마리안네는 아무 말 없이 애무를 받아들이면서 거의 들릴 듯 말 듯 가느다란 신음소리를 냈다. 그러더니 결국 품에 안기며 울음을 터뜨리며 용서를 빌었다.

"난 당신에게 용서할 게 없어."

"언제부터 알았어?"

"잘 모르겠어. 하지만 아무 상관없어."

"약속할게, 이젠……."

"아무것도 약속하지 마, 마리안네. 그건 우리 세 사람이 함께 한 일이야. 책임도 함께 져야 해."

이 말에 그녀는 적이 안심했다. 하지만 그녀는 그후로도 며칠 동안 무기력한 불안에서 좀처럼 헤어나오지 못했다.

"왜 그래, 여보?"

보다못해 이렇게 물으면 그녀는 대답 없이 내게 가볍게 키스만 했다. 그녀의 표정에선 어렴풋이 미안함 같은 것이 내비쳤는데, 그럴 때마다 나는 머리나 배에 이유 모를 통증을 느꼈다.

어느 정도 시간이 흘러가자 그녀의 그런 반응을 이해할 수 있었다. 마리안네도 나와 비슷한 생각을 품고 있었던 것이다. 다만 우리는 고백할

용기가 없었을 뿐이다. 그녀는 나탈리아를 그리워하고 있었다. 그 크리스마스 저녁 이후로 두 사람은 가끔 전화로 간단히 안부를 묻는 게 전부였다. 이것이 오히려 두 친구 사이의 골을 더욱 깊게 만들고 있었다. 마리안네와 내가 똑같은 소망을 가지고 있다는 게 확실해졌을 때 나는 직접 나서야겠다고 마음먹었다.

3월 초 어느 날 나는 아무런 예고도 없이 하인리히의 집을 찾아갔다. 최근에 부대들이 대거 동부전선으로 이동하고 있었지만 그는 여전히 파리에 머물렀다. 나탈리아가 문을 열어주었다. 그녀는 그다지 놀라는 눈치가 아니었다.

"들어와, 구스타프."

그녀가 부드러운 목소리로 말했다.

"고마워."

우리는 거실로 들어섰다.

"마리안네는 잘 지내?"

"응, 그저 그래……. 솔직히 말하면, 요즘 마리안네는 최악이야."

"왜, 무슨 일이 있어?"

"그 이유는 당신도 잘 알잖아. 당신도 그럴 테니까. 그리고 나도."

"구스타프!"

"불쾌하다면 그 얘긴 하지 않을게. 하지만 계속 이렇게 지낼 수는 없어. 마치 아무 일도 없었던 것처럼 행동하면서 우리의 감정을 부정하는 건 비겁한 짓이야. 아무도 우릴 강요하지 않았어, 나탈리아. 그때 우린 자유로운 의지로, 사랑으로 그렇게 행동했어."

"그 얘긴 하고 싶지 않아, 구스타프. 제발!"

나탈리아가 다 죽어가는 목소리로 말했다.

"난 그저 우리가 어떤 감정인지 당신도 알았으면 해. 당신은 혼자가 아니야, 나탈리아. 우리 세 사람은 똑같은 고통을 함께 나누고 있는 거야."

순간 그녀가 내 손을 꼭 잡았다. 무언가 할 말은 있지만 어떻게 꺼내야 할지 모르는 표정이었다.

"그냥 가는 게 좋겠어, 구스타프."

그녀의 목소리는 낮고 부드러웠다. 아니, 거의 회한에 찬 것처럼 들렸다.

"우리에겐 항상 네 자리가 있다는 걸 잊지 마, 나탈리아."

이 주일이 지나자 그녀가 찾아왔다. 바람이 강하게 부는 사월의 어느 날 밤 갑자기 문을 두드리는 소리가 들렸다. 마리안네와 나는 그게 누구란 걸 금방 알았다. 빨간 코트를 입은 나탈리아는 그 어느 때보다도 아름다웠다. 가슴선이 강조된 옷은 그녀의 곱슬곱슬한 빨강머리와 완벽하게 조화를 이루었다. 팔에는 작은 우산이 매달려 있었고 귀에서는 두 개의 에메랄드가 빛을 발했다. 바깥으로 드러난 그녀의 눈부시게 하얀 목은 끔찍할 정도로 아름다웠다. 그녀를 바라보는 건 거의 고통이었다.

마리안네와 나탈리아는 자매처럼 다정하게 아주 오래도록 포옹했다. 나탈리아의 섬세한 손길이 부드럽게 아내의 어깨 위로 올라가더니 거의 알아채지 못할 정도로 천천히 쓰다듬기 시작했다. 더 이상의 암시는 필요치 않았다. 나는 곧 두 사람에게 다가가 차례로 키스하기 시작했다. 두 갈래의 숨소리에 꼼짝할 수 없이 매혹된 채.

그날 밤 이후로 우리는 만날 때마다 세 사람만의 은밀한 의식을 치렀다. 우리들의 기쁨과 우리들의 사랑은(이제 이 단어를 떳떳하게 말하지 못할 이유가 어디에 있겠는가?) 더 이상 떼어놓을 수 없을 만큼 커졌다. 서로를 볼 때마다 우리 세 사람 안에서는 포옹하고 싶고, 만지고 싶고, 새로운 쾌락에 몸을 맡기고 싶은 참을 수 없는 욕구가 솟구쳤다. 이런 열정은 전혀 생각하지 못했던 어마어마한 힘으로 우리의 삶을 지배했다.

우리의 군대가 세계의 운명을 결정하는 동안, 그리고 하이니가 점점 더 고립되어 고독 속으로 빠져드는 동안, 우리는 우리만의 세계, 우리만의 낙원 안에서 유토피아를 건설했다. 우리는 모든 것을 서로 나누었다. 우리는 육체와 영혼을 서로에게 모두 바쳤다. 끝없이! 모든 것이 혼란스러웠지만 우리들의 행위에 단 한 번도 의문을 품지 않았다. 이성은 애초부터 이것을 죄악으로 규정했으리라. 우리는 충동을 좇기에 급급했다. 그러고는 침묵 속에서 스스로를 정당화하려고 노력했다. 우리의 행동은 보통사람들이 머릿속으로 상상하는 것과 조금도 다르지 않다고. 이런 만남이 일상적으로 되풀이되기 시작했을 때 비로소 나는 우리들에 대한 진짜 느낌을 어렴풋이 의식하기 시작했다. 나는 정말 제정신이 아니었다!

닐스 보어
혹은
의지에 대하여

1947년 5월, 코펜하겐

연구소는 석고장식 외벽에 붉은색 지붕을 얹은 3층짜리 거대한 석조 건물이었다. 담쟁이덩굴들은 마치 안을 염탐하려는 듯 담벼락을 타고 올라갔다. 고전주의 스타일의 깔끔한 정문 위에는 '대학 실험물리학 연구소, 1920'이라고 적혀 있었다.

보어는 개관 때부터 쭉 이 연구소를 지켜봐왔다. 돌과 시멘트로 지은 이 완고한 건물은 그가 평생을 바친 과학을 상징하는 것 같았다. 그가 처음으로 세상과 만난 사건은 여전히 유쾌한 기억으로 남아 있다. 1916 년이었다. 아직은 장래가 촉망되는 학생에 불과했던 그에게 국왕 크리스티안 5세를 알현하는 특별한 기회가 주어졌다. 보어는 초조와 흥분 속에서 차례를 기다렸다. 마침내 그의 차례가 되었다. 군인 스타일의 엄격한 국왕이 그에게 악수를 청하며 말했다.

"위대한 축구선수를 만나게 되어 심히 기쁘도다."

어린 보어는 잠자코 있지 못하고 기어이 국왕의 실수를 바로잡으려고 했다.

"죄송합니다만, 전하. 전하께선 제 아우와 저를 혼동하셨습니다."

곁에 있던 대신과 시종들이 일제히 못마땅한 눈초리로 이 당돌한 젊은이를 쏘아보았다. 어느 누구도 공식적인 자리에서 왕의 말을 바로잡아서는 안 되었다. 그제야 보어는 몹시 당황해 실수를 만회하려고 다시 이렇게 말했다.

"하지만 괜찮습니다. 전하. 저도 축구를 하니까요. 물론 제 아우는 유명한 축구선수죠."

기분이 상한 국왕은 곧바로 접견을 끝냈다.

1921년 3월 초, 극지에서 불어오는 매서운 바람이 블레담스베이 15번지 성문 앞에 모여 있는 사람들 사이로 파고들었다. 주택과 공원이 모여 있는 이곳은 코펜하겐 병원 근처에 있었다. 보어와 그의 아내 마르그레테 외에도(보어의 아내는 프로젝트의 후원자들 중 한 사람이었다) 대학의 학장과 정부 각료들, 학계의 여러 인사들이 참석해 있었다. 공식적인 인사말로 서두를 꺼낸 보어는 그 자리에 참석한 소수의 덴마크인들뿐만 아니라 전 세계의 후학들을 위한 유명한 연설을 시작했다. 보어는 이 단체의 설립목적이 지속적으로 증가하고 있는 전 세계의 젊은 이들에게 과학적 지식과 방법을 제공하려는 것이라고 말했다.

"이 젊은이들의 기여가 우리의 작업에 새로운 피와 새로운 아이디어를 끊임없이 제공할 것입니다."

그러나 '이론물리학 연구소'는 과학자들만을 위한 곳도, 히에로니무스나 성 시몬과 같은 고독한 은자들을 위한 곳도 아니었다. 보어가 이곳에 건립한 것은 단순한 연구센터가 아니었다. 연구소란 것은 그냥 붙인 이름에 불과했다. 실제로 그것은 하나의 성채이자 요새였다. 보어는 이곳을 작전기지로 삼아 가슴이 온통 훈장으로 뒤덮인 장군처럼 수백 명의 병사들을 지휘해 자신이 코펜하겐에서 발전시킨 이론을 지키고 강화시키는 데 주력할 계획이었다. 그렇다, 그는 장군이었다.

무기를 들라. 하이젠베르크! 네, 장군님. 파울리! 네, 장군님! 슈뢰딩거! 죄송합니다, 장군님. 그는 아직 나타나지 않았습니다. 그를 당장 데려와! 그도 우리 바이킹 왕국에 마련된 제단 앞에서 경비를 서야 해!

그뒤 1921년 3월부터 나치가 연구소를 점령하게 된 1943년까지, 20년이 넘는 기간 동안 보어는 이곳에서 양자물리학의 우두머리로 군림했다. 그는 양자물리학의 정신 그 자체였고, 후예들의 거친 모서리를 다듬어주는 유일무이한 존재였다. 보어는 실제 전투에 임하는 전사처럼 사방으로 편지를 띄우고, 회의와 세미나를 열고, 전 세계의 위대한 과학자들을 만나 토론을 벌이는 등 맹렬하게 활동했다. 그는 균형 잡힌 카리스마로 흩어진 에너지들을 한데 묶고, 적들은 멀리 추방해버렸다. 사람들은 그를 휴머니스트로, 헌신적 영혼의 소유자로, 시대의 심판자로, 당대의 도덕적 양심으로 불렀다. 정말 그랬을까. 그렇다. 아니, 그 이상이었다.

"보어 교수님, 하이젠베르크와 함께 일하던 시기에 대해서 말씀해주시겠습니까?"

베이컨이 물었다.

베이컨 중위는 불과 몇 시간 전에 이레네와 함께 코펜하겐에 도착했다. 그는 연구소를 방문하자마자 보어에게 그 시기의 일들을 물어보기로 작정했다. 이 위대한 물리학자는 베이컨의 요청을 기꺼이 받아들였다. 양자물리학의 영광된 시기를, 아직 나치와 전쟁을 벌이지 않았던 그 황금시대를 새삼 돌이켜보는 것은 그에게도 즐거운 일이었기 때문이다.

보어의 커다란 얼굴은 불독을 연상시켰다. 두 뺨은 마치 코를 삼켜버리기라도 할 것처럼 불룩하게 앞으로 튀어나와 있었고, 그 위로 출렁이는 살결의 파도 사이로 표류하듯 잔잔한 미소가 흐르고 있었다. 조그만 눈은 어린아이 같은 생기로 넘쳤다. 그의 정신도 마찬가지였다. 그는 무슨 일에든 광적으로 집착하는 성격이었다.(모든 위대한 과학자들은 다 그렇다!) 보어는 항상 정확성과 단순성을 얻기 위해 노력했지만, 유감스럽게도 선천적인 성향은 그것과 거리가 멀었다. 무언가를 말할 때 보어의 머릿속에서는 언제나 한판 전투가 벌어졌다. 그가 내리는 결론들은 한결같이 뇌 속 깊숙한 곳에서 벌어진 고통스러운 싸움의 결과였다. 그러나 보어가 천재라는 사실만큼은 이론의 여지가 없었다.

"지금부터 1927년으로 돌아가봅시다."

보어가 두툼한 이중턱을 쓰다듬으며 말을 시작했다.

"슈뢰딩거의 파동역학과 하이젠베르크의 행렬역학 사이에 한창 싸움이 벌어지고 있었소. 학자들 사이에선 이미 두 이론을 모두 타당하게 받아들이자는 의견이었는데도 양 진영에서는 여전히 팽팽한 긴장감이 감돌고 있었어. 우린 곧 원자 모델에 결정적인 변화가 생기리란 걸 알고 있었지. 서로들 최초의 발견자가 되고 싶어 했어."

"공동작업이지만 결국 경쟁이었군요."

베이컨이 끼어들었다.

"그보단 게임이라고 하는 편이 좋을 거요, 젊은 친구."

"하이젠베르크가 불확정성에 관한 논문을 발표한 것은 1927년이었습니다."

"그래, 그때 난 노르웨이를 여행 중이었어. 그는 내게 편지로 그 사실을 알려주었지. 그 편지를 읽고서 난 할 말을 잃었어."

"하이젠베르크는 그 논문에서 전자의 위치와 속도를 동시에 결정짓는 것은 불가능하다고 주장했습니다."

베이컨은 딴전을 피우다가 갑자기 교사의 질문을 받고 대답하는 학생처럼 허둥댔다.

보어는 옛 기억에 빠져 한숨을 내쉬다가 잠시 말을 멈추었다. 그는 오래전부터 애용해온 안락의자에 깊숙이 앉아 불안하면서도 동시에 단호한 표정을 지었다. 반면에 베이컨은 긴장감을 좀처럼 감추지 못했다. 그동안 수많은 물리학자와 과학자들이 이론물리학 연구소의 바로 이 방으로 보어를 찾아와 긴 시간 동안 열띤 토론을 벌이며 물리학의 현안 문제들을 규명하려 애썼을 터이다. 그도 그런 토론 자리에 참여하기를 얼마나 간절히 열망했던가? 그런데 지금 그는 아주 역설적인 방식으로 그 성지에 도착해 있었다. 대가의 초대를 받은 손님이나 학생으로서가 아니라 리포터로서, 보잘것없는 과학사가로서, 하찮은 인물로서. 베이컨은 실망감과 허탈감을 동시에 느꼈다. 그를 이렇게 우스운 꼴로 만들기 위해, 운명은 이 물리학의 교황을 알현하는 특권을 허락한 것이다.

"하이젠베르크의 주장은 혼란스러운 결과를 초래했소. 양자역학을 통해서 인과법칙의 부당성이 결정적으로 확인되었다는 그의 말 한마디에 지난 3세기 동안의 과학이 순식간에 쓰레기통 속으로 던져질 운명이 되었으니 그럴 만도 하지."

"그래서 교수님도 처음에는 하이젠베르크의 불확정성원리를 불신하셨던 거로군요."

"맞아. 노르웨이에서 돌아와 보니 그가 파울리에게 보여주었던 논문이 이미 도착해 있더군. 논문의 내용은 몹시 흥미로웠지. 솔직히 말하면, 처음에는 아주 훌륭해 보였는데 나중에는 다소 실망스럽더군."

양미간을 찡그리자 보어의 짙은 눈썹은 마치 벌레가 이마 한쪽에서 다른 쪽으로 기어가는 것 같았다.

"내가 보기에 그 논문은, 비록 결론에는 문제가 없었지만, 적잖은 기술적 결함들을 담고 있었지."

"하이젠베르크의 기분이 좋지 않았겠군요."

"물론. 우린 그 문제를 놓고 몇 주일 동안 토론을 벌였고, 어떤 때는 서로 언성을 높이기도 했소. 정말 간단한 문제가 아니었지. 하지만 적어도 그때까지만 해도 우리는 의견일치에 도달할 수 있었어. 그러고 나서 얼마 뒤에 그가 편지를 보내왔지. 공손하지 못했던 점을 용서해달라고 하면서. 물론 나는 그런 사사로운 절차에 신경쓰는 사람이 아니야. 과학은 혼돈과 갈등에서 생겨나는 법이잖나? 평화와 안정에서가 아니라고."

"그렇지만 그후로 두 분의 관계가 다시 예전처럼 가까워지지 않은 것은 사실이잖습니까?"

"하이젠베르크는 코펜하겐을 떠나 라이프치히로 갔어. 그곳에서 교수자리를 제안했거든. 그러니 우리의 관계가 어느 정도 소원해지는 건 어쩔 수 없는 일 아니었겠나?"

"그런데 그 관계는 다시 회복되지 못했습니다."

"정말 유감스런 일이지."

보어는 진심으로 가슴이 아픈 듯 보였다. 그의 떠나간 아들은 성서에서와는 달리 자기 죄를 뉘우치지도 않았고, 다시 돌아오지도 않았다.

"그와의 만남은 내게 매우 큰 자극을 주었소. 그의 불확정성원리가 아니었다면, 그리고 그때 그와 나눈 토론이 없었더라면 나의 상보성원리도 세상에 나오지 못했을 거요. 당시에 내가 가장 바라던 것은 양자물리학에 대한 포괄적인 설명을 내놓는 거였지. 그때까지 우리가 거둔 개별적인 성과들을 완벽하게 능가하는 일반적이고 보편적인 비전 말이야."

"그건 일종의 철학같이 들리는군요."

"그렇소, 철학적 설명이라고도 말할 수 있지. 나는 여러 달 동안 혼자서 이 문제와 씨름했어. 다른 일은 아무것도 하지 않고 오로지 이 문제에만 매달렸지. 잠 잘 시간도 없이! 나는 반드시 해답을 찾아내야 했소. 우리의 모든 노력들에 대한 합리적인 설명을 얻고 싶었어. 논문 한 편

쓰기가 그렇게 어려웠던 적은 한 번도 없었소. 이건 마치 범죄 사실에 대한 자백서를 쓰는 기분이었지."

"하지만 결국 성공하셨어요."

"정말 고통스러운 작업이었소. 마르그레테까지도 끔찍하게 고통을 당해야 했지. 아마 나의 불안이 고스란히 아내에게 전염되었던 것 같아. 그렇지만 결국 나는 해내고야 말았어. 1927년 9월에 코모에서 열린 학술회의에서였어. 그날은 마침 알레산드로 볼타 사망 100주기이기도 했지. 난 그때의 긴장감이 아직도 느껴져. 강연을 하는데 마치 심판대에 올라선 기분이었어. 전 세계의 중요한 물리학자들이 거의 모두 합석한 자리였으니 그럴 만도 했지. 아인슈타인 혼자만 무솔리니 치하의 이탈리아로 오는 것을 거부해 참석하지 못했지. 아무튼 청중들의 수준은 겁에 질릴 정도로 높았어. 그런 사람들을 앞에서 자칫 모순으로 보일지도 모르는 주장을 펼쳐야 했으니 내 심정이 오죽 했겠소. 하지만 난 '실험 재료에 대한 해석이 근본적으로 고전물리학의 개념에 기초해야 한다'는 것을 완전히 확신했소."

"새로운 물리학의 대표자인 교수님의 입에서 그런 주장이 나온 것은 정말 뜻밖이었겠어요."

"내겐 다른 선택의 여지가 없었소. 고전물리학에서는 이론을 증명할 때 저울이나 온도계, 전량계, 망원경 등을 사용해서 나온 실제 측정결과와 비교를 하지. 어느 순간부턴가 내게는 양자물리학의 이론도 같은 방식으로 실험도구를 사용해 검토해야 한다는 게 분명해졌소. 그 사이 훨씬 더 효과적인 도구들이 많이 개발되었지만 기본적으로는 모두 똑같은 것들이었어. 고전물리학의 법칙에 종속된 도구란 점에서는 말이지."

"하지만 망원경 같은 측정도구는 양자역학에 종속된 것으로 볼 수도 있지 않은가요?"

"맞소, 가능한 얘기요. 그런데 그렇게 보려면 고전적 역학의 법칙들이 제시하는 확실한 틀은 더 이상 사용할 수 없게 돼. 게다가 망원경의 양자역학적 특성들을 확정지으려면 아주 골치 아픈 문제들에 부딪힐 수밖에 없어. 그럴 땐 고전적 측정방식에 기초한 다른 도구를 사용하는 것 외에 다른 도리가 없지. 내 말뜻 이해하시겠소? 어느 시점에서 고전적 측정방식을 받아들이지 않는다면 문제는 끝도 없이 파생된단 얘기요. 그렇게 되면 관찰의 개념은 아주 제멋대로가 되고 말 거야. 관찰이란 게 관찰 대상에 얼마나 많은 도구가 사용되었느냐에 달린 문제가 될 테니까. 결국 고전물리학과 양자물리학이 서로 보완할 수 있도록 타협하는 것 외에 다른 해결책은 없어. 알아듣겠소, 박사?"

노과학자는 이렇게 과거와 미래의 타협점을 이야기한 뒤 흡족한 듯 팔짱을 끼었다.

"그런데 아인슈타인 같은 사람들은 그 해결책을 받아들이지 않았습니다."

"코모에서의 볼트-학술회의가 끝난 뒤 나는 그해 10월에 솔베이 학술회의에서도 같은 내용의 강연을 했소. 그땐 아인슈타인도 참석했지. 나흘간의 학술회의 기간 동안 나는 그와 열띤 토론을 벌였어. 아인슈타인은 그 전부터 양자물리학을 탐탁잖게 여겨왔소. 그 자신이 양자물리학의 탄생에 크게 기여했으면서도 말이야. 그는 또 누구보다도 가까이에서 양자물리학의 발달과정을 지켜본 사람이었지만 하이젠베르크의 행렬역학이나 슈뢰딩거의 파동역학이 물리학의 문제들을 해결하기에 충분치 않다고 생각했어. 고전물리학의 명증성에 너무 경도되어 있었기 때문에 새로운 물리학의 개념적 도전을 받아들일 수 없었던 거지. 1926년에 아인슈타인은 막스 보른에게 보낸 편지에서 슈뢰딩거의 이론에 대해 강한 불신을 드러냈소. 편지에서 그는, 양자역학이 상당히 주목을 끄는 건 사실이지만 자신의 내부에서는 그것이 진짜 야곱은 아니라는 목소리가 계속 들려온다고 말했소. 양자역학 이론이 많은 성과를 제시하는 듯 보여도 세계의 오랜 비밀에 더 가까이 데려다주지는 못할 거라고 하면서. 그는 신이 주사위놀이를 하리라고 믿지 않는다고 말했지."

"아인슈타인은 솔베이에서도 여전히 그런 태도를 보였나요?"

"강연이 진행되는 동안에는 별 말이 없었소. 거의 무관심한 듯 보였지. 하지만 호텔 로비에서 비공식적인 대화를 나눌 때는 호랑이처럼 무섭게 열변을 토하더군. 하이젠베르크와 파울리는 그를 전혀 상대하려 들지 않았어. 그 바람에 내가 그 공격을 다 당했지. 그런데 나는 그의 입장이 무엇인지 제대로 이해할 수가 없었어. 그는 '사고실험'을 통해서 우리의 오류를 증명했다고 주장했지만, 실제로 우리의 이론을 대체할 만한 그 어떤 이론도 새롭게 제시하지 못했거든."

"이미 말씀드렸지만 저는 프린스턴에 있을 때 아인슈타인을 만난 적이 있습니다. 1935년에 그가 양자역학에 반박하려고 포돌스키와 로젠과 함께 내놓은 논문이 일으켰던 반향은 지금도 생생합니다. 'EPR 역설'이라고 알려진 사고실험 말입니다."

"대단히 유감스러운 일이었소. 1927년 이후로 아인슈타인은 양자역학이 불완전한 이론이라는 확고한 믿음을 갖게 되었지. 심지어 그는 우리를 독단론자라고 비난하기까지 했으니까. 하지만 독단적인 사람은 오히려 그였어. EPR 역설은 이러한 불신의 극단적인 결과였고."

보어의 표정엔 불쾌한 기운이 역력했다.

"나는 우리 이론의 우연적 요소가 그를 그토록 거슬리게 할 줄은 생각도 못했소. 그러나 이런 비판과 회의적 시각에도 불구하고, 솔베이 회의는 양자역학에 대한 우리의 생각을 인정해 다른 경쟁이론들을 모두 물리치고 학계에 관철시키게 하는 결정적인 계기가 되었소."

"우리의 생각이라뇨?"

베이컨이 이렇게 되묻자 보어는 잠시 망설인 끝에 대답했다.

"그것은 '코펜하겐의 정신'이었소. '우리'란 하이젠베르크와 파울리와 나를 말하지. 우리 셋이서 적대적인 세계와 맞서 싸웠으니까. 오직 우리 셋이서 말이오."

전자電子란 뭘까? 물리학자들은 그것을 무슨 악당인 것처럼 여긴다. 수없이 많은 범행을 저지르고 도망쳐버리는 사악하고 간교한 존재. 전자는 대단히 영리하다. 수많은 과학자들이 그놈을 추적해보려고 노력하지만 매번 그의 교묘한 도피 행각에 부딪혀 좌절했다. 곡예사처럼 훈련된 전자는 우리의 눈에 띄지 않게 이리저리 돌아다닐 수 있다. 또 적들이 접근하면 지체 없이 쏴 죽이지만 추적자들에게 언제나 명확한 알리바이를 제시하기 때문에 번번이 혐의에서 벗어나곤 한다. 심지어 단독범행이 아니라 거대한 집단을 이루어 범행을 저지른다는 의혹도 제기되었다. 전자가 자아 분열을 일으킨다고 말하는 이들도 있다. 전자가 개별자로서가 아니라 일종의 집단적 개체로서 행동한다면서. 주어진 공간을 휘젓고 다니며 충동적으로 약탈을 일삼는 폭력적인 집단, 욕망과 쾌락의 집단.

물리학자들이 악당들에 대한 추적방법이 기록된 제대로 된 안내서를 받아든 건 그리 오래전의 일이 아니다. 안내서를 쓴 사람은 뉴턴이란 이름의 18세기 범죄학자였다. 그의 책은 그후로 오랫동안 악당들을 추적해 처벌하는 완벽한 교과서였다. 하지만 유감스럽게도 전자라는 녀석은 이 안내서를 손에 든 추적자들보다 훨씬 더 영리했기 때문에 그 방법으로는 도저히 따라잡을 수 없었다. 전자에 비하면 예전의 악당들은 아무것도 아니었다. 전자는 날쌔게 도망치고 눈에 띄지 않게 잠복할

뿐만이 아니라 세상에 알려진 모든 법칙들을 무시하고 파괴했다.

이렇게 절망적인 상황에서 등장한 것이 양자역학이었다. 이것은 이 악당의 체포전략을 결정적으로 개선시키려는 추적자의 안타까운 노력의 결실이었다. 성실하고 능력 있는 추적자 한 사람(어쩌면 두 사람)의 노고로 만들어진 이 새로운 전략은 무엇보다도 전자가 숨어 있는 위치를 찾아내는 데 초점을 맞추었다. 예전의 방법은 이 악당이 범행을 저지른 지점에서부터 추적해 들어가려고 했던 반면, 양자역학은 통계적 방법을 사용해 범인의 은신처로 가장 확률이 높은 장소를 미리 찾아내는 것이었다. 전자는 거의 마법적인 능력을 소유한 존재란 점을 잊어선 안 된다. 이론적으로 전자는 동시에 여러 장소에 있을 수 있다. 어두운 거리에서 극히 짧은 순간 형체를 포착한 것이 우리가 그의 정체에 대해서 파악할 수 있는 전부다.

여기서 잊지 말아야 할 점은 전자가 언제나 틀린 단서를 흘리고 다닌다는 사실이다. 전자는 자기 위치를 노출시키지만 거기서 어느 방향으로 움직일지 전혀 예측 못하게 함으로써 우리를 점점 더 큰 혼란에 빠뜨린다. 이 악당은 사악할 뿐만 아니라 굉장한 천재이기도 해서 아무리 노력해도 그의 진짜 의도가 무엇인지 좀처럼 알 수가 없다. 그는 분명한 이유를 감춘 채 도처에 가짜 흔적들을 남기며 추적자를 이리저리 끌고 다닌다. 우리는 결국 그의 마스크 뒤에 어떤 얼굴이 감춰져 있는지 끝끝내 알아내지 못할 것이다. 마침내 그를 붙잡았다고 믿는 순간 그는 허공으로 사라져버릴 것이다. 전혀 존재한 적도 없는 것처럼. 그의 뛰어난 지능은 완전범죄의 가능성을 증명해주는 것 같다. 대담한 범죄를 저지른 뒤 번번이 추적을 따돌리고 유유히 사라질 때마다 '너희들은 절대로 나를 잡지 못해'라고 소리치는 목소리가 들려오는 듯하다.

이런 녀석을 도대체 어떻게 하면 붙잡을 수 있을까? 어떻게 하면 그의 정체를 벗겨낼 수 있을까? 그의 숨은 의도를 어떻게 밝혀낼까? 그가 어느 방향으로 움직일지를 어떻게 예측할 수 있을까? 이 영구동력기관을 멈춰 세우려면 도대체 어떻게 해야 할까? 나는 누군가가 전자의 여러 이름들 중 하나가 클링조르일지도 모른다고 말해도 전혀 과장이 아니라고 생각한다.

"어땠어요?"

이레네는 코펜하겐 여행에는 기어코 고집을 부려 따라나섰지만, 보어와 처음 만나는 자리에는 끝내 합석할 수 없었다. 베이컨은 이번에는 전문적인 이야기만 나눌 것이기에 함께 갈 수 없지만 곧 이 위대한 과학자를 만나게 해주겠노라고 그녀에게 약속했다. 이레네가 화까지 내며 집요하게 졸랐지만 이번만큼은 그녀의 청을 들어주지 않았다.

"이번에 나는 물리학에 관해, 프린스턴에서 보낸 시간을 전부 합친 것보다 더 많은 것을 배웠어."

베이컨이 한숨을 쉬며 말했다.

"우리는 양자물리학의 역사에 대해서 얘기했어. 내가 정말 그런 주제로 글을 쓰려 한다는 착각이 들 정도였지."

겉옷을 벗은 그는 이레네의 어깨를 감싸안고 입술과 목에 키스했다.

"물론 중간중간에 하이젠베르크에 대해 묻는 것도 잊지 않았어."

"그가 뭐래요?"

그녀는 키스를 뿌리치며 물었다.

"두 사람의 친분은 하이젠베르크가 1941년에 코펜하겐을 방문하기 전부터 이미 차갑게 식어버린 것 같아."

"거봐, 내가 그럴 거라고 했잖아요!"

이레네가 기고만장해서 소리쳤다. 그녀의 입에서는 괴조怪鳥 하르피아와 같은 찢어지는 목소리가 터져나왔다.

"난 링스 교수의 얘기는 단 한마디도 안 믿었어요. 그건 쓸데없는 추측일 뿐이야."

"나도 잘 모르겠어. 하지만 하이젠베르크가 겉보기처럼 그렇게 조용하고 점잖은 사람이 아니란 건 점점 더 분명해지고 있어. 새로운 이야기를 하나씩 들을 때마다 그가 얼마나 오만하며 명예욕에 사로잡힌 인물인지 새삼 깨닫게 돼."

"그렇다고 범죄자가 되는 건 아니에요."

"물론 당신 말이 옳아, 이레네. 당신이 왜 그렇게 그를 감싸는지 잘 모르겠지만."

"하이젠베르크는 어쨌건 나하곤 상관없는 사람이에요."

그녀는 베이컨의 셔츠 단추를 하나하나 풀기 시작했다.

"내가 걱정하는 건 오직 당신뿐이야. 여러 번 말했지만 링스 교수가 당신을 막다른 길로 모는 느낌이 들어서 그래요. 그게 다라고."

"그가 왜 그런 짓을 하겠어?"

베이컨이 차분하게 묻자 이레네는 딱히 대답할 수 있는 말이 떠오르지 않았다.

"나도 잘 모르겠어."

"그것 봐. 그건 그냥 당신의 선입견이야."

"아니요, 이건 직감이에요. 프랭크, 제발 내 말을 믿어요. 그 사람은 당신을 속이고 있는 게 틀림없어."

"말도 안 돼, 이레네. 도대체 왜 그래? 그는 그냥 평범한 수학자야. 전쟁 막바지에는 감옥에 끌려가 거의 총살까지 당할 뻔했어. 도대체 그가 왜 그런 짓을 하겠어?"

"난 그저 당신의 일이 아무런 진척도 없으니까 하는 소리야."

여자도 지지 않고 대꾸했다.

"무언가 잘못되고 있는 게 분명해. 그게 뭔지는 모르겠지만 내가 꼭 밝혀내고 말 거야. 그러면 당신도 내 말을 믿을 수밖에 없을 테니까."

베이컨과 이레네는 더 이상 그 문제에 대해 거론하지 않고 저녁 시간은 둘만을 위해 즐겼다.

다음 날 보어 부부는 베이컨과 그의 '약혼녀'를 식사에 초대했다. 보어의 부인 마르그레테는 살아 있는 전설이었다. 코펜하겐 연구소를 방문하는 모든 사람들에게 그녀는 보어의 괴팍한 변덕을 막아주는 자상하고 자애로운 어머니와 같은 존재로 언제나 감사와 칭송의 대상이 되었다. 그녀는 키가 크고 다소곳했으며 매력적인 미소를 지니고 있었다. 처음에는 다소 딱딱한 표정을 지었지만 곧 그런 태도는 사라졌다. 장시간에 걸친 풍성한 식사가 끝나고(식사시간 내내 냉전과 군비감축, 핵위협 등에 대한 보어의 독백이 이어졌지만 아무도 감히 그것을 중단시키지 못했다) 보어는 늘 하던 대로 손님에게 산책을 권유했다. 마르그레테는 언제나처럼 집에 남았다. 이레네는 일반적인 관습과 예절을 무시하고서 산책길에 따라나서겠다고 고집을 부렸다.

오월 중순의 코펜하겐은 평화로운 모습이었다. 아직 조금 쌀쌀하긴 했지만 태양은 노과학자의 넓찍한 이마를 붉은색으로 물들이며 온기를 뿌려주었다. 그들은 연구소가 있는 넓은 병원 구역을 벗어나 프레덴가데에 있는 소르테담스 늪지를 건너 수목들이 빽빽이 들어찬 공원으로 갔다. 그곳에는 식물원과 미술관, 지질학 박물관이 있었고 작은 호수도 있었다. 보어는 산책을 하는 내내 정중한 태도로 이레네와 대화를 나누었다. 그는 도시에 대한 그녀의 인상을 물었고, 도시의 역사를 소개해주었으며, 코펜하겐의 은밀한 매력들을 말해주었다. 이레네는 산책을 시작한 지 채 몇 분이 지나지 않았는데도 벌써 불손한 태도로 그의 말을 자르며 이것저것 물어보았다.

"나치 시절에 이곳은 어땠어요?"

이레네는 보어의 얼굴을 쳐다보지도 않고 이렇게 물었다. 베이컨은 기겁을 했다.

"정말 끔찍했지요, 이레네 양."

보어가 예의바르게 대답했다.

"당신은 독일인이니까 혹시 실례가 되었다면 용서해줘요. 사실 우리 두 나라의 관계는 전쟁 전까지만 해도 무척 좋았어요. 가장 친한 친구들 몇 명도 독일인이었소. 그러나 이젠 모두 지난 일이라오."

"덴마크는 언제 떠나셨어요?"

"1943년이지요. 상황은 그 전부터 아주 나빴지만 그래도 우린 연구를 계속할 수 있었어요. 나치는 우리에게 어느 정도의 자율성을 허용했거든요. 그러나 동부전선의 상황이 나빠지자 그들의 태도도 돌변했다오. 이곳의 상황은 짧은 시간 사이에 다른 어떤 점령지보다 더 나쁘게 바뀌었어요. 그런데 내겐 어머니 쪽으로 유대인의 피가 흐르고 있었다오. 조국을 떠날 생각은 전혀 없었는데, 친구들이 그러다간 목숨을 부지할 수 없다고 설득하더군요. 외국으로 나가 조국을 위해 더 많은 일을 해달라고 말이오. 결국 그해 9월 29일(이날은 결코 잊지 못할 거요) 동생 하랄과 마르그레테, 아들을 데리고 남몰래 작은 배를 타고서 스웨덴으로 빠져나갔지요. 그리고 거기서 영국으로 건너갔다가 나중에 다시 미국으로 갔어요."

보어는 이 이야기를 어서 빨리 끝내고 싶어 하는 것 같았다.

"교수님께서 안 계신 동안 연구소에서는 어떤 일이 있었나요?"

이번에는 베이컨이 물었다.

"그들은 내가 떠난 걸 알아채고 내 조수로 일하던 사람들을 체포했소. 외르겐 뵈길드와 홀거 올센이었지. 그리고 군대가 연구소를 차지해 버렸지."

보어가 한숨을 내쉬었다.

"대학의 학장이 이의를 제기했지만 아무 소용이 없었어. 나중에 학장과 뮐러 교수, 야콥센 교수 등은 하이젠베르크에게 상황을 설명하고 이 문제를 해결할 방법이 있는지 알아봐달라고 요청했지."

"그래서 그가 도와주었나요?"

"하이젠베르크는 1944년 1월에 코펜하겐을 방문했소. 연구소를 손에 넣은 나치는 연구소 직원들에게 양자택일을 강요하고 있었지. 나치의 전쟁 프로젝트를 위해 일하거나 입자가속기와 다른 기기들을 독일로 옮기도록 협조하라고. 하이젠베르크는 뮐러 교수와 이야기를 나누고 연구소를 돌아본 뒤에, 게슈타포를 만나 연구소를 지금까지 운영했던 대로 놔두는 게 독일을 위해 최선이란 점을 설득했지."

"그 제안이 받아들여졌나요?"

"물론. 그날 당장 학장에게 연락이 왔소. 나치가 연구소를 아무 조건 없이 대학에 반환하겠다고 말이야."

"하이젠베르크의 태도가 정말 감탄스럽네요."

이레네가 말했다.

"그럴 수도 있겠지요."

보어가 무덤덤하게 대답했다.

"교수님께서 그를 마지막으로 보신 게 언제였죠?"

베이컨이 물었다.

"하이젠베르크 말이오?"

"네."

"그보다 몇 년 전인 1941년이었소."

"당시 두 분의 사이는 어땠나요?"

보어는 아무런 대답도 하지 않았다. 그는 그 일을 다시 생각하고 싶지 않은 듯했다. 대답을 하지 않는다면 두 사람이 계속해서 질문해댈 것이 분명했다.

"나는 계속 그의 연구 성과들에 감탄하고 있었소."

"그럼 두 분의 친분은요?"

"차츰 소원해졌다고 봐야겠지."

"왜죠?"

"……."

"두 분의 사이를 멀어지게 만든 요인은 무엇인가요?"

베이컨은 쉽사리 물러서지 않았다.

"정치였나요? 아니면 전쟁?"

보어는 당시의 일들이 안타까운 듯 머리를 설레설레 흔들었다.

"두 가지가 모두 조금씩 작용했을 거요."

"제가 그것에 대해 질문하는 게 불편하신가요, 교수님?"

베이컨은 깊은 생각에 잠긴 보어의 모습을 유심히 살펴보았다.

"그 일이라면 난 별로 할 말이 없어. 하이젠베르크가 마지막으로 찾아왔을 때는 아직 전쟁이 어떻게 결말날지 아무도 모르던 때였소. 독일은 유럽의 절반 이상을 지배하고 있었지. 프랑스를 완전히 수중에 넣은 독일군은 무서운 속도로 러시아로 진격하고 있었어. 스탈린그라드를 포위하기 전이었지. 그러니 내가 어떤 기분으로 그를 맞았겠소? 그는 조국애가 대단한 사람이었어. 그가 비록 나치를 좋아하진 않았지만 한편으로 히틀러의 승리를 자랑스러워한다는 걸 난 느낄 수 있었소. 우리는 서로 말할 게 아무 것도 없었소. 그땐 그랬어."

"하이젠베르크는 교수님을 꼭 만나고 싶어 했던 걸로 아는데요."

베이컨은 계속해서 보어를 궁지로 몰아갔다.

"교수님께선 처음부터 그 만남을 내켜하시지 않았지만 그는 거의 강요하다시피 해서 교수님을 찾아왔어요. 왜 그랬을까요?"

"어쩌면 죄책감 같은 걸 느꼈을 수도 있겠지."

보어는 거짓말을 했다.

"어쨌든 나로선 알 수 없는 일이야. 우리는 몇 분 정도 함께 걸으면서 이야기를 나눈 게 전부였소. 지금 우리처럼. 그러고는 전쟁이 끝날 때까지 서로 아무런 연락도 주고받지 못했지."

"그때 두 분은 무슨 얘기를 나누셨나요?"

이레네가 물었다. 그녀는 보어의 말문을 열기 위해 어린애같이 천진한 표정을 짓고 그를 바라보았다.

"솔직히 말해서 기억이 잘 나지 않아요. 이미 오랜 세월이 흘렀으니까."

"하지만 그가 그렇게 교수님을 만나고 싶어 한 걸 보면 틀림없이 매우 중요한 일이 있었을 텐데요?"

베이컨이 다시 물었다.

"당시의 상황은 너무 복잡했소."

보어가 불편한 듯 가벼운 한숨을 내뱉었다.

"그는 독일의 원자탄 프로젝트에 참여하고 있었소. 나치를 위해 폭탄을 만드는 일이지. 난 더 이상 전처럼 그와 이야기를 나눌 수 없었소."

"그럼 그때 두 분은 폭탄에 대해서도 말했나요?"

"그렇소, 우린 그 얘기도 했어. 난 그를 이해할 수가 없었지."

보어는 커다란 물푸레나무 앞에서 발걸음을 멈추었다.

"미안하오만 다시 연구소로 돌아가는 게 어떨까? 좀 피곤하군. 이젠 나도 전 같지가 않아."

돌아가는 길에는 어색한 침묵만 흘렀다. 누구도 그걸 쉽사리 깨려들지 않았다. 코펜하겐의 거리는 갑자기 텅 빈 것처럼 을씨년스러웠다. 아주 낯선 느낌이 들었다.

"교수님, 하이젠베르크가 정말 히틀러를 위해 폭탄을 만들 생각이었을까요?"

베이컨이 힘겹게 말을 꺼냈다. 보어가 잠시 뜸을 들이다가 대답했다.

"지금 생각엔 그렇지 않았을 것 같소."

"그럼 그때는요?"

"그땐 확신이 서지 않았소. 그 상황에서 대체 무엇을 확신할 수 있었겠소! 그가 찾아왔을 때 난 그의 의도를 도통 알 수가 없었어. 미리 내게 용서를 구하려는 건지, 아니면 자기와 함께 일하자고 설득하려는 건지, 아니면 그보다도 훨씬 더 기가 막힌 의도가 있는 건지 나로서는 도저히 알 수가 없었소. 그리고 그건 지금도 마찬가지요. 아무튼 아무것도 제대로 이해할 수 없었소. 모든 게 다 그랬어. 우린 아직도 그걸 풀지 못하고 있다오. 어쩌면 영원히 풀 수 없을지도 모르지."

지금과 같은 산책이 6년 전에도 있었다. 그런데 이 6년의 시간은 몇 세기도 더 전인 듯 까마득했다. 마치 법도, 도덕도 없으며 온통 공포와 폭력이 지배하는 태곳적의 암울한 시대에 벌어진 일 같았다. 당시 두 남자의 만남이 어땠을지 상상하는 게 가능하긴 할까? 점령된 나라의 시민인 노과학자와 원했든 원하지 않았든 승자의 편에 서게 된 제자 사이에 대체 어떤 대화가 오고갔던 것일까? 언쟁을 벌이고, 해결을 위한 시도를 감행하고, 서로 자기 쪽으로 설득하려 애쓰다가 결국 침묵했을 것이다. 그리고 그 침묵은 총알처럼 고통스런 상처를 남긴 채 영원히 두 사람의 몸속에 박혀버렸을 것이다.

하이젠베르크는 이미 여러 달 전부터 코펜하겐을 방문하려고 노력해 왔다. 보어를 만나기 위해서였다. 당국에서는 계속 허가를 내주지 않았다. 요하네스 슈타르크와 '독일 물리학' 추종자들의 집요한 방해공작 때문이었다. 당시 그와 가장 절친했던 친구 카를 프리드리히 폰 바이체커의 도움을 받고서야 그는 간신히 여행을 떠날 수 있었다. 폰 바이체커 역시 원자탄 프로젝트에 참여한 물리학자였다. 그의 아버지는 외무부의 총비서로 일하고 있었다. 그는 또 정부 산하의 다른 연구소와 함께 독일 연구협회의 감독직도 맡고 있었다. 독일 연구협회는 히틀러의 동맹국이나 점령국들과의 문화적 교류를 담당했다. 그는 아들의 요청에 따라 독일 연구협회로 하여금 하이젠베르크를 코펜하겐 연구소에서 열리는 물리학회의에 초청하도록 권유했다. 하이젠베르크가 그곳에서 선택한 강연 주제는 당시로서는 그다지 적절해 보이지 않는 '핵분열'에 관한 것이었다.

1941년 9월 14일, 하이젠베르크는 베를린 발 코펜하겐 행 야간열차에 올랐다. 목적지에 도착한 것은 다음 날 새벽 6시 15분이었다. 강연은 금요일 오전이었기 때문에 그에게는 나흘간의 자유시간이 있었다. 그는 이 기회를 이용해 보어와 많은 이야기를 나눌 생각이었다. 하이젠베르크는 이 기간 동안 여러 번 연구소를 방문했고, 마르그레테와 조교들이 마련한 식사에 초대받기도 했다. 그럴 때마다 그는 전쟁에 관한 대화는 될수록 피하고 가능한 한 모호하게 언급하려고 애썼다. 그러나 매번 상황은 그에게 별로 유리하게 돌아가지 않았다. 그의 말 한마디가 상대방의 분노를 불러일으켜 결국 사과를 해야 하는 사태가 벌어지기 일쑤였다. 덴마크의 물리학자 묄러와 대화를 나눌 때 그는 독일이 전쟁에서 승리하는 것이야말로 인류의 안녕을 위해 최선이라고 주장했다.

"제 나라가 덴마크나 노르웨이, 네덜란드, 벨기에 같은 나라들을 점령한 것은 정말 유감으로 생각합니다만, 이것은 동유럽 국가들의 경우와는 다릅니다. 아마 이들 나라의 발전에 크게 도움이 될 겁니다. 이 나라들은 단독으로 나라를 꾸려갈 힘이 모자라지 않습니까?"

이 말에 뮐러는 격분했다.

"내가 보기에 제 한 몸도 제대로 꾸려갈 능력이 없는 나라가 독일이외다."

이런 언쟁 소식은 보어와 마르그레테의 귀에도 들어갔다. 남편보다 더 격노한 마르그레테는 앞으로 하이젠베르크를 절대로 집에 들이지 않겠노라고 선언했다. 보어 역시 몹시 상심해 어쩔 줄 몰랐다. 하지만 그는 지난 몇 년간 치열한 전투를 같이 치렀던 옛 전우와 단 둘이 만나 얘기를 나누기로 했다. 전부터 보어는 병적인 정확성을 발휘해 중요한 결정을 내리는 방법을 스스로 고안해냈다. 먼저 카드에 찬성의견과 반대의견을 적은 뒤 결정을 보류했다가 며칠 뒤 맑은 정신으로 그것을 다시 읽어보고 마음을 결정하는 방법이었다. 그는 이번에도 그 방법을 사용했다. 그러고는 하이젠베르크와의 교분이 자신에게 어떤 다른 이유들보다 더 소중하다는 결론에 도달했다. 그는 아내의 거센 반대에도 불구하고 하이젠베르크를 식사에 초대했다. 아내에게는 정치와 무관한 학술적인 대화만 나누겠다고 굳게 약속했다.

저녁 시간은 자못 긴장감이 감돌았지만 별 탈 없이 흘러갔다. 마르그레테는 정중했지만 차가웠다. 하이젠베르크는 그녀의 표정에서 언짢거나 불쾌한 기색이 느껴질 때마다 불안에 떨었다. 식사가 끝나자마자 하이젠베르크는 옛 스승에게 산책이나 같이 하자고 서둘러 제안했다. 보어는 그보다 더 허둥대며 곧바로 그 제안을 받아들였다.

발트에서 불어오는 차가운 바람이 도시의 나무들을 고통스럽게 때려댔다. 나치 제복들이 불길한 독수리들처럼 거리를 오가고 있었다. 보어와 하이젠베르크는 연구소에서 별로 멀리 떨어지지 않은 펠레 공원의 한적한 오솔길을 산책했다. 두 사람은 세계의 운명이 자신들의 행동에 달려 있는 듯 매우 조심스러웠다. 말 한마디 한마디가 모두 저울대 위에 올려졌다. 그들의 대화 내용은 서로 아무런 의심을 불러일으키지 않으려고 지나치게 조심한 탓에 점점 더 모호해졌다. 마치 암호로 대화하는 사람들 같았다. 하이젠베르크는 터놓고 말하고 싶었지만 그렇게 할 수가 없었다. 그가 하려는 제안의 특성상 그랬다. 보어는 또 그 나름대로 하이젠베르크의 게임에 참여할 생각이 전혀 없었다. 그에 대한 호감은 여전했지만, 그가 히틀러의 원자탄 프로젝트를 이끌고 있다는 사실을 생각하면 전처럼 그를 신뢰할 수 없었다.

두 사람의 산책은 그해 가을만큼이나 차갑고 메마르게 진행되었다. 자칫 실수는 배신으로, 오해는 함정으로, 망설임은 모욕으로 받아들여질 수 있었다. 마치 언어가 본질적으로 이해를 불가능하게 만드는 어떤 것이라도 되는 듯했다. 낱말 하나, 단어 하나가 모두 좋은 의도를, 설명을, 인식을 가로막는 장애물이 되어버렸다. 물리학은 보편적이고 간단한데, 사람의 관계는 왜 그렇게 힘들고 어려운 것일까!

하이젠베르크는 오랜 시간 그들을 묶어준 우정에 기댈 줄만 알았지, 옛 스승이 지금 자신을 대하는 유보적인 태도는 제대로 알아보지 못했다. 그의 얼굴과 태도는 여전히 어린아이 그대로였다. 그는 보어의 신뢰를 얻기만 하면 다 될 수 있다고 믿고 있었다. 그런데 그가 구하려는 신뢰는 이미 오래전에 사라지고 없었다. 보어는 계속해서 의심의 눈초리를 거두지 않았다. 하이젠베르크가 왜 그토록 자신과 단둘이 얘기를 나누려고 애쓰는 것일까? 이 의문은 그가 몇 년 전부터 마음에 담아왔던 다른 물음들과 겹쳐졌다. 그는 왜 히틀러가 득세하는 독일에 남기로 결정했을까? 왜 가공할 살상무기 제조로 이어질 게 분명한 연구 프로젝트에 참여한 것일까?

하이젠베르크는 너무 서툴게 시작했다. 그는 뮐러와 이야기할 때처럼 독일의 폴란드 침공을 두둔했고, 프랑스와 덴마크 같은 나라들에 대해 히틀러가 그렇게 나쁜 짓을 한 건 아니라고 했다. 보어는 자신의 귀를 의심했다. 게다가 하이젠베르크는 스탈린보다는 히틀러의 지배를 받는 게 유럽의 미래를 위해 더 낫다고도 주장했다. 이것은 너무 심했다. 보어의 인내심도 드디어 한계를 드러냈다. 그는 화가 머리끝까지 뻗쳐서 더는 말을 나누려 하지 않았다. 여기서 더 나아갔다가는 옛 제자와 완전히 등을 돌리게 될 거라는 것을 알았기 때문이다.

그러나 하이젠베르크는 물러서려 하지 않았다. 이제 그의 입에서 나오는 말은 더 이상 무엇을 제안하기 위한 것이 아니었다. 게슈타포를 따돌리고 독일 연구협회의 학술회의에 참석하겠다는 구실로 이곳 코펜하겐으로 달려온 이유가 오직 이 순간을 위해서였음을 숨기지 않았다. 그는 옛 스승 보어에게 이제껏 누구 앞에서도 꺼내놓지 않았던 말을 시작했다.

"물리학자로서 핵에너지 개발에 참여하는 게 오히려 도덕적으로 타당하다고 생각하지 않으세요?"

하이젠베르크의 물음은 보어를 얼음덩어리처럼 굳어버리게 했다. 그는 분노가 아니라 두려움을 느꼈다.

"자네 생각엔 핵에너지 개발을 전쟁이 끝나기 전까지 완료할 수 있을 것 같은가?"

보어는 놀라움을 감추지 못하고 물었다.

"물론입니다."

그는 지금 폭탄을 말하는 것인가, 단순히 원자로를 말하는 것인가? 핵에너지의 평화적인 사용에 관한 것인가, 아니면 대량살상무기에 관한 것인가? 자기가 참여하고 있는 독일의 원자탄 프로젝트를 말하는 것인가, 아니면 보어도 어쩌면 알고 있을 연합군의 똑같은 노력에 대해서 말하는 것인가?

하이젠베르크는 계속해서 말했다.

"물리학자들은 핵에너지의 사용을 결정하는 문제에 대해 좀 더 책임감 있게 행동해야 합니다."

침묵.

"우리는 전 세계의 핵에너지 개발을 통제할 필요가 있습니다."

침묵.

"우리에겐 정치가들이 결코 가질 수 없는 힘이 있습니다. 오직 우리들만이 핵에너지 사용에 필요한 지식을 소유하고 있으니까요."

침묵.

"원하기만 한다면 우리들은 정치가도 통제할 수 있습니다. 우리가 다 함께 힘을 모은다면 핵에너지의 미래를 결정할 수 있습니다. 그건 오직 우리 물리학자들만이 할 수 있는 일입니다."

이번에는 보어도 가만히 있지 않았다. 그의 얼굴은 완전히 시뻘개졌으며 두 눈은 두 개의 블랙홀마냥 시야에 들어오는 모든 것을 삼켜버릴 태세였다. 평생 지금처럼 분노한 적은 한 번도 없었다. 지금처럼 실망스럽고 불행했던 적도 없었다. 그는 하이젠베르크를 혼자 남겨둔 채 뒤도 돌아보지 않고 집으로 돌아왔다. 그러고는 마치 아무 소리도 듣지 못한 듯 행동했다. 그런 대화가 아예 있지도 않았다는 듯이, 하이젠베르크라는 이름의 제자가 아예 없었던 듯이. 하이젠베르크는 펠레 공원에 혼자 남겨진 채 멍하니 슬픔에 잠겨 자신의 실패가 미칠 영향의 크기를 가늠해보았다. 바람이 그의 얼굴을 훑고 지나갔다. 스승의 모습이 공원 오솔길 사이로 멀어지고 있었다. 악몽처럼, 아니 대양의 끝없는 어둠 속으로 사라지는 배처럼.

"당신은 어떻게 생각해요?"

이레네는 6년 전 두 위대한 물리학자 사이에서 벌어졌던 일을 설명해
주길 바라는 표정으로 그의 얼굴을 쳐다보았다.

"하이젠베르크의 진짜 의도는 뭐였을까?"

"글쎄. 너무 애매한 부분들이 많아서 뭐라고 말하기는 힘들어. 아마
그는 넌지시 암시만 던진 채 보어가 자신의 의도를 알아차려주기 바랐
을 거 같아. 구체적으로 직접 말하지 않고서. 하지만 그의 전략은 그리
성공적이지 못했던 것 같아."

"아니면 보어는 그의 의중을 정확히 알았기 때문에 그렇게 화를 냈던
건지도 몰라요."

"그럴 수도 있겠지. 곰곰이 생각해봐야겠어."

베이컨은 이렇게 말하고 여러 가지 가능성들을 머릿속에서 그려보
았다.

"우선 최선의 경우부터 가정해보자고. 그건 하이젠베르크가 독자적
으로 행동했을 가능성이야. 이해하겠어? 이 경우 우리는 두 가지 형태
로 생각해볼 수 있어. 첫째로 하이젠베르크는 보어가 원자탄 프로젝트
를 진행 중인 연합군측 과학자들과 긴밀히 접촉하고 있다는 사실을 이
미 알고 있었어. 그래서 독일이 그런 엄청난 폭탄에 파괴되는 것을 피
하기 위해 보어를 통해 그들을 움직여볼 생각이었던 거야. 둘째로 하이
젠베르크는 보어에게 전 세계의 핵물리학자들끼리 일종의 동맹을 결성
하자고 제안했을 수도 있어. 핵에너지가 군사목적에 사용되는 것을 막
기 위해서."

"그 두 가지 모두 너무 순진한 발상처럼 보여요. 하이젠베르크가, 보

어에게 요청만 하면 그가 연합군측 물리학자들의 핵개발을 막아줄 수 있을 거라고 정말 믿었을까?"

"그가 독일 원자탄 프로젝트의 책임자였다는 걸 기억하라고. 이 가정이 옳다면, 그는 보어에게 연합군측이 연구를 중단할 의사가 있다면 자신들도 똑같이 하겠다고 제안했을걸."

"과연 하이젠베르크가 그런 식으로 조국을 배신하려고 했을까?"

"글쎄, 내겐 충분히 가능해 보여. 하이젠베르크는 항상 자신이 독일의 안녕을 위해 행동했다고 말해왔어. 그렇다면 자기 나라가 핵무기에 의해 완전히 파괴되는 것보다 더 나쁜 일은 생각할 수 없었을걸."

"난 그 가정을 믿을 수 없어요. 그가 비록 핵폭탄 제조를 어느 정도 저지할 위치에 있었다는 게 사실이라고 해도, 그 프로젝트를 전적으로 혼자서 책임지고 있지는 않았을 거예요. 거기엔 군부와 당, SS 등도 모두 관여했을 거라고. 하이젠베르크 혼자서 그들을 모두 마비시킨다는 게 정말 가능했을까?"

"나도 모르겠어. 어쩌면 그는 자기 말고는 어느 누구도 원자폭탄 제조기술을 개발할 능력이 없다고 생각했을 수도 있어. 자기가 제대로 일을 수행하지 않더라도 아무도 그걸 눈치 채지 못할 거라고 말이지."

"그러나 그 가정에는 문제가 있어요. 그가 정말로 보어와 일종의 휴전을 체결하려 했다고 쳐요. 아주 선한 의도에서. 그런데 보어가 그 약속을 반드시 지킬 거라고 어떻게 확신할 수 있죠? 보어가 연합군측 과학자들에게 연구를 중단하도록 최선을 다해 설득하리란 걸 어떻게 믿을 수 있냐고? 만약 보어가 말로만 그렇게 약속하고 그를 배신한다면 어쩌려고?"

"그는 틀림없이 보어를 믿었을 거야. 보어는 그의 스승이자 누구보다도 가까운 친구였으니까. 그래서 오로지 보어를 만나기 위해 코펜하겐까지 그렇게 갔던 거야. 그는 보어를 믿었던 게 분명해."

"그건 말도 안 돼요."

"글쎄. 아무튼 이번에는 다른 가능성을 한 번 생각해보자고. 하이젠 베르크가 자기 의지로 보어를 방문한 것이 아닐 경우도 있겠지."

"그럼 그가 히틀러의 스파이 노릇이라도 했을 거란 말예요? 정말로 히틀러가 보어를 속이기 위해 그를 보냈을까?"

"그 가능성도 전혀 배제할 수는 없어."

베이컨이 우울한 표정으로 말했다.

"그래도 하이젠베르크로서는 별로 잃을 게 없으니까."

"보어와의 관계는 어쩌고요?"

"그가 정말 히틀러의 스파이였다면, 정말 클링조르가 맞다면 그 까짓 게 뭐 중요해. 보어에게 조금이라도 회의를 불어넣을 수 있다면 그걸로 충분했을걸. 연합군측에 약간의 동요라도 불러일으킬 수 있다면 독일 의 프로젝트에는 상당한 이득이 될 테니까."

"그게 사실이라면 정말 무서운 사람이네."

이레네가 흥분해서 말했다.

"클링조르는 그보다 더 한 짓도 서슴지 않았을걸."

"하이젠베르크가 정말 클링조르인지는 아직 모르잖아요."

베이컨은 그 순간 세상에 홀로 남겨진 듯 깊은 생각에 잠겨 있었다. 그리고 한참 뒤에야 입을 열었다.

"이 문제는 몇 년 전 폰 노이만 교수와 함께 분석했던 도식과 아주 비 슷하단 생각이 들어. 자, 지금부터 설명할 테니 잘 봐."

베이컨은 종이와 연필을 가져와 폰 노이만과 만들었던 것과 비슷한 도식을 이레네에게 그려주었다.

	협 력	배 신
협력	하이젠베르크는 자신이 보어를 설득해 양 진영의 핵 프로그램을 중단시킬 수 있다는 선량한 믿음에 따라 행동한다.	하이젠베르크는 보어를 설득했다고 믿고 자신의 연구를 중단한다. 하지만 보어가 그의 말에 따르지 않아 연합군은 연구를 계속한다.
배신	하이젠베르크는 자기 연구를 중단할 생각이 전혀 없지만 보어에게 거짓말을 해 연합군의 연구를 중단시킨다.	하이젠베르크는 보어에게 자신이 독일의 프로젝트를 지연시킬 거라고 말하고, 보어는 그에게 자신이 연합군의 프로젝트를 중단시킬 거라고 말한다. 하지만 두 사람은 모두 연구를 계속 진행시킨다.

"이해하겠어?"

베이컨은 만족스러운 표정을 지었다.

"하이젠베르크의 입장에서 보자면 두 사람이 협력하는 것이 최선이야. 하지만 둘 중 누구도 상대방이 정말로 협력할 의사가 있는지 확신할 수는 없어. 배신의 가능성이 항상 도사리고 있단 말이지. 이제 결정 가능성을 숫자로 나타내볼게.

	협 력	배 신
협력	2 : 2	1 : 3
배신	3 : 1	0 : 0

하이젠베르크에게 최선의 선택은 왼쪽 위야. 양 진영의 원자탄 프로젝트가 잠정적으로 모두 중단되는 것이지. 최악의 경우는 오른쪽 위고. 그는 원자탄 프로젝트를 중단했는데 연합군은 그렇게 하지 않는 것. 만약 왼쪽 아래처럼 그가 보어를 배신한다면 독일로서는 최선의 결과를 얻겠지만 연합군측은 그렇지 못하지. 이제 남은 것은 오른쪽 아래인데, 여기

서는 독일과 연합군이 모두 이제까지처럼 프로젝트를 계속 진행시키게 돼. 이 경우엔 누가 먼저 폭탄을 갖느냐 하는 시간 싸움이 벌어지지."

"이 그림은 이해하겠지만 당신이 뭘 말하려는지는 잘 모르겠어, 프랭크."

"아주 재미있군. 희한하게도 내겐 계속해서 같은 게임이 따라다니고 있어."

"게임이라니, 무슨 게임 말이야?"

"그래, 바로 이거야, 이레네. 이거! 모든 게 다 맞아떨어지잖아! 너무나 분명해서 오히려 이상할 정도군."

"도대체 무슨 말을 하는 거예요?"

"당신 덕택에 모든 게 아주 명확해졌어, 이레네!"

베이컨이 신경질적으로 웃었다.

"왜 그래요, 프랭크? 이상하게 굴지 말아요."

"그는 지금 나를 가지고 놀고 있어."

그가 신음하듯 말했다.

"내가 직접 퍼즐을 맞추어나가도록 유도하고 있는 거라고. 그가 원하는 건 나와 함께 게임을 즐기는 것뿐이야. 놈은 내가 진실을 찾아내는 걸 원하지 않아. 난 그저 그의 게임 상대일 뿐이지. 정말 영리한 놈이야."

"누가요?"

"클링조르지 누구겠어! 클링조르!"

베이컨은 몹시 흥분하고 있었다.

"하이젠베르크는 히틀러의 스파이였을까? 아니면 오히려 가장 증오했던 적이었을까? 그가 배신하려던 것은 자기 조국이었을까, 아니면 옛 스승이었을까? 그가 속인 것은 보어였을까, 아니면 나치 당국이었을까? 그가 지난 모든 일에 대해 용서를 빈다고 말했을 때 혹시 자기 자신까지도 속였던 건 아닐까? 그는 과연 진실을 말한 걸까?"

그는 거의 숨도 쉬지 않고 말했다.

"진실을 안다는 게 과연 가능할까, 이레네? 아니야. 우린 절대로 진실을 알 수 없어! 진실 같은 것은 존재하지 않아. 모든 게 게임이라고. 게임은 진실을 알기 위해서가 아니라 이기기 위해서 하는 거야."

"이기기 위해서? 도대체 누구를 이긴단 말이야?"

"나를."

베이컨이 천천히 말했다.

"이건 나를 이기기 위한 게임이야."

세상의 압박에 시달린 자가 시간에서 벗어난 열정의 공간으로 도피하듯 그는 아무 말 없이 그러나 격렬하게 그녀와 사랑을 나누었다. 조금이라도 머뭇거렸다간 꿈에서 깨어나 결코 돌아가고 싶지 않은 현실로 다시 내던져질까 두려운 것처럼, 베이컨은 한순간도 멈추지 않고 사랑의 행위를 계속했다. 이레네는 그가 마음껏 자신을 사랑하도록 내버려두었다. 그러나 그녀는 이미 다른 곳에, 이성의 메마른 땅에 가 있었다. 베이컨이 음탕한 말들을 속삭이거나 거칠게 그녀 속으로 파고들 때도 그녀는 생각에 잠겨 수수께끼 풀이에만 골몰했다. 그녀가 생각에 잠기도록 놔둔 것은 그의 치명적인 실수였다.

"프랭크, 잠깐만 가만히 있어봐."

그녀가 그를 밀쳐냈다.

"내가 알아냈어."

"무슨 얘길 하는 거야?"

"클링조르 말이에요! '모든 물리학자들은 거짓말쟁이다.' 슈타르크가 했던 말 기억나죠?"

"그게 어쨌다는 거야?"

"아무래도 거기에 열쇠가 있는 것 같아. '모두'가 거짓말쟁이라는 말. 왜 여태 그 생각을 못 했는지 몰라."

"무슨 생각?"

"하이젠베르크가 거짓말쟁이고, 보어도 거짓말쟁이고, 슈뢰딩거도 거짓말쟁이고, 심지어는 당신도 거짓말쟁이예요. 물론 슈타르크도 거짓말쟁이고. 왜 그런지 알겠어요, 프랭크? 그건 당신들이 모두 물리학자이기 때문이에요."

그녀가 큰 소리로 웃었다. 베이컨은 어리둥절한 표정을 지으며 몸을 일으켰다.

"난 아직도 무슨 소린지 모르겠어, 이레네."

"내가 물리학자이면서 '모든 물리학자들이 거짓말쟁이'라고 말한다면 그건 당신이 말한 것처럼 논리적으로 말이 안 되잖아, 그렇죠?"

이레네는 논리학자라도 된 것처럼 눈에 힘을 주고서 베이컨을 쳐다보았다.

"이 경우에 사람들은 내가 거짓말을 하는 건지 아닌지 알 수 있는 방법이 없어요. 하지만 오직 이 경우에만 그래. 내가 물리학자일 때만."

이레네는 여전히 어리둥절해하고 있는 애인 앞에서 그녀의 이론을 펼쳐놓기 시작했다.

"하지만 이 역설에서 빠져나올 방법이 아예 없는 건 아니야. 그게 뭔지 알겠어요, 프랭크? 이 문제를 어떻게 풀어야 할까?"

"어서 말해봐."

"아주 간단해요. 사실 너무 간단해서 당신이 아직 그걸 몰랐다는 게 오히려 이상해."

그녀의 오만한 태도는 거의 참을 수 없을 지경이었다.

"역설은 이 문장을 말하는 사람이 물리학자일 때에만 성립해. 알겠어요? 슈타르크가 당신에게 그런 메시지를 보낸 건 당신이 그것을 역으로 해석해 클링조르를 물리학자가 아닌 사람 중에서 찾도록 하려던 거예요. 당신이나 슈타르크는 모두 물리학자들이에요. 따라서 당신들 중 누가 거짓말쟁이라고 아무도 확실하게 말할 수는 없지. 그러니까 그 문장은 당신이 늘 말한 것처럼……."

"불확정적인 문장이란 말이군."

"그래요."

"그래서 그 다음은?"

"여기서 거짓말을 하고 있는 사람은 물리학자가 아니라 다른 사람이 되는 거지요."

"하지만 그 '다른' 사람은 비록 물리학자가 아니더라도 폭탄제조의 토대가 되는 양자이론이나 상대성이론에 정통하고 있어야 해."

"그런 사람이 몇 명이나 될까요?"

"나도 잘 모르겠어. 엔지니어는 어떨까? 아니면 오토 한 같은 화학자는?"

"오토 한과 말해본 적이 있어요? 아니면 관련된 엔지니어들 중에 혹시 아는 사람은요? 아무도 없나? 그는 분명히 당신 주변에 있는데."

"수학자는 어때?"

"맞아요!"

이레네가 큰 소리로 외쳤다.

"링스 교수! 바로 그 사람이야, 프랭크. 이제 모든 것이 분명해졌어요. 지금까지 만난 물리학자들이 진실을 말하는지 어떤지 우린 실제로 알 수가 없어요. 그들이 말하는 건 모두 역설에서 빠져나올 수 없으니까. 하지만 링스 교수의 이야기는 달라. 그는 물리학자가 아니기 때문에 명확하게 진실 아니면 거짓을 말하고 있는 거야. 이게 수수께끼의

답이에요."

베이컨은 한동안 아무 말 없이 생각에 잠겼다. 아무리 거부하려고 해도 이레네가 그의 귀에 흘려넣은 독이 서서히 혈관을 타고 온몸으로 퍼지기 시작했다. 그는 내 친구였지만, 그녀가 퍼뜨린 의심 바이러스에 감염되었다.

"링스가 도대체 왜 거짓말을 한단 말이지? 무슨 이유로?"

"당신이 그렇게 말할 줄 알았어. 그래서 생각해보았는데 난 그 이유를 알 것 같아. 말해봐요, 프랭크. 당신은 왜 코펜하겐으로 갔죠?"

"보어에게 하이젠베르크에 대해 물어보려고 간 거잖아."

"그렇다면 그 전에 플랑크, 폰 라우에, 슈뢰딩거 등은 왜 만났어요? 그리고 왜 그런 순서로 만나게 되었을까?"

"그건 그냥 어쩌다 그렇게 된 거야."

"그러지 말고 다시 한 번 잘 생각해봐요, 프랭크."

그녀는 이제 마녀로 변해 그의 머릿속을 온통 거짓으로 마비시키고 있었다.

"링스는 처음부터 당신을 손아귀에 쥐고서 하이젠베르크가 클링조르라고 믿도록 조종해간 거야. 처음부터 말이지. 아직도 모르겠어요? 지금까지 당신이 어떻게 해왔는지 한 번 잘 돌아봐요. 그건 정상적인 조사가 아니었어. 당신은 처음부터 지금까지 그가 이끄는 대로 움직였을 뿐이야. 그는 당신이 결국 자기가 원하는 결과에 도달하게 되도록 수작을 부렸던 거지. 당신도 말했잖아. 모든 일이 수학적 게임처럼 보인다고 말이야. 맞아요. 이건 오직 상대를 이기기 위한 게임이에요. 그리고 이 게임에서 당신의 상대자는 바로 링스 교수예요."

"그가 무슨 이유로 하이젠베르크를 모함해?"

"개인적인 원한 아닐까? 옛 일에 대한 앙갚음. 아무튼 하이젠베르크도 천사가 아닌 건 분명하니까. 나치에 대한 태도에도 여전히 석연치 않은 구석이 있고. 어쩌면 링스가 히틀러에 대한 반역 혐의로 체포되었을 때 하이젠베르크가 관련되어 있었을지도 모르지. 하지만 하이젠베르크가 클링조르인 건 아니야. 우리가 그렇게 보길 원하는 건 바로 링스라고!"

"내가 그동안 그를 지나치게 신뢰했다는 건 당신 말이 맞아."

베이컨은 (유감스럽게도!) 이렇게 말했다.

"난 그동안 그가 제시한 증거들을 면밀히 검토해보지도, 다른 방식으로 해석해볼 필요도 느끼지 않았어. 그렇지만 이제 우리의 성과들을 새롭게 검토해볼 때가 된 것 같군."

베이컨은 실망과 분노를 느꼈다.

"그럼 이제 어떻게 할 거예요?"

이레네가 속삭였다.

"보어에게 작별인사를 하고 가급적 빨리 괴팅겐으로 돌아가야겠지. 링스와 하이젠베르크가 있는 곳으로. 두 사람은 우리에게 진실을 밝혀줄 존재들이니까."

연쇄 반응

1942년 3월, 베를린

어느 시점부터 나는 내가 무슨 짓을 저질렀는지 알게 되었을까? 그 불행이 정확히 언제 시작되었던가? 잘 모르겠다. 40년이 지난 지금도 모르겠고, 그때도 몰랐다. 당시 나는 눈과 귀가 모두 멀어버린 것 같았다. 세상일은 아무래도 좋았다. 나는 오로지 본능과 직관에 의존한 채 하루하루 살아가고 있었다. 주위의 모든 것들이 어긋나고 있었지만, 나의 정신은 거의 미쳐버리기 직전이었고 나의 세계는 파멸의 위기에 처해 있었지만, 내 속에서는 그 모든 위협으로부터 나를 구해줄 확실성이 형성되고 있었다. 내게 이성과 안정을 되돌려주고 나를 구원해줄 이 확실성은 바로 나탈리아에 대한 '사랑'이었다.

이 말이 얼마나 무의미하고 공허한지 나도 잘 안다. 하지만 거짓말을 하거나 자신을 변명할 하등의 이유가 없다. 그녀에 대한 내 사랑은 진실이었다. 내 생애 최초이자 유일한 진실이었다. 그것은 내가 전적으로 신뢰할 수 있는 단 하나의 확실성이었다. 그것은 비록 나를 더 나은 인간으로 만들어주지는 못하겠지만 적어도 스스로 상실했다고 믿고 있던 인간성을 내게 되돌려줄 것이다. 나탈리아는 처음부터 내 마음을 잡아끌었다. 하이니가 내게 약혼녀라고 소개시켜주던 순간부터, 그녀의 잿

빛 두 눈에서 당혹스런 광채를 느꼈던 그 순간 이후로 나는 줄곧 그녀를 갈망해왔다. 수많은 우여곡절을 겪고 난 지금 나는 그때의 감정이, 그녀가 내비쳤던 짧은 순간의 눈빛이 나를 속인 게 아니란 걸 분명히 알 수 있다. 반면에 나머지 삶은 모두 거짓이었다. 마리안네에 대한 사랑도, 일도, 수학도 모두 거짓이었다. 내게 중요한 건 오직 나탈리아뿐이었다. 나는 무슨 짓을 해서라도 그녀가 내 곁을 떠나지 못하게 만들겠다고 결심했다. 무슨 짓을 해서라도!

어느 순간 우리 셋의 관계는 내게 더 이상 은밀한 도착적 만족감을 주는 행위가 아니라 나탈리아를 가까이하기 위해 어쩔 수 없이 참아내야만 하는 불가피한 고통으로 바뀌었다. 처음에 우리는 일주일에 두 번씩 만났지만 나는 점차 이 은밀한 의식이 벌어지는 빈도를 줄여나갔다. 나는 질투하고 있었다. 그랬다. 마리안네가 나탈리아의 몸을 쓰다듬거나 키스를 하거나 유혹을 할 때마다 질투심이 솟구쳤다. 그건 오직 내게 속한 육체여야만 했다. 놀랍지 않은가! 남편과 아내가 똑같은 사람을 사랑하고 있다니! 우리는 서로 그녀를 차지하기 위해, 그녀의 환심을 사기 위해, 그녀를 상대방에게 빼앗기지 않기 위해 싸움을 벌였다. 물론 이런 감정은 조용하고 은밀하게 이루어졌지만 그렇다고 덜 강렬하거나 미약하지 않았다. 셋이서 옷을 벗고 의식을 치를 때마다 우리는 짐승처럼 굴었다. 기분이 내키는 대로, 관성이 작용하는 대로, 아무런 의지도 없이 몸을 내맡겼다. 우리는 미세한 자극만 주어져도 분열을 일으키고 폭발해버리는 원자 같았다.

더 이상 견딜 수가 없었던 나는 어느 날 밤 나탈리아의 방문을 기다리지 못하고 직접 그녀를 찾아갔다. 그녀는 편해 보이지 않는 어색한 미소로 나를 맞아주었다. 그녀의 당혹감 속에는 이미 모든 것을 알고 있는 사람의 죄책감이 깃들어 있었다.

"당신을 사랑해."

내가 말했다.

"오직 당신만!"

그녀는 나를 힘껏 껴안은 채 내가 하는 대로 내버려두었다. 나는 그녀의 옷을 모두 찢어내고 그녀의 육체와 영혼을 강간했다. 그녀가 하이니와 함께 사용해온 침대 위에서. 나탈리아는 꼭 유령 같았다. 그녀를 붙잡으려고 애쓰면 애쓸수록, 거세게 포옹할수록, 내게 묶어두기 위해 온갖 말들을 속삭일수록, 그녀는 매끄러운 비단실처럼 손아귀에서 빠져나갔다. 살과 뼈가 모두 수은으로 만들어진 것처럼, 모든 것이 내 욕망의 반짝이는 환영에 불과한 것처럼. 마침내 그녀도 사실을 받아들였다.

"나도 당신을 사랑해."

그녀가 품 안에서 흐느꼈다. 그녀를 어떻게 믿을 수 있단 말인가? 그녀의 이 목소리가 확신에서 나오는 것이라고, 그녀가 단검처럼 예리하고 무자비하게 배신을 행하지 않으리라고 어떻게 믿을 수 있단 말인가? 어떻게? 하지만 나는 그렇게 믿었다. 그 반대편을 참아낼 용기가 없어서, 그녀의 말을 순간적인 감정이나 혼란으로 여기기에는 내 자신이 너무 나약해서, 그냥 그렇게 믿고 말았다.

"그럼 마리안네는 어떡하지?"

"그럼 하인리히는?"

나는 차갑고 잔인하게 되물었다.

그 순간 이후 우리는 절대로 우리를 묶고 있는 사슬을 입에 담지 않았다. 우린 마치 새로운 세계가 열린 것처럼 행동했다. 비록 이제부터 세 개의 서로 다른 삶을 살아가야 할지라도, 그 때문에 많은 사람들을 속여야 한다고 해도, 나는 나탈리아에 대한 내 사랑이 확인된 그 순간 구원받았다고 확신했다. 나는 오직 그녀와 함께, 그녀를 위해서 존재했다. 다른 모든 것은, 결혼도 우정도 수학도 전쟁도 모두, 감각의 기만이며 나와 무관한 재앙이라고 생각했다. 달리 내가 무엇을 할 수 있겠는가? 그 혼돈의 시절에 나탈리아와 내가 무엇을 할 수 있겠는가? 함께 도망을 친다? 과연 우리에게 도피처가 있을까? 기회가 있을까? 희망이 있을까? 당연히 없었다. 형벌은 확실했다. 이별과 죽음은 이미 기정사실이 되어 우리를 향해 쉬지 않고 다가오고 있었다. 그러나 내 생애에서 그때만큼 행복했던 적은 단 한 번도 없었다.

불확정성원리

1947년 6월, 괴팅겐

누가 진실을 말하는가? 누가 거짓을 말하는가? 나를 사랑하는가, 아니면 기만하는가? 나와의 약속을 지킬 것인가, 아니면 나중에 아니라고 부인할 것인가? 나는 구원받을 것인가, 아니면 십자가에 매달린 채 끝날 것인가? 유죄인가 무죄인가? 알고 있다, 알고 있어! 불확정성원리는 결국 아인슈타인의 상대성이론과 똑같은 불행을 겪어야 했다. 물리학에 대해서 전혀 모르는 수천 수만의 사람들과 이들보다 결코 낫다고 말할 수 없는 수많은 저널리스트들이 아인슈타인의 개념에 담긴 심오한 의미를 이해했노라고 믿었다. 이상하게 생긴 그리스어 알파벳들이 들어간 것들은 아예 말할 것도 없고, 단 한 개의 미지수와 숫자로 이루어진 수식만 보아도 중증 두통에 시달리는 주제들인데도. 그들은 재빨리 마이크와 펜을 꺼내 들고서 과학의 복음을 온 누리에 전파했다. 갑자기 아인슈타인의 얼굴이 〈뉴욕타임스〉에 등장하고, 전 세계가 양말도 신지 않은 그의 맨발과 헝클어진 머리를 보게 되었다. 얼치기들이 현자의 근엄한 얼굴을 하고서 이렇게 말했다.

"모든 건 상대적이야."

하이젠베르크의 경우도 이와 크게 다르지 않았다. 그의 불확정성원리는 현실에서는 오로지 소립자의 세계에만 적용되는 것일 뿐 애매한 애정관계나 무너진 신뢰, 배신 따위가 난무하는 세계와는 전연 무관했다. 원래 하이젠베르크는 단순히 양자물리학의 비정상적 특징을 기술하기 위해 그 용어를 사용했다. 슈뢰딩거와 아인슈타인 같은 물리학자들이 고전적 법칙을 방어하기 위해 전자의 가시화 노력에 매달리고 있는 동안, 하이젠베르크는 전자의 위치와 속도를 동시에 측정하는 것이 불가능함을 증명했다. 그것은 우리가 사용하는 도구의 오류나 한계가 아니라 물리적 법칙에 따른 불가피한 결과였다.

그에 대해 하이젠베르크는 이렇게 기술했다.

"이론적으로 전자를 직접 관찰하기 위해서는 고해상도의 아주 강력한 현미경이 필요할 뿐만 아니라 전자를 극도로 작은 파장을 지닌 광선으로 비출 수 있어야 한다. 하지만 관찰을 위해 발사된 광자는 관찰하려는 전자의 움직임을 바꾸어놓게 될 것이다. 다시 말해서 전자의 위치를 정확히 결정하려 들수록 점점 더 전자의 운동속도는 부정확해지게 된다. 이는 반대의 경우도 마찬가지다. 이런 관계는 에너지나 시간과 같은 다른 변수를 지닌 쌍들에도 똑같이 적용된다. 그리고 또 한 가지, 앞서 말한 것처럼 자연적으로 주어진 정확성의 한계를 넘어서면 인과법칙이 더 이상 적용되지 않는 중대한 결과를 초래한다."

이렇게 간단하다. 아니, 이렇게 복잡하다. 이는 과학이 더 이상 세계를 전체적으로 탐구하는 수단이 아니며 우주의 극히 일부만을 엿보게 해주는 소박한 과제를 가질 뿐이라는 사실을 입증해주는 결정적인 증거였다. 그밖에도, 하이젠베르크가 증명했듯이, 불확정성원리는 고전적 인과성의 의미를 없애버리는 놀라운 결과를 가져왔다. 하이젠베르크는 불확정성원리에 대한 논문을 코펜하겐에서 보어의 조수로 일하던 시기인 1927년 3월 23일에 「양자론적 운동학과 역학의 직관적 내용에 관하여」라는 거창한 제목으로 〈물리학시보〉에 발표했다. 그리고 불과 두 주일 후, 그는 첫 번째 논문에 기초하여 그보다 훨씬 더 긴 분량의 논문을 좀 더 대중적인 잡지에 발표했다. 이렇게 함으로써 그는 자신의 글이 비전문가들의 입을 통해 변질되어 세상에 알려지는 일에 적지 않게 기여했다.

이 혐오스러운 대중적 변형을 나 또한 인용하는 것에 대해 용서를 구한다. 하지만 당시에 나는 베이컨 중위와 내가 이 불확정성원리와 아주 닮은 어떤 것에 포로가 되고 말았다는 생각을 떨쳐버릴 수 없다. 우리의 조사가 근본적으로 원자와 아무런 관계도 없다는 사실 같은 건 조금도 중요하지 않다. 클링조르는 우리를 깊은 의혹 속으로 밀어넣었다. 우리가 제대로 길을 찾아가고 있는 것일까? 혹시 함정에 빠진 건 아닐까? 아니면 단순한 오류와 착각을 저지르고 있는 건 아닐까? 질문은 점점 더 많아졌고, 의심은 더욱 깊어졌다. 타인을 믿을 수 있을까? 이레네는 정말 베이컨을 속이고 있는 것일까? 베이컨은 믿을 만한 남자인가? 그의 단순하고 서투른 행동을 계속 믿어야 할까? 그가 내 조언에 따르는 건 그의 입장에서 잘하는 짓일까? 나는 이레네가 주장하는 것처럼 내 이익에 따라 그를 조종하고 있는 것은 아닐까? 아니면 그녀가 그를 조종하는 걸까? 누가 누구와 게임을 하는 것인가? 누가 누구를 배신한 것일까? 무엇 때문에? 우리는 움직이는 방식만 다를 뿐 모두 똑같이 클링조르의 장기말인 것은 아닐까? 클링조르는 혹시 우리의 사고가 만들어낸 허구가 아닐까? 혹시 우리 자신의 불확정성에서 생겨난 게 아닐까? 공허를 메우기 위해 우리의 정신이 창조해낸 결과물이 아닐까?

이런 의혹들을 전부 다 밝혀낼 방법은 없다. 누군가를 신뢰한다는 건 자동적으로 또 다른 누군가에 대한 신뢰를 잃어버린다는 뜻이고, 어떤 성과를 얻으려는 목표는 돌발적인 질병처럼 엉뚱한 오판이 발생하는 걸

피할 수 없다는 뜻이다. 우리는 우리가 진실을 말한다는 걸 거부하면서 동시에 확신한다. 이때의 진실은 모든 정황으로 볼 때 존재하지 않는 진실이다. 클링조르는 자신의 무기로 우리를 무찔러 이겼다. 우리 유한한 존재들은 세계의 무한 고독 속에서 그에 대항해 싸울 힘이 없었다.

이레네의 정체를 폭로하기 위해 나는 베이컨이 코펜하겐에서 돌아오기만을 초조하게 기다렸다. 하지만 이미 때가 늦어버렸다는 걸 아직 모르고 있었다. 바보 같으니! 그들이 떠나기 전에 먼저 행동했어야 했다. 먼저 행동을 했더라면 기습공격을 가할 수 있었을 텐데. 그랬더라면 내가 승리할 수도 있었을 텐데. 망설임과 부주의 탓에, 아니면 단순히 우연 때문에 일을 그르치고 말았다. 이 사소한 실수 하나, 가벼운 망설임 하나가 나중에 얼마나 큰 문제를 일으켰던가! 벌써 40년이 흐른 일이지만 분노와 두려움은 여전히 내 혈관 속을 오가며 가슴을 두방망이질 치게 만든다. 그런데 안타깝게도 흘러간 시간은 바꿀 수 없다. 세월의 화살은 뒤로 날아가지 않는다. 빌어먹을 놈의 엔트로피! 오직 내 자신의 실수를 한탄하는 수밖에 도리가 없다.

베이컨과 이레네가 일요일 오후 괴팅겐으로 돌아오리란 것을 알고 있었지만, 도착하자마자 찾아가면 여자의 의심을 살 수 있으므로 일단 집에서 전화를 기다리기로 했다. 어디 먼 곳을 다녀오는 날이면 그는 어김없이 내게 먼저 전화를 했다. 그러면 조용히 만나 내가 알고 있는 내용을 이야기해줄 작정이었다. 일요일은 마치 침묵 속에 한 세기를 보내는 것처럼 길고 길었다. 고대하는 전화는 오지 않았다. 베이컨은 완전히 내 생각을 잊은 듯했다. 나는 극심한 두통 때문에 하루 종일 침대에 누워 있었다. 지금 생각해보니 그것은 곧 닥쳐올 재앙의 전조였다.

나는 늘 하던 대로 월요일 아침 열 시쯤 베이컨의 사무실로 갔다. 그는 별다른 기색 없이(아니면 그런 체하고 있었든지) 평소처럼 악수를 나누었다. 그는 마음속에 의구심을 품고 있었지만 성급한 갈등을 피하기 위해 일단 변함없는 태도로 대하기로 마음먹고 있었던 것이다. 물론 나는 그런 사실을 몰랐다. 우리는 부지불식간에 또 다른 게임에 말려들고 있었다. 이것은 당시에 우리가 벌여놓은 무수히 많은 게임들 중 하나였다. 우리 둘 사이에 벌어진 이번 게임에서는 자신의 불안감을 더 감쪽같이 잘 감추는 편이 승리할 것이다.

"보어는 이제까지 만난 어떤 사람들보다 더 저를 놀라게 하더군요, 교수님."

그가 말을 건넸다.

"다른 물리학자들과 달리 그는 그다지 천재처럼 보이지는 않았어요. 적어도 어린아이 때부터 모르는 게 없고 못하는 게 없는 그런 종류의 인간은 아닌 것 같았지요. 그보다는 의지와 인내를 통해서 자신의 능력 이상의 것을 일궈낸 남자 같더군요."

"그가 뭐라던가, 중위?"

"보어가요?"

"그래."

베이컨은 단도직입적인 질문을 태연하게 받아넘길 만큼 노련하지 못했다.

"언제나처럼 이번에도 교수님 말씀이 옳았어요."

그는 마지못해 인정했다. 하지만 그의 게임 실력은 점점 더 좋아지고 있었다.

"하이젠베르크가 코펜하겐을 마지막으로 방문했을 때 그를 찾아간 건 사실이에요. 왜 그랬는지는 아직 분명치 않지만요. 보어와 얘기하는 건 정말 힘들었어요. 그는 사력을 다해 그때의 일을 잊으려고 애쓰고 있었어요."

"분명히 뭔가 석연찮은 점이 있었겠지?"

"그런 것 같아요. 하이젠베르크의 말이 보어를 화나게 한 건 분명한데, 그가 보어를 속이려 했는지 어쩐지는 확실치 않아요. 하이젠베르크가 정말 히틀러의 스파이였다면 그때의 임무는 실패로 돌아갔다고 봐야겠지요. 일단 그 방향으로 한 번 생각해보죠. 하이젠베르크가 총통의 명령을 받고 코펜하겐으로 갔다고 말이에요. 여러 차례의 시도 끝에 마침내 그는 보어와 단둘이 이야기할 기회를 얻었지요. 그때 무슨 이야기가 오갔을까요? 그것까지는 정확히 알 수 없지만 우린 그 만남의 결과는 알고 있어요. 이 덴마크의 과학자는 하이젠베르크의 제안을 받아들이고 그의 일에 협력하는 대신, 자기 옛 제자를 더 이상 신뢰하지 않기로 결심했어요."

"그렇다면 하이젠베르크가 크게 실수를 저지른 셈이군."

"그랬는지 어쩐지 한번 구체적으로 검토해보죠, 교수님. 우리는 최악의 경우만 분석해보면 돼요. 독일 원자탄 프로젝트의 책임자였던 하이젠베르크가 보어를 만나 전쟁과 관련된 어떠한 연구도 계속해서는 안 되는 필요성을 설득하려고 했고, 이것이 교수님의 추측대로 히틀러의 지시에 따라서 이루어진 것이라고 가정해보죠. 이 경우 하이젠베르크는 연합군의 원자탄 개발을 막기 위해 스승을 배신할 생각이었을 거예요. 자, 교수님. 여기서 하이젠베르크가 얻는 게 뭐가 있을까요?"

"아까 말했듯이 하이젠베르크가 실수를 저지른 것일 수도 있어, 중위."

"클링조르가 판단착오를 일으켰다고요? 믿어지지 않는데요."

베이컨은 쉽사리 물러서지 않았다.

"두 사람의 마지막 만남이 어떤 결과를 낳았는지 아세요? 보어는 연합군측 과학자들의 활동을 저지하기는커녕 오히려 더 분발하도록 촉구

했어요. 1943년에 그는 스웨덴으로 도망친 뒤 영국을 거쳐 미국으로 들어갔어요. 미국에 가서 그가 처음으로 한 일이 무엇인지 아세요? 원자탄 프로젝트에 참여한 과학자들을 방문해 폭탄제조에 자신이 기여할 수 있는 분야를 논의한 것이었어요. 하이젠베르크나 히틀러가 바랐던 것과는 정반대의 일을 한 셈이지요! 아시겠어요?"

"완전히 헛수고를 한 셈이군."

나는 베이컨의 말을 인정할 수밖에 없었다.

"그래요."

베이컨이 웃었다.

"갑자기 우리의 멋진 이론이 모두 엉망이 된 것 같지는 않나요, 교수님? 이 정도면 하이젠베르크가 히틀러의 고문으로 활동했을 가능성은 거의 없다고 봐야 하지 않을까요?"

"보어에 대한 그의 전략이 실패했다고 해서 다른 모든 가능성들까지 한꺼번에 사라지는 건 아니야."

"물론 그렇지요. 하지만 결과적으로 저는 이 일의 진행과정에 심각한 회의가 생기기 시작했어요."

갑자기 모든 것이 분명해졌다. 이레네가 완전히 그를 손아귀에 넣은 게 분명했다. 나는 게임에 지고 있었다!

"어쩌면 내 결론이 너무 성급했을지도 모르지, 중위."

나는 거의 간청하고 있었다.

"이건 단지 거기서 끝날 일이 아니에요."

"중위, 부탁이야. 잠깐 클링조르를 옆으로 밀어두자고. 내가 중위에게 말하려는 건 그보다 더 중요하고 고통스러운 사실이야."

나는 마지막 카드를 꺼내들었다.

"어쩌면 이런 말을 꺼내기에는 적당한 때가 아닐 수도 있어. 중위가 나에 대한 신뢰를 잃어버리기 시작한 것 같으니까. 그러나 꼭 알아둬야 할 사실이니 지금 말하지."

나는 어디서부터 말을 꺼내면 좋을지 몰라 허둥거렸다.

"이런 말을 꺼내서 미안하지만 나로선 달리 선택의 여지가 없으니 이해해주게."

"어서 본론을 말씀하세요, 교수님. 그렇게 질질 끌지 마시고."

베이컨이 참지 못하고 말했다.

"이레네 문제야."

"그렇다면 더 이상 말할 필요도 없겠군요! 그렇게까지 제 걱정을 해주시다니 정말 고맙습니다, 교수님. 하지만 교수님의 충고는 사양하고 싶군요."

"그렇지 않아, 중위."

나는 몹시 걱정스러워하는 목소리로 말했다.

"이건 정말로 중요한 문제야. 아마도 중위는 내 말을 믿으려 하지 않을 거야. 이 모든 게 당신의 관심을 다른 곳으로 돌리려고 꾸며댄 이야기라고 생각할지도 모르지만 절대 그렇지 않아. 내 이렇게 가슴에 손을 얹고 맹세하지. 지금부터 내가 말하는 이야기는 절대적으로 진실이야."

"진실?"

"그래, 진실이야. 이건 그냥 머릿속으로 생각한 게 아니라 이 두 눈으로 직접 목격한 사실이니까."

"무슨 일인지 어서 말씀해보세요, 교수님."

"며칠 전에, 그러니까 당신들이 아직 코펜하겐으로 떠나기 전에 나는 우연히 그녀가 먼발치에서 걸어가는 걸 보았어. 이레네 말이야. 아주 바쁘게 가고 있더군. 난 그녀를 뒤쫓아가기로 마음먹었어. 그 이유는 일단 묻지 말아줘, 중위."

베이컨이 분노를 터뜨리며 자리를 박차고 일어났다.

"도대체 무슨 짓을 하는 거죠? 교수님은 자신이 신이라도 되는 줄 아시나 보네요."

"제발 부탁이야, 중위. 그렇게 흥분하지 말고 내 말을 끝까지 들어봐."

"함부로 내 사생활에 간섭할 권리가 있다고 생각하신 건가요?"

그는 금방 주먹이라도 날릴 것 같은 험악한 기세였지만 곧 마음을 누그러뜨렸다. 워낙 호기심이 많은 사람이라 내가 발견한 사실이 과연 무엇인지 궁금했던 것이다.

"그건 미안하게 생각하고 있어."

그에게 사과했다.

"사실 남의 사생활에 간섭하려던 게 아니라 어떤 예감이 들어서 그랬던 것뿐이야."

"교수님이 무엇을 보았든 내 알 바가 아닙니다. 솔직히 말하면 난 이제 교수님을 더 이상 믿을 수 없어요."

"일단 내 말을 끝까지 들어봐. 판단은 그 뒤에 해도 늦지 않으니까. 난 그녀를 뒤쫓아 어떤 교회로 들어갔어. 그곳에서 웬 남자를 만나 건네주더군. 그녀는 사흘에 한 번씩 똑같은 행동을 계속했어."

"그래서요?"

그는 즉시 이렇게 반문했지만 목소리가 심하게 떨리고 있었다.

"우리 피차 솔직해지자고, 중위. 그게 무얼 뜻하는지는 당신이나 나나 모두 알고 있어. 당신이 그녀를 사랑하고 있다는 건 잘 알아. 그렇기 때문에 나도 이런 말을 하기가 정말 힘들었어. 하지만 중위, 그녀는 처음부터 당신을 속이고 있었어. 그녀가 우리 일에 지나치게 관심을 보이는 게 좀 이상하지는 않았나? 감정에 치우치지 말고 잘 생각해봐. 처음 만난 때부터 지금까지 그녀의 행동이 어땠는지. 사실 당신은 그녀에 대해 아는 게 하나도 없어. 그녀는 아예 자기 생활이 없으니까. 그녀는 처음부터 당신을 속이고 스파이 노릇을 하고 있었어, 중위."

그의 얼굴이 고통으로 일그러졌다.

"내 생각에 그녀는 러시아인들을 위해 일하는 것 같아."

"도저히 믿을 수 없습니다, 교수님. 나를 속이고 혼란에 빠뜨리는 사람은 이레네가 아니라 바로 당신이에요."

"그렇다면 믿을 수 있는 사람을 붙여서 그녀의 뒤를 밟게 해봐, 중위. 그 사람도 틀림없이 나와 똑같은 장면을 목격하게 될 테니까."

"부탁입니다만, 이제 그만 가주시죠. 우리의 공동 작업은 이제 모두 끝난 것 같군요."

"원한다면 그렇게 하지, 베이컨 중위."

나는 태연하게 말하며 자리에서 일어섰다.

"어쨌든 이건 당신이 꼭 알아야 할 일이었어."

밤은 그에게 고래의 뱃속을 떠올리게 했다. 그를 점점 더 자기 안으로 빨아들여서 마침내 모든 확신을 빼앗아가 버리는 황폐하고 음산한 장소. 별은 하나도 보이지 않았고, 초승달이 남겨놓은 빈 공간만이 초라한 희망을 품고 있었다.

그는 벌써 두 시간 동안이나 발길 닿는 대로 이리저리 걸었다. 이레네와 운명적인 만남을 가질 작정이지만 좀처럼 발길이 집 쪽으로 향하질 않았다. 그는 아직도 생각을 다 정리하지 못했다. 누군가가 그의 뇌에서 사고력을 훔쳐간 모양이었다. 생각하려고 애를 쓰면 쓸수록, 그녀와 함께한 순간들을 떠올려보려고 애쓸수록 베이컨은 이레네가 정말로 자신을 사랑했는지, 아니면 그 모든 게 연극에 불과한 것이었는지 확신이 서질 않았다. 지난 몇 달 동안 그의 사생활은 온통 그녀와 함께한 밤의

랑데부에 집중되어 있었다. 억제할 수 없이 터져나오는 열정과 끝없이 이어지는 사랑의 속삭임. 하지만 그게 전부였다. 솔직히 고백하자면, 그것을 빼고 나면 이레네는 완전한 미지의 인물이었다. 어린 요한을 돌보는 여자에게서 진심 어린 모성애를 느꼈고, 그녀에 대한 믿음은 그것으로 충분했다. 그는 그녀를 사랑했다. 비비안과 함께 보냈던 시절 이후로 그것은 더 이상 애틋한 감정을 실어서 할 수 없었던 말이었다. 이제 그 모든 것이 기만이었음을, 자신을 속이기 위한 사악한 계획이었다는 걸 알았다. 그는 도저히 믿을 수가 없었다. 자신이 그렇게 쉽게 속아 넘어갈 줄은 정말이지 꿈에도 몰랐다. 하지만……

하지만 그는 살금살금 파고드는 의혹을 느꼈다. 이레네와 함께 지낸 지난 몇 달 동안 그는 매일같이 그녀를 보았고, 통통한 엉덩이에 키스를 했고, 벗은 몸을 쓰다듬었다. 그녀의 머리카락 향기를 맡으며 함께 샤워를 했고, 살내음에 취한 채 무릎을 베고 잠들었다. 그 모든 것이 거짓이었다니! 혼란스러웠다. 너무나 끔찍한 일이었다. 자신이 사랑하는 사람조차 믿을 수 없다니. 그것도 자신의 모든 것을 포기해도 좋을 만큼 사랑한 사람을, 학문과 일, 확신, 심지어는 목숨까지도 모두 내놓을 수 있는 유일한 대상을.

그는 그녀에게 가기로 작정했다. 더는 기다릴 수 없었다. 교수대에 오르는 심정으로 계단을 올라간 그는 지체 없이 이레네의 집 문을 두드렸다. 이레네는 평소처럼 그를 맞아주었지만 얼굴에는 당혹한 기색이 역력했다. 그를 본 순간, 그의 늘어진 어깨와 일그러진 입술을 본 순간, 그의 불안과 분노와 그늘을 느낀 순간 이레네는 그가 이미 모든 걸 알고 있음을 알아차렸다. 비록 겉으로는 단순해 보여도 그녀는 멍청이가 아니었다. 그녀는 무슨 일이 있느냐고 묻지도 않고 곧바로 두 번째 계획을 실행에 옮겼다. 그녀의 첫 마디는 이랬다.

"날 용서해, 프랭크."

그녀가 그를 포옹하려 했지만 베이컨은 옆으로 비켜섰다.

"어떻게 당신이 그럴 수가 있어?"

"미안해. 나도 어쩔 수가 없었어."

"누구한테 정보를 팔아넘긴 거야?"

이레네의 눈에서 눈물이 흘러내렸다.

"프랭크, 제발!"

"대체 누구의 사주를 받은 거냐고?"

"제발 그러지 마, 프랭크."

"러시아 놈들이야?"

이레네가 말없이 고개를 끄덕였다.

"왜?"

"왜냐고?"

여자는 너무 약하게 보이지 않으려는 듯 이렇게 반문했다가 곧바로 태도를 바꾸었다.

"아, 미안해, 정말 미안해."

"당신은 처음부터 나를 속였어."

"처음에는 그랬어. 당신을 유혹해서 사랑에 빠지도록 만들어야 했으니까."

"아주 멋지게 성공했군!"

"하지만 갑자기 모든 게 달라졌어. 모든 게 엉망이 되기 시작했다고, 프랭크. 어느 순간부터 당신은 내게 너무나 중요해졌어. 하지만 난 그들과의 관계를 끊어버릴 수가 없었어. 그들은 무슨 짓을 해서라도 클링조르를 손에 넣고 싶어 했으니까."

"당신은 나를 배신했어, 나를 팔아넘겼다고."

"아니야, 프랭크, 그렇지 않아."

그녀의 완벽한 연기가 시작됐다.

"시작은 그랬을지 몰라. 하지만 내가 당신을 사랑하게 될 줄은 정말 미처 몰랐어. 맹세해! 난 매일같이 괴로움 때문에 몸부림쳤어. 당신에게 모든 걸 말하고 싶었지만 너무 무서웠어. 당신이 알아채기 전에 먼저 말했어야 했는데 차마 그럴 용기가 없었어. 사랑해, 프랭크."

"지금 내가 그 말을 믿을 것 같아?"

"프랭크, 이건 진심이야."

"그런 말은 지금까지 너무 자주 들었어. 나도 정말 그게 사실이었으면 좋겠어. 이 세상 어떤 것보다도 더. 하지만 이젠 너무 늦었어."

베이컨이 돌아서며 말했다.

"안녕, 이레네."

숨겨진 변수

1943년 7월, 베를린

1943년 여름에 하인리히한테서 편지가 왔다. 나를 조만간 꼭 만나야 겠다는 내용이었다. 이 소식을 듣고 마리안네는 나보다 더 불안해했다. 우리 세 사람은(물론 나탈리아를 포함한 셋이다) 그 주일 내내 한숨도 제 대로 자지 못했다. 도대체 왜 갑자기 나를 찾아오겠다는 건지 알 수가 없었다. 하인리히는 자기 아내에게조차 이번 방문에 대해 알리지 않았 다. 우리는 최악의 상황이 닥칠까 봐 몹시 두려워했다. 나는 포옹으로 그를 맞이했다. 죄 지은 자의 그늘진 표정을 간신히 감춘 채. 하이니의 얼굴은 초췌하고 수척했으며 예전보다 훨씬 더 깊은 주름이 늘었다. 그 는 자신의 요청을 거절하지 않아 고맙다면서 마리안네에게 인사말을 건넨 뒤 곧바로 서재로 가 단둘이 이야기하자고 했다.

"무슨 일인데, 하이니?"

나는 와인 두 잔을 한꺼번에 건네며 물었다.

"무슨 비밀이라도 있어? 우린 벌써 몇 달 동안 네 소식을 듣지 못했 어. 나탈리아도 널 거의 보지 못했다고 그랬고. 그런데 이렇게 갑자기, 그것도 우리 집으로 먼저 찾아오다니, 도대체 무슨 일이야?"

하인리히는 단숨에 와인을 들이켜고는 용기를 내어 말하기 시작했다. 들릴 듯 말 듯 낮은 목소리로.

"구스타프, 항상 집사람을 잘 돌봐줘서 정말 고맙게 생각하고 있어. 그런데 내가 찾아온 건 그 일 때문이 아니야. 많은 오해가 있었지만 우리가 여전히 서로 터놓고 이야기할 수 있다는 게 얼마나 기쁜지 넌 잘 모를 거야."

"그래, 우린 언제나 변함없는 친구잖아."

나는 거짓말을 했다.

"나도 알아."

그가 내 어깨를 두드렸다.

"그래서 네게 온 거야. 그거 알아? 넌 언제나 내 모범이었지. 넌 항상 자신에게 충실하고 변함이 없었어. 그리고 네가 좋아하는 학문에도 늘 열심이었고."

"인생이 그렇게 간단하다면 얼마나 좋겠어!"

"너무 입에 발린 소리 같지만 이건 진심이야. 아무튼 그 이야긴 이제 그만하고. 실은 난 아주 중요한 이야기를 하려고 왔어. 나는, 뭐랄까, 일종의 대변인 격으로 온 셈이야. 그러니까 지금은 네 친구로서가 아니라 전령으로 이 자리에 온 거지."

"전령이라니, 누구의 전령?"

"많은 사람들이야, 구스타프. 우리나라에서 벌어지고 있는 이 모든 일들을 처음부터 혐오해온 많은 사람들."

"무슨 얘기인지 잘 모르겠지만, 하이니, 더 이상 이야기하지 않는 게 좋을 것 같아."

"잠깐, 구스타프."

그가 내 팔을 붙잡았다. 그의 두 눈은 자기 말을 계속 들어달라고 간청하고 있었다.

"좋아, 그럼 계속해."

"네가 생각하는 것보다 훨씬 많은 사람들이야. 우린 벌써 오래전부터 계획을 세워왔어. 그리고 이젠 그것을 실행에 옮길 만큼 충분히 강해졌다고 느끼고 있지. 지금은 물론 내 행동이 잘 이해가 안 되겠지만 사실 그동안 넌 한 번도 설명할 기회를 주지 않았어. 처음에 나도 다른 사람들처럼 히틀러에게 열광했던 게 사실이야. 하지만 곧 실상을 파악했지. 전쟁이 시작되자마자 곧. 내가 그동안 얼마나 많은 참상을 목격했는지 넌 모를 거야. 아무튼 그동안 네게 말하지 않은 이유는 사실 너를 너무 일찍부터 위험하게 만들고 싶지 않아서였어."

"내가 그럴 거라고 미리 말했잖아."

"그래, 그때 난 네 말을 믿지 않았어. 용서해줘. 그때 난 정말 눈이 멀어 있었어."

그는 두 번째 잔의 와인도 마저 마셨다.

"지금은 달라. 난 완전히 변했어. 지금 중요한 건 오직 이 사실이야, 구스타프. 다시 말하지만, 우린 많아. 군인들뿐만 아니라 민간인들도 같이 참여하고 있지. 우린 이 끔찍한 상황이 계속되는 걸 더 이상 용납하지 않을 생각이야."

"그런 걸 시작하기엔 너무 늦은 것 같지 않아?"

"네 말이 옳아. 하지만 아직도 기회는 있어. 우린 그 기회를 살려야만 해. 난 그들에게 네 이야기를 했어. 그들은 과학자가 우리 일에 참여하기를 고대하고 있어. 넌 우리에게 아주 중요한 인물이야, 구스타프."

하이니가 그렇게 중대한 사안에 대해 그렇게 허물없이, 그렇게 순진하게 털어놓는 것이 놀라울 뿐이었다. 혹시 이것이 어떤 함정이라면? 그가 우리의 비밀을 눈치 채고서 이런 가혹한 방식으로 복수를 하려는 거라면?

"미안해, 하이니. 난 그 일에 참여할 수 없어."

나는 심각한 표정으로 말했다.

"너무 위험한데다 너무 늦었어. 정말 미안해."

"구스타프!"

그가 간청했다.

"우릴 그렇게 성급하게 버리지 말아줘. 우리가 하려는 일이 옳다는 건 너도 잘 알잖아. 우리가 어떤 계획을 세우고 있는지 차근차근 설명해줄게. 우리의 모임에 함께 나가자. 그래서 우리의 계획이 마음에 들면 우리와 함께 하고, 그렇지 않으면 그냥 모른 척하면 돼."

"……좋아, 하이니. 생각해볼게."

결국 이렇게 말하고야 말았다.

"고마워, 구스타프."

그가 일어서서 나를 포옹했다.

"난 네가 결국 옳은 결정을 하리라고 믿었어. 고마워, 친구."

쿤드리의 저주

1947년 6월, 괴팅겐

사무실에 들어섰을 때 그는 불면의 밤을 보낸 듯 초췌한 얼굴로 책상 앞에 앉아 있었다. 눈 밑에 검은 그늘이 져 있고 입술도 바짝 마른 채 전에 없이 묘한 표정을 짓고 있었다. 내가 뿌린 의심의 씨앗이 지난밤 빠른 속도로 자라나 이미 거대한 어둠의 숲을 이루었다는 생각이 들었다.

"왜 오셨죠?"

그는 적의를 감추지 않은 채 쏘아붙였다.

"더 이상 만나고 싶지 않다고 이미 말씀드렸잖아요."

나는 그의 말에 대꾸하지 않고 평소처럼 태연하게 그의 앞자리로 가 앉았다.

"내가 말한 것은 확인했나, 중위?"

"가시라니까요, 빌어먹을!"

"중위, 아직도 난 당신의 친구라고 생각해."

더욱 침착한 목소리로 말했다.

"난 당신이 염려돼. 그리고 앞으로 이 조사가 어떻게 진행될지도 걱정이고."

"그런 건 아무래도 상관없어요! 그 따위 조사나 클링조르나 다 아무

158

렇게나 돼도 상관없다고요!"

"중위, 그게 무슨 말이야? 당신 기분이 어떨지는 이해해. 믿었던 사람의 배신보다 더 나쁜 건 없으니까."

"흥, 잘도 아시는군요."

"하지만 우린 이 일을 계속해야만 해."

그가 빈정거리는 것에는 개의치 않고 진지하게 말했다.

"난 아직도 우리가 올바른 방향으로 가고 있다고 믿어."

베이컨은 내게 눈길 한 번 주지 않았다. 그는 마치 손톱 속에 무슨 우주의 비밀이 감춰져 있는 듯 계속해서 자기 손끝만 내려다보았다.

"그래요, 계속할 거예요. 선택의 여지가 없으니까. 하지만 당신의 도움 따위는 더 이상 받지 않겠어요, 교수님."

"맙소사, 중위. 단지 이레네의 정체를 밝혀냈다는 이유만으로 나를 그렇게 간단히 내치는 거야? 단지 나쁜 소식을 가져왔다는 이유로 전령의 목을 그 자리에서 베어버리는 것과 다를 바 없군."

"더 이상 날 바보취급하지 말아요!"

베이컨의 두 눈이 내 얼굴을 뚫어져라 쳐다보았다. 그건 마치 내 피부를 뚫고 들어가 나의 내면을 들여다보는 것 같았다.

"난 교수님을 더 이상 신뢰하지 않아요. 이젠 아무도 안 믿는다고요. 이 몇 달 동안 한 일들이 모두 쓸모없는 짓들이었는지, 아니면 정말 진실에 조금이라도 가까이 다가갔던 것인지 이젠 아무것도 모르겠어요. 아무것도 확실한 게 없다고요. 이건 모두 교수님 탓이에요."

"내 탓?"

"아니, 됐어요. 더 이상 말해봤자 피차 피곤해요."

그는 잘못된 확신 속에서 정색을 하고 말했다.

"교수님, 그동안의 노고에 감사드립니다. 우리의 협력관계는 이미 다 끝났습니다. 그만 가주시죠."

"하지만 중위……."

"전 더 이상 할 말이 없습니다. 링스 교수님. 안녕히 가십시오."

"이건 부당해."

나는 포기하지 않고 계속 말했다.

"당신은 아직도 그 여자의 손아귀에서 완전히 벗어나지 못했어. 내가 그녀의 거짓을 증명했는데도 당신은 여전히 그녀가 심어놓은 잘못된 생각에서 빠져나오지 못하는군."

"그건 교수님이 상관할 바 아닙니다."

"좋아, 그렇다면 가겠어. 하지만 그 전에 내 얘기를 하나만 더 들어 줘. 이 조사를 시작할 때 내가 들려주었던 바그너의 '파르지팔' 1막 이 야기를 아직도 기억하고 있나?"

"물론이죠. 그건 왜요?"

그가 귀찮다는 듯이 물었다.

"가기 전에 마지막으로 그때 미처 다 말하지 못했던 2막의 내용을 들려주고 싶어."

"전 지금 그런 이야기를 듣고 싶은 맘이 아니에요."

나는 마치 그의 대답을 듣지 못한 것처럼 이야기를 시작했다.

"그때 말했던 것처럼 1막 끝에서 파르지팔은 몬살바트 성에서 거행되는 성배 기사들의 성찬식에 참여했어. 그곳에서 우리의 주인공은 신의 은총을 잃은 암포르타스 왕의 고통을 보게 되지. 하지만 그의 고통을 보고도 파르지팔은 아무런 동정심이나 연민을 느끼지 않아. 그것이 암포르타스가 저지른 죄에 대한 정당한 벌이라고 믿었기 때문에 지극히 당연하고 올바른 일이라고 여겼던 거야."

"교수님, 전 정말로 그런 이야기를 들을 기분이 아니에요. 그러니 더 이상 귀찮게 굴지 마세요."

"2막이 시작되면 파르지팔은 몬살바트의 성을 떠나 남쪽으로 가지. 클링조르의 성이 있는 곳으로."

이 이야기를 떠올리는 순간 내 안에서는 야릇한 흥분이 솟아났다.

"그가 왜 그곳으로 가는지 알겠어? 자신을 시험하기 위해서야, 중위. 파르지팔은 자신이 얼마나 강한지 알고 싶었던 거야. 그런 생각은 거의 자만에 가까운 짓이었지만 또 한편으로는 그의 정신이 얼마나 순수한지 잘 보여주지. 그는 암포르타스를 패배시켰던 것과 똑같은 유혹을 견뎌보려고 했어. 이 장면을 한 번 머릿속에 떠올려봐. 파르지팔은 누군가를 만나기 위해서 콜롯 엠볼롯 성으로 이어지는 험난한 마법의 길을 가고 있어. 그게 누구일까? 바로 암포르타스를 유혹했던 '악마처럼 사랑스런' 여인이지. 그는 그 여자를 원했던 거야, 중위. 이 세상 그 무엇보다도 더. 하지만 그가 그녀를 원한 이유는 그녀를 거절하기 위해서였어. 자신이 암포르타스 왕보다 더 강하다는 걸 증명해 보이기 위해서. 이건 고대 게르만족 사이에서 벌어졌던 일종의 신명재판(神明裁判, 결투로 옳고 그름을 가리는 판결 방식 – 옮긴이)이야. 그러니까 과거와 벌이는 은밀한 결투인 셈이지. 사악한 클링조르는 그의 소망을 들어주기로 결정해. 마음 깊이 원하는 것을 실제로 얻게 되는 게 반드시 좋은 일이 아닐 때도 있어. 그렇지 않나, 중위? 둘 사이의 게임에서 그 악당은 파르지팔이 자기 땅을 침범함으로써 내민 도전장을 받아들이기로 했어."

"지금 무슨 말을 하려고 하는지는 잘 알겠어요, 교수님. 그러니까 이제 그만 끝내도록 하시죠."

"아니, 당신은 잘 몰라, 중위. 당신은 아직 알 수가 없어."

나는 굽히지 않고 계속했다.

"이제 우주적인 싸움이 시작돼. 한쪽에는 젊은 파르지팔이 있고, 다른 쪽에는 늙은 클링조르가 있어. 이 마법의 성주는 처음에 파르지팔에게 한 무리의 아름다운 꽃 처녀들을 보내. 매력적인 젊은 여인들이 발거벗은 채 그의 품안으로 뛰어들면서 키스를 퍼붓고 온몸을 쓰다듬으며 그를 유혹하지. 상상할 수도 없는 쾌락과 미래를 약속하면서. 그들의 속삭임 소리에 따르기만 하면 엄청난 쾌락과 영원한 기쁨을 누릴 수 있지만 파르지팔은 거절해. 왜 그런지 알아? 그가 강하고 굳센 남자라서 이 요정들을 거절할 수 있었던 게 아니야. 그가 여자들의 희고 탐스러운 가슴에 눈길 한 번 주지 않고 그들을 물리칠 수 있었던 건 단지 자제력이 강해서가 아니란 말이지. 그런 게 아니야! 사실 그에게 이 시험은 너무나 쉬웠어. 세상에서 가장 쉬운 거였지! 그에겐 그 여인들이 존재하지 않는 것이나 마찬가지였어. 왜 그런지 알겠어? 이유는 아주 간단해. 파르지팔은 오직 한 여인만을 원했기 때문이야. 그는 오직 암포르타스를 유혹했던 여인의 포옹만을 동경했어. 그녀는 그에게 유일한 여인이었던 거야! 유일한 진실이야, 중위! 파르지팔은 모든 역경을 물리치고, 어떤 대가를 치르더라도 그것에 도달하기로 결심했어."

"아주 감동적인 이야기군요, 교수님. 하지만 이제 전 지쳤어요. 전 파르지팔도 아니고, 정말로 존재하기나 하는지 모르겠지만 아무튼 우리의 클링조르가 그런 사악한 존재인지 어쩐지도 이젠 잘 모르겠어요."

"당신은 정말 아무것도 이해하지 못하는군, 중위! 아무것도! 클링조르는 자신의 적이 무얼 원하는지 알고 있었어. 내가 말한 것처럼 그는 그 도전을 기꺼이 받아들였어. 하지만 파르지팔은 자신이 그렇게 찾아 헤매는 여자가 클링조르의 꼭두각시라는 걸 몰라. 그녀는 바로 쿤드리였어. 몬살바트에서 만났던 그 이상한 여자 말이야. 그녀가 바로 배신자였던 거야. 갑자기 두 사람은 다시 만나게 되지. '쾌락의 정원'이라 불리는 그 삼엄한 마법의 정원 한가운데서 정면으로 마주치게 돼. 파르지팔은 자기 눈을 믿을 수가 없었어. 그녀는 전보다 더 아름답게 보였어. 진실 그 자체처럼 완전히 벌거벗은 그녀의 육체는 너무나 눈부셨지. 쿤드리는 보티첼리의 비너스처럼 그에게, 자신의 영웅에게 모든 것을 바칠 준비가 되어 있었어. 충격과 열에 들뜬 파르지팔은 이 유혹을 뿌리치지 못하고 암포르타스처럼 무릎을 꿇고 말리라는 걸 알았어. 쿤드리는 그가 이 세상에서 원하는 유일한 것이었거든. 영혼의 구원보다도, 신보다도 더 갈망하는 존재였어.

그 순간 기적 같은 일이 벌어졌지. 쿤드리가 그를 유혹하기 위해 말을 하기 시작한 거야. 그녀는 매혹적인 목소리로 파르지팔의 이름을 불렀어. 그것은 이 젊은이가 어머니 곁을 떠난 후 처음으로 들어보는 자신의 이름이었어. 쿤드리는 그의 어머니인 헤르첼라이데의 고통스런 죽음을 그에게 전해주었어. 쿤드리는 육체 대신 말로써 그를 유혹하려고 했던 거지. 파르지팔은 자기가 사랑에 빠져 그녀에 대한 욕망을 물리칠 수 없으리란 걸 알았어. 말을 마친 쿤드리는 파르지팔에게 다가와 키스를 했어. 그의 의지는 그것을 거부하기엔 역부족이었지. 하지만 이 키스는 오히려 클링조르와 어둠의 제국을 향한 공격이 되었어. 그것은 욕망과 쾌락과 음욕의 키스가 아니라 연민의 키스였던 거야. 순간 파르지팔의 눈앞엔 단 한 가지의 장면만 떠올랐어. 바로 상처로 고통스러워하는 암포르타스의 모습이었어.

그러자 쿤드리는 몹시 당황해 파르지팔에게 자기 이야기를 들려주었어. 언젠가 구세주를 볼 기회가 있었는데 그의 수난을 보며 웃은 탓에 저주를 받았다고 말이지. 쿤드리는 그 저주 때문에 오직 누군가를 죄에 빠뜨릴 때만 저주에서 풀려날 수 있다고 말했어. 그 이야기를 들은 파르지팔은 화를 내며 그녀를 밀쳐냈지. 쿤드리는 그에게 분노의 저주를 퍼부었어. 암포르타스에게 가는 길은 영원히 찾지 못할 거라고 악을 써댔지. 클링조르도 똑같이 그에게 저주를 내렸지만 이미 때는 늦었어. 파르지팔은 이렇게 우연 때문에 뜻밖의 승리를 거두게 되지. 그 다음부터는 승리의 이야기가 펼쳐져. 클링조르는 마법의 정원으로 내려가 그에게 싸움을 걸지. 하지만 우리는 이 싸움의 결과를 이미 알고 있어. 클링조르가 처음부터 패하게 되어 있는 싸움이니까. 그는 성스런 창을 들어 파르지팔을 향해 던졌지만 창은 웬일인지 그의 머리 앞에서 멈추고 말지. 파르지팔은 단지 십자가를 긋는 것만으로도 그 창을 막았네. 그러자 클링조르의 거대한 성이 무너지기 시작했어. 클링조르가 수백 년 동안 쌓아올린 환상과 허깨비의 제국, 법과 예언의 제국이 단 몇 초 만에 완전히 흔적도 없이 사라졌어. 그것은 최후의 심판과 같았어, 중위. 한 시대가 비극적으로 몰락한 거야. 파르지팔은 쿤드리에게 돌아서서 말했어. '당신은 어디서 다시 나를 찾을 수 있는지 알고 있을 거야'라고 말이지. 이 알쏭달쏭한 말과 함께 2막이 끝나는 거야."

3부

배신의 운동법칙

제1법칙   모든 인간은 나약하다

왜 우리는 나약한가? 이유는 간단하다. 앞으로 무엇이 올지 모른다는 사실 때문이다. 우리는 미래를 탐구한다는 생각에 사로잡힌 채 영원히 현재 속에서 살아간다. 결국 우리는 불확실성을 더듬을 뿐인 가련한 탐구자인 셈이다. 우리는 자신의 나약함을 감추기 위해 무슨 짓을 하는가? 발명하고, 생각해내고 꾸며낸다. 우리가 탐구의 넓은 바다에 내던져졌다는 생각에 집착하는 까닭은, 의심나는 것을 반드시, 다만 한 가지라도, 해결해야 한다는 (어떤 사악한 정신이 생각해낸) 사명감 때문이다. 우리는 이 목표를 추구하면서 자신이 숨은 악당을 찾아내는 추적자라고 여긴다. 현실은 마치 범죄처럼 취급된다. 우리는 이런 범죄적 함의에 열광하며 현실이 마치 수백만 개의 조각으로 이루어진 퍼즐이라도 되는 듯 정답 찾기에 나선다. 과학자와 점성술사, 무당과 의사, 스파이와 게이머, 연인과 정치가는 모두 동일한 모델에서 나온 유사타입들이다.

논리적 귀결 1

　지속적인 혼돈 속에서는 항상 타인의 맹목성 덕분에 자신의 두려움을 떨쳐내는 사람이 있게 마련이다. 누군가가, 남보다 더 높이 올라간 사람은 더 높은 진리를 소유하는 것이 무슨 대단한 영웅적 행위라도 되는 양 말한다. 자신의 목표에 대한 확신 속에서 그는 자기의 믿음을 남의 불확실성에 위에 올려놓음으로써 자기 민족이나 부족, 친지, 가족 애인 등의 안녕을 보살피고자 한다. 진리의 선포는 그 어느 것을 막론하고 폭력 행위이고 위장이고 기만이다. 나약한 자는 언제 강한 자로 바뀌는가? 답은 간단하다. 자신이 미래에 대해 더 많이 안다고 다른 사람들(나머지 나약한 자들)을 믿게 만들 수 있는 사람은 타인을 지배할 수 있다. 그의 영향력은(이건 확실하다) 이런 환상에 기반을 두고 있다. 막스 베버가 입증했듯이 권력은 최대한의 정확성으로 타인의 행동을 미리 예측하는 능력에 다를 바 없다.

　히틀러는 공상가였다. 그는 남보다 더 멀리 볼 수 있게 해준 신적인 또는 악마적인 재능 덕택에 사람들을 앞에서 이끌어나간 인물이다. 이런 종류의 인간은 타인에게 오직 두 가지의 선택 가능성만을 허락한다. 도망치거나 침묵하거나. 그에게 미래는 현재와 똑같이 명확하다. 얼마나 부러운 능력인가! 다른 사람들은 아직 몇 주일이나 몇 달 뒤에, 아니 아예 넉넉하게 몇 년 뒤에 벌어질 일에 대해서도 생각조차 하지 못할 때 히틀러는 자신이 수천 년 뒤의 일까지 생각할 수 있다고 믿었다. 그러나 우리가 자신의 보잘것없는 능력을 어떻게 한탄하지 않을 수 있었겠는가? 그리고 그가 말하는 진리를 어떻게 떠받들지 않을 수 있었겠는가?

제2법칙   모든 인간은 거짓말쟁이다

괴델의 정리에 따라 모든 공리체계가 결정 불가능한 진술을 내포할 수밖에 없다면, 아인슈타인의 상대성이론에 따라 절대적 시간도 절대적 공간도 존재하지 않는다면, 양자물리학에 따라 과학이 세계에 대해서 단지 애매모호하고 우연적인 접근만을 제공할 뿐이라면, 불확정성 원리에 따라 인과성이 미래의 확실성을 예측하는 데 더 이상 쓸모가 없다면, 그래서 개인이 오직 부분적인 진리만을 소유할 수 있을 뿐이라면, 그렇다면 다 똑같이 원자들로 구성된 우리 모두는 불확정성으로 이루어져 있다고 할 수 있다. 우리는 모두 역설과 불가능성의 결과다. 우리의 모든 확신은 필연적으로 반쪽짜리 진리에 불과하다. 우리의 모든 주장은 기만이고, 힘자랑이고, 거짓이다. 그러므로 우리는 우리 자신조차 믿어서는 안 된다.

논리적 귀결 2

이 끔찍한 부담에서 벗어나려고 아무리 발버둥쳐도 우리의 본성이 그것을 허락하지 않는다. 기만은 우리의 정신과 가슴 안에 둥지를 틀고 있다. 마치 희생자의 몸 안에 든 기생충처럼. 우리는 헤아릴 수 없이 많은 이유에서 거짓말을 한다. 이익을 얻기 위해, 공격에서 자신을 방어하기 위해, 안전을 확보하기 위해, 자신을 내세우기 위해, 적에게 피해를 입히기 위해, 사랑하는 사람들을 보호하기 위해, 그리고 때로는 단순히 습관적으로. 묘한 공허감 속에서 자신이 누구인지조차 모르기에, 진실은 다만 감각의 기만이기에, 우리는 오직 거짓의 영역만을 알기 때문에 거짓을 말한다. 내가 스스로의 거짓조차 알 수 없는 마당에 다른 사람이 그걸 어찌 알겠는가?

제3법칙   모든 인간은 배신자다

　단 하나의 확실성을 소유한 자만이(목숨과도 바꿀 수 없는 단 하나의 진리만을 소유한 자만이) 배신자가 될 수 있다. 그것은 목숨과도 바꿀 수 없는 중요한 진실이기에 그는 그 진실을 스스로 없애야만 하는 운명이다. 이는 비극적이고 잔인한 운명이다. 그는 자신의 경계를 스스로 허물고, 자신과 맞서 싸우고, 자신이 신뢰하는 원칙들을 공격한다. 이 생각을 한 번 끝까지 따라가 보면 우린 이렇게 말할 수 있다. 결국 자기 스스로를 없애는 사람만이 진짜 배신자가 될 수 있다고. 오스카 와일드는 이것을 조금 다르게 말했다. 누구나 자기가 사랑하는 것을 죽인다고. 이는 진리다. 이는 끝없이 반복되는 영원한 암흑의 제국에 존재하는 원칙으로, 결코 예외가 없는 법칙이다.

　논리적 귀결 3

　사랑에 빠진 자들은 자연에 가장 역행하는 예언자들이며, 가장 비참한 영웅들이며, 가장 맹목적인 선각자들이다. 그들은 자신의 사랑을 유일한 진리라고, 우주에서 유일하게 의미 있는 것이라고, 최고의 종교라고 말한다. 그리고 사랑의 이름으로, 독재자나 형리와 똑같은 강력하고 무자비한 폭력을 통해 사람들을 굴복시킨다. 그들의 진리는 그들이 믿는 대로 그들을 구원한다. 그들의 독단은 그들에게 파괴와 폭력과 살상을, 타인의 운명 위에 군림하는 것을 허락한다.

미국에서 프랜시스 P. 베이컨 중위는 자신에게 중요한 두 사람 비비안과 엘리자베스를 속였다. 나는 하인리히와 마리안네와 나탈리아에게 똑같은 짓을 했다. 나중에 우리는, 의식하지도 못한 채, 이 죄의 사슬을 이어가야 했다. 어쨌든 사랑은 스스로에게 무죄를 선언하기에 충분했다. 우리는 모든 절대적 가치들이, 그중에서도 특히 사랑이, 배신자를 만들어낸다는 사실을 미처 알지 못했다.

1989년 11월 5일, 라이프치히

"불을 좀 켜주시겠소?"

"그러죠."

그가 대답했다.

"오늘은 좀 어떠세요?

오늘이 어떠냐고? 이것은 살아오면서 너무나 자주 들은 질문이라서 더 이상 아무런 의미도 없었다. 영원 속에서 살아가는 사람이 하루하루의 차이를 어떻게 구분할 수 있겠는가? 모든 날들이 한 치도 어김없이 똑같은데, 단 한순간도 다음 순간과 다르지 않은데, 시간이 아예 사라져버렸는데, 어떻게 변화를 알아차릴 수 있겠는가? 어떻게 하루하루 기분의 뒤바뀜과 커져만 가는 고통과 기억의 손실과 계속되는 무감각 따위를 느낄 수 있겠는가? 하지만 새로 온 이 젊은이는 내 마음에 든다. 평소 나를 찾아오는 사람들과 달리(그들은 한결같이 쓸데없는 질문과 처방과 충고와 무관심으로 나를 괴롭힐 뿐이다) 울리히는 내 이야기를 잘 들어줄 뿐만 아니라 젊은 의사 특유의 낙천성을 지니고 있다. 물론 곧 잃어버리겠지만. 그는 불과 며칠 전부터 나를 담당하게 되었다. 하지만 그가 다른 사람들처럼 나를 단순히 감시하거나 내 기억을 훔치려 한다는 느낌은 들지 않았다. 그는 무슨 이유에선지는 몰라도 정말 나에게 관심을 갖고 내 말에 귀를 기울이고 있다. 어쩌면 그것 역시 우리의 현재와 연관된 관심일지도 모르겠다. 오늘날 과거에 관심을 기울이는 사람은 아무도 없다. 불과 십여 년 전의 비밀 같은 것에는 아무도 흥미를 느끼지 않는다.

울리히의 태도는 정중하고 공손했으며 나를 항상 '교수님'이라고 깍듯하게 불렀다. 가끔씩 그는 바깥세상에서 벌어지는 일들을 이야기해주곤 하는데, 그곳은 아직 탐구되지 않은 야만의 세계 같았다. 심지어 신문을 읽어줄 때도 있었다. 하지만 유감스럽게도 나는 그의 흥분을 공유할 수 없었다. 소련의 새 권력자가 식민지들을 해방시킬 생각인 모양인데, 지금 우리가 있는 이 불행한 독일의 일부도 거기에 포함된 듯했다. 나의 새 담당자는 격앙된 목소리로 새 시대가 시작되고 있다고 말했지만 나는 아무 말 없이 미소만 지었다. 그는 아마 이 미소를 만족으로 해석했을지도 모르겠다. 아니면 복수의 미소로 여길 수도 있고.

마치 근처에서 원자탄이 터지기라도 한 것처럼 갑자기 환한 햇빛이 실내로 쏟아져 들어왔다. 군데군데 녹이 슨 흔적과 거미줄이 눈에 들어왔지만 방 안의 벽들이 원래 이렇게 흰색이었나 싶어 깜짝 놀랐다. 병실이 감옥 같지 않게 보인 것은 이번이 처음이다.

"그럼 당신은 좀 어떻소, 의사선생?"

내가 그의 말을 따라했다.

"전 아주 좋아요. 고맙습니다, 링스 교수님."

그가 다정하게 대답했다.

"아직도 옆구리가 아파 움직이는 게 고통스러우세요?"

고통이라. 난 이제 그 단어가 무슨 의미인지 더는 알지 못한다.

"뭐 하나만 여쭤봐도 될까요?"

그가 침대에 걸터앉으며 물었다.

"교수님은 누구세요?"

그는 내가 누군지 모른단 말인가? 기억력이 점점 희미해지는 시대인 건 알겠는데 최근에 벌어진 일들조차 전혀 모르는 사람을 이곳에 투입할 만큼 상황이 나빠진 줄은 몰랐다. 도대체 웬일이지?

"구스타프 링스, 라이프치히 대학의 수학자였소. 이건 기록에 다 나올 텐데, 그걸 읽어보지 않았소?"

내가 정색을 하고 말하자 울리히는 이를 드러내며 미소지었다.

"아니, 그런 거 말고요. 교수님 성함이 어떻게 되는지는 저도 잘 알아요. 교수님이 40년 동안이나 이곳에서 지내고 있다는 것도요."

그는 약간 미안한 표정을 지어 보였다.

"그럼 내가 무슨 이야기를 해드려야 할까, 의사선생?"

나는 몸을 일으켜 세웠다.

"진실요."

"진실? 그건 지금까지 너무나 자주 듣던 노래야. 진실이라! 그런 게 무슨 소용이 있을지 모르겠군."

"전 그저 교수님을 좀 더 잘 알고 싶을 뿐입니다. 교수님이 어떤 분인지 말이에요."

"그에 대한 대답은 모두 내 기록에 적혀있을 텐데. 아니면 그 사이 불이라도 나서 다 없어졌나?"

"저는 교수님께 직접 듣고 싶습니다. 교수님의 친구로서 말이에요. 부디 말씀해주세요."

나 같은 사람의 얘기를 듣는 게 도대체 무슨 득이 된다고? 나 자신에게도 아무런 득이 될 게 없는데. 하지만 어떤 이유에선지 울리히의 파란 눈은 신뢰감을 주었다. 그리고 어떤 이유에선지(단순한 우연일 수도

있고 아니면 그의 목소리가 프랜시스 P. 베이컨 중위와 닮았기 때문일 수도
있다) 나는 그렇게 하기로 했다. 어차피 나는 더 이상 잃을 게 아무것도
없었다.

　"아주 긴 이야기가 될 텐데, 그래도 들어보시겠소?"

　"물론입니다."

　"나이가 몇 살이오?"

　"스물아홉입니다."

　"1944년 7월 20일에 있었던 히틀러 암살기도 사건에 대해서는 들어
봤소?"

　그것은 대답할 필요조차도 없는 질문이다. 암, 그렇고말고.

반역

1

병원. 잔인한 빛이 그의 눈으로 파고들었다. 환자는 잠이 아니라 죽음에서 깨어나듯 힘겹게 눈을 떴다. 앞에 그의 목숨을 구한 의사 페르디난트 자우어브루흐가 보였다. 의사는 하루하루를 죽음과 함께 사는 사람답게 무표정한 얼굴로 그를 검사하고 있었다. 클라우스 폰 슈타우펜베르크 대령은 아직 흐릿하게 보이는 의사의 얼굴을 조금 더 똑바로 보려고 애썼다. 몸을 일으키려고 했지만 팔이 전혀 말을 듣지 않았다. 바늘로 찌르는 듯한 통증이 느껴졌다. 표본상자에 꽂혀 있는 나비처럼.

"언제면 일어설 수 있겠습니까?"

그의 입에서 제일 먼저 나온 말이었다.

"글쎄요."

자우어브루흐가 조심스럽게 말했다.

"다른 데는 별로 큰 상처가 없지만 양쪽 팔과 왼손이 다시 제대로 움직이려면 꽤나 시간이 걸리겠습니다."

그는 마치 탱크나 총의 수리에 대해 말하는 것 같았다.

"수술도 최소한 두 번은 더 해야 할 것 같고……."

"얼마나 걸리겠습니까?"

슈타우펜베르크가 재촉하듯 다시 물었다.

"잘 모르겠어요. 한 대여섯 달? 일 년?"

슈타우펜베르크는 무언가 중요한 말을 하려는 듯 힘겹게 몸을 일으키고 위엄을 갖추었다. 그는 마치 상대가 자신의 적인지 아닌지를 알아내려는 것처럼 의사의 눈을 똑바로 쳐다보았다. 그러고는 극심한 고통을 억누르기 위해 어금니를 꽉 깨문 채 말했다.

"전 그렇게 오래 기다릴 시간이 없어요. 제겐 아주 중요한 임무가 있습니다."

2

"내 생각은 전보다 더 확고합니다, 여러분."

베크 장군의 목소리는 높은 산이 가로막아도 이를 산뜻하게 타고 넘어가는 바람처럼 부드럽고도 예리했다. 그는 병원신세를 지느라 몇 주일 동안 꼼짝 못하다가 겨우 며칠 전에 퇴원했다.

"우리의 유일한 기회는 그를 제거하는 것입니다."

아무도 감히 그 이름을 입 밖에 내지 않았지만 이 전임 총사령관이 누구를 말하는지는 분명했다. 이건 단지 비밀유지 때문이 아니라 총통에 대한 경외심 때문이기도 했다.

"선택의 여지가 없어요."

이번에는 베를린 군사령부의 프리드리히 올브리히트 장군이 말했다.

"그것이 유일한 해결책입니다."

"그 일을 감행할 사람을 빨리 알아봐야 해요."

베크는 '암살자'라는 직접적인 표현을 피한 채 말을 마쳤다.

3

1943년 8월 10일, 올브리히트 장군의 집에서 또다시 모임이 이루어졌다. 보충부대의 헤닝 폰 트레슈코브 장군이 마지막으로 정각에 도착하자 모반자들은 간단한 인사를 교환한 뒤 집주인의 안내를 받아 서재로 들어갔다. 그곳에서는 잘생긴 외모를 지닌 금발의 장교가 그들을 기다리고 있었다. 그는 똑바로 서서 그들에게 경례를 했다. 올브리히트가 젊은 남자에게로 다가가 군대식으로 절도 있게 한 손을 그의 어깨 위에 얹었다.

"여러분, 클라우스 그라프 솅크 폰 슈타우펜베르크 대령을 소개하겠소. 이 젊은이가 바로 우리의 일을 맡을 사람입니다."

슈타우펜베르크 역시 처음에는 다른 젊은 장교들처럼 히틀러에게 열광했다. 하지만 그는 남다른 데가 있었다. 학생시절 슈타우펜베르크는 1933년에 사망한 시인 슈테판 게오르게의 열렬한 추종자로 그의 사상에 깊은 영향을 받았다. 이때의 영향은 이후 그에게 지워지지 않는 흔적을 남겼다. 그의 침대 머리맡에는 항상 게오르게의 음산하고 비극적인 시집 『안티크리스트』가 있었다. 그는 이 시집을 읽으며 결단할 수 있는 힘을 얻었다.

그가 그들이 찾던 사람임은 의심할 게 없었다. 1942년에 그의 절친한 친구 중 한 명이 어떻게 하면 히틀러의 통치 스타일을 바꿀 수 있겠느냐고 묻자, 슈타우펜베르크는 간단명료하게 대답했다.

"죽여야지!"

4

"우리는 계획을 처음부터 하나씩 세심하게 점검해야 합니다."

이번에는 그루네발트에 있는 어떤 집에서 모였다. 클라우스 폰 슈타우펜베르크와 헤닝 폰 트레슈코브가 얼굴을 맞대고 앉아, 독일의 역사가, 그리고 세계의 역사가 (물론 그들 자신의 역사도) 자신들의 손에 달려 있는 듯 심각한 얼굴로 토의하고 있었다. 옆에는 하인리히 폰 뤼츠 대위도 앉아 있었다. 하인리히는 처음부터 모반자 그룹에 가담했다. 그들 앞에는 암호로 작성된 메모들과 도표들이 놓여 있을 뿐이지만, 이 글자와 숫자들 그리고 빈칸의 이면에는 올브리히트 장군이 기획한 정교한 작전계획이 감춰져 있었다. 히틀러 정권을 무너뜨릴 쿠데타의 실행계획이었다.

"이틀 밤을 꼬박 이 자리에 앉아서 세우는 한이 있더라도 단 하나의 착오나 실수가 발생하지 않도록 철저하게 준비해야 합니다."

슈타우펜베르크가 말했다.

"자네 말이 맞네, 대령."

트레슈코브가 하급 장교에게 주도권을 빼앗기지 않으려는 듯 맞장구를 쳤다.

"그럼 다시 한 번 시작부터 차근차근 계획을 점검해보도록 하세."

"올브리히트 장군은 기존의 프로그램을 기초로 계획을 짰습니다."

하인리히가 말을 시작했다.

"계획의 기본구상은 쿠데타를 일으킨 뒤, 내부 소요에 대비해 마련되어 있던 기존의 군 작전계획을 이용하는 것입니다."

"그게 무슨 말인가, 대위?"

슈타우펜베르크가 물었다.

"히틀러가 모반에 대비해 세워놓은 진압작전에 따라 우리가 행동하게 될 거란 말인가?"

"역설적으로 들리지만 그렇습니다, 대령님. 군 참모부는 국경에 주둔한 수백만의 외국 노동자들이 공산주의 지하세력들의 사주로 봉기를 일으킬 경우에 대비해 비상작전체계가 필요하다고 히틀러에게 건의했습니다. 그래서 그들은 비상작전계획을 만들어놓았습니다."

"잘하고 있네. 계속하게, 대위."

트레슈코브가 칭찬했다.

"진압작전의 코드명은 발퀴레입니다. 노동자 봉기나 기타 내부소요
가 발생할 경우 즉각 모든 예비부대들이 소집됩니다."

"예비부대라면 아직 신병교육을 끝내지 않은 훈련병들과 이미 복무
를 마치고 제대한 노병들을 말하는 건가?"

슈타우펜베르크가 물었다.

"그렇습니다."

"그들이 우리의 쿠데타군이라고? 그런 아마추어들이?"

"올브리히트 장군은 처음부터 은밀하게 우리의 거사를 염두에 두고
이러한 발퀴레 작전계획을 수립한 것일세, 대령."

트레슈코브가 말했다.

"공산주의 노동자들의 봉기에 대비한다는 것은 군 수뇌부의 승인을
얻기 위한 구실이었지."

"올브리히트 장군은 작전계획을 두 부분으로 나누었습니다."

하인리히가 설명을 계속했다.

"첫 번째 작전 발퀴레 I은 부대를 출동대기상태로 편성하는 것이고, 발
퀴레 II는 이 부대를 가능한 한 빨리 전투부대로 전환시키는 것입니다."

이 대목에서 세 군인은 동시에 한숨을 내쉬었다. 미래가, 그들의 미래
가 이 예비부대의 손에 달린 셈이라니! 이 부대가 뛰어난 전투력을 갖
춘 정예부대에 이기려면 기적이 있어야 할 것 같았다.

"발퀴레 작전계획의 흥미로운 점은 올브리히트 장군이 써넣은 한 가
지 조항 때문입니다. 그에 따르면 히틀러가 테러집단의 공격으로 암살
을 당하게 될 경우 방송하게 될 메시지를 올브리히트 장군이 직접 작성

할 수 있도록 되어 있습니다."

이 부분을 설명하면서 하인리히는 올브리히트의 대담성에 미소를 지었다.

"정말 기발하군. 대단해."

슈타우펜베르크가 감탄사를 연발했다.

"이 메시지에 따라 발퀴레 부대는 당과 행정부처, 방송사, 전화국, 집단수용소 등을 점령하게 됩니다. 친위대의 무장을 해제시키고, 이를 거부할 시 지휘관을 그 자리에서 사살합니다."

"군 사령부에 대한 거짓 정보가 병사들의 입에서 입으로 전해져야 하네."

트레슈코브가 덧붙였다.

"가장 중요한 점은 군부로 하여금 쿠데타가 정말 외국인들에 의해 발생했으며 히틀러가 사망한 뒤에 히믈러와 다른 당 간부들이 국가를 배신하려 했다고 믿게 만드는 것이야. 우리가 초반에 상황을 통제할 수 있다면 충분히 승산이 있네."

"우리가 국가뿐만 아니라 당에도 계속 충성하고 있다는 점도 사람들에게 납득시키는 게 좋을 것 같습니다."

슈타우펜베르크가 제안했다.

"그렇게 하면 최소한 거사 초반에는 사람들의 의심을 무마시키고 병사들의 이반을 막을 수 있을 테니까요."

"아주 좋은 생각일세. 아예 첫 번째 발표를 당 청사에서 하는 것도 괜찮을 것 같군."

"하지만 그러면 연합군측의 의심을 사게 되지 않을까요?"

하인리히가 물었다.

"아마 그럴 수도 있겠지."

슈타우펜베르크가 고개를 끄덕이며 말했다.

"하지만 내부의 불신보다는 위험도가 떨어진다고 보네. 상황을 통제하는 대로 곧바로 연합군측과 협상을 시작한다면 큰 문제는 없을 거야."

세 사람은 한동안 아무 말 없이 각자 계획의 모든 측면들을 검토했다. 잠시 후 하인리히가 다시 말문을 열었다.

"이번 발퀴레 작전의 가장 큰 단점은 작전의 개시를 명령할 직접적인 권한이 우리에게 없다는 것입니다. 규정에 따르면 그 권한은 오직 히틀러 한 사람에게만 있습니다."

"완전히 역설이로군."

슈타우펜베르크가 말했다.

"총통의 죽음을 공표할 수 있는 유일한 사람이 총통 자신이라니 말이야."

"총통 특유의 조심성 때문일세."

"여기에도 예외는 있습니다."

하인리히가 다시 말했다.

"절대적 위급상황에서는 보충부대 사령관인 프리드리히 프롬 장군이 작전의 개시를 명령할 수 있습니다."

"맞아. 그래서 우리는 지금까지 그를 우리편으로 끌어들이려고 온갖 노력을 다 기울였지. 하지만 유감스럽게도 아직까지 확답을 얻지 못하고 있다네. 그가 명령 내리는 걸 거부한다면 남은 방법은 그를 체포하고 올브리히트로 하여금 필요한 조치를 하도록 하는 수밖에 없지. 그럴 경우 작전명령이 제대로 이행되지 못할 위험도 무시할 수 없네."

트레슈코브의 말이 끝나자 슈타우펜베르크가 불만스럽게 말했다.

"위험요소가 너무나 많아요. 마무리가 느슨한 부분도 많고요. 그러나 다른 선택의 여지가 없으니……. 우리에겐 머뭇거릴 여유가 없어요."

"자, 그럼 계획대로 진행하세."

트레슈코브는 부하들의 얼굴을 쳐다보지 않은 채 곧바로 자리를 털고 일어났다. 혹시나 그들의 눈동자 속에서 두려움이나 주저함의 낌새라도 보게 될까 봐 겁이 났다.

Alea iacta est.(주사위는 던져졌다).

5

1944년 1월, 모반자들에게 전달되는 소식들은 한결같이 안 좋은 것들뿐이다. 특히 나치 당국은 '졸프' 집단의 활동을 철저히 궤멸시키겠다고 천명했다. 전직 일본대사의 미망인 요한나 졸프를 중심으로 형성된 이 집단은 유대인 구출활동을 벌이고 있었다. 설상가상으로 반란의 핵심인물 중 한 사람인 빌헬름 카나리스 장군이 SS 사령관 하인리히 히믈러의 명령으로 체포되어 라우어슈타인 교도소에 수감되는 일까지 발생했다. 이제 SS는 방첩대의 역할은 물론 모든 정보까지도 손아귀에 쥐고 있었다.

1944년 6월 6일, 연합군은 노르망디 상륙작전을 감행했다. 그로부터 몇 주일 뒤에는 독일군 주력부대가 민스크와 베리시나 강 사이에 구축해놓은 동부전선 방어망이 소련군에 의해 격파되었다. 전쟁은 그 어느 때보다 빠른 속도로 종말을 향해 치닫고 있었다. 시간이 없었다.

이 모든 악재에도 불구하고 모반자들의 쿠데타 결의는 날이 갈수록 더욱 확고해져 갔다. 카사블랑카 회담에서 확인된 것처럼 연합군이 평화협정을 체결할 의지를 전혀 보이지 않고 있었지만, 그들이 독일 국민은 독재와 야만에 저항할 능력이 있으며, 히틀러는 독일의 전부가 아니라 아주 나쁜 일부에 불과하다는 걸 전 세계에 보여준다면 협정의 가능성이 아주 희박한 것도 아니었다. 어쩌면 이것은 낭만적이고 상징적인 제스처에 불과할지도 모른다. 하지만 그들은 노력할 만한 가치가 있다고 확신했다. 이것은 그들이 치욕에서 벗어날 수 있는 유일한 방법이었다.

트레슈코브는 슈타우펜베르크에게 보낸 편지에 이렇게 썼다.

"암살을 성공시켜야 하네. 어떤 대가를 치르더라도 반드시! 만약 실패하더라도 베를린에서는 작전대로 행동할 걸세. 중요한 것은 실제적인 목적이 아니라, 독일의 저항세력이 목숨을 걸고 세계와 역사 앞에 결정적인 주사위를 던졌다는 사실이지. 그밖에 모든 것은 아무래도 상관없네."

6

1944년 7월 1일 슈타우펜베르크는 프리드리히 프롬 장군의 참모장으로 임명되어 그의 보충부대를 책임지게 되었다. 그의 승진은 쿠데타와 발퀴레 작전의 실행을 위해서 매우 유리한 일이었다. 하지만 이 무렵 모반자들 내부의, 아니 독일 국민 전체의 분위기는 즐거움과 거리가 멀었다. 시간은 그들에게 불리하게 돌아가고 있었다. 하루하루, 매시간, 매초. 독일은 그 어느 때보다 더 많은 피를 흘리고 있었다.

슈타우펜베르크는, 프롬이 그가 하려는 일을 대략적으로 알고 있지만 자신에게 직접적으로 피해가 오지 않는 한 그냥 내버려둘 거라고 믿었다. 이 젊은 장교를 자기 참모로 받아들이면서 프롬 장군은 점점 약해지는 총통의 신임을 다시 만회해보려고 애썼다. 실제로 슈타우펜베르크에 대한 보고를 접한 히틀러는 이렇게 말했다.

"드디어 제대로 된 상상력과 이성을 갖춘 참모가 나타났군!"

프롬을 거사에 끌어들이려는 슈타우펜베르크의 노력은 불신과 침묵의 벽에 부딪혀 번번이 실패로 돌아갔다. 새로운 지위에 오른 슈타우펜베르크는 자신이 라스텐부르크에 있는 히틀러의 야전사령부 '볼프스샨체(늑대소굴)'로 폭탄을 가져가야 할 이유를 더욱더 확신하게 되었다.

7

모반자들은 여러 차례의 면담 끝에 정보부 총책임자 에리히 펠기벨 장군을 거사에 끌어들이는 데 성공했다.

"우린 성공할 수 있소. 폭탄이 그의 목숨을 끊어놓으면 내가 볼프스 산체에서 긴급경계령이 발동되는 걸 막겠소."

펠기벨도 히틀러의 이름을 직접 언급하지 않으며 말했다.

"훌륭한 계획입니다, 장군님."

하인리히가 말했다.

"하지만 여러분, 우리에겐 시간이 별로 없소."

펠기벨이 심각한 얼굴로 말했다.

"내가 라스텐부르크를 요령껏 세상과 떨어뜨려 놓는다 해도 SS와 게 슈타포 그리고 각 정부부처들도 모두 나름대로의 정보체계를 갖추고 있으니까. 전선에 있는 부대들과 연락이 두절되지 않도록 각별히 신경을 써야 하오. 그렇지 않았다간 야전군 사령관들의 의심을 사게 될 거요. 그리고 또 한 가지, 발퀴레 작전을 개시하라는 명령은 반드시 다른 세력이 그 부대와 접촉하기 전에 먼저 내려져야 하오."

"결론을 정리해주시죠, 장군님"

슈타우펜베르크가 말했다.

"내 결론은, 상황에 대한 통제권을 완전히 확보하는 데까지 우리에겐 겨우 한두 시간밖에 여유가 없다는 거요. 더 늦어지면 끝장이라고!"

8

7월 15일. 거사 예정일. 슈타우펜베르크는 가급적 생각하지 않으려고 애썼지만 아무래도 성공하지 못할 것 같은 불안을 떨쳐버리지 못했다. 그의 걸음걸이는 불안정했다. 누군가 부르거나 인사를 건네기만 해도 심장이 터질 것 같은 기분이 들었고, 억지스런 미소는 장례식장에서 조의를 표하는 사람 같았다. 하지만 아무도 그의 두려움을 눈치 챈 것 같지는 않았다. 전투에서 당한 부상이 이럴 땐 오히려 도움이 되었다. 오른손 전체와 왼손가락 두 개를 잃어버린데다 눈에 띄게 절뚝거리기까지 하는 인물은 좀처럼 의심의 대상이 되지 않았다.

슈타우펜베르크의 가방에는 서류와 책 몇 권, 슈테판 게오르게의 육필 원고 등과 함께 폭탄 두 개가 들어 있었다. 폭탄은 전선으로 연결되어 연쇄폭발을 일으키도록 만들어졌다. 스위치는 손잡이 부분에 눈에 띄지 않게 장착했다. 그는 조작법을 확실히 익히기 위해 일주일 내내 연습에 연습을 거듭했다.

라스텐부르크에 있는 히틀러의 야전사령부 볼프스샨체는 그에게 거대한 쥐덫을 연상시켰다. 이제 그는 그 덫 안으로, 오로지 죽음만이 기다리고 있는 함정으로 들어가야 한다. 갑자기 마주치는 모든 사람들의 얼굴에서 똑같은 위협과 불신과 불확실성이 느껴졌다. 그렇지만 슈타우펜베르크는 계속해서 안으로 들어갔다. 다시 나올 수 없으리라 생각하면서. 그의 곁에는 상관인 프롬 장군과 카를 클라우징 대위가 있었다. 클라우징도 그와 마찬가지로 프롬의 참모였다.

건물에 들어서자 슈타우펜베르크는 에리히 펠기벨 장군과 마주쳤다. 그가 펠기벨과 잠깐 이야기를 나누는 사이에 프롬과 클라우징이 먼저 안으로 들어갔다.

"일을 연기해야겠네."

펠기벨이 그에게 속삭였다.

"뭐라고요?"

슈타우펜베르크가 깜짝 놀라며 말했다.

"SS 사령관이 오늘 회의에 참석하지 못한다고 했어."

"상관없어요. 오늘 못 하면 기회는 영영 오지 않을 겁니다."

슈타우펜베르크가 필사적으로 말했다.

"히믈러가 빠졌을 때는 우리 계획을 실행하지 않기로 약속하지 않았나? 그가 살아 있으면 많은 장군들이 우리에게 동조하지 않을 거야."

"올브리히트 장군이 발퀴레 작전을 오늘 중으로 개시할 텐데요."

"거사가 연기되었다고 알리면 되네, 대령. 우린 선택의 여지가 없어."

9

수많은 갑론을박을 거쳐 새 거사일이 결정되었다. 7월 20일. 지난 며칠은 마지막 준비로 정신없이 지나갔다. 의식 저 밑바닥에서 꿈틀대는 두려움, 사방에서 눈에 띄는 경고의 신호들, 긴박한 만남들. 슈타우펜베르크는 자신이 이날 히틀러의 사령부에 들어가기로 되어 있으며 이번 기회는 절대로 놓치지 않을 것이라고 모반자들에게 알렸다.

19일에 슈타우펜베르크는 보급부대 사령관 바그너 장군과 만났다. 장시간 이야기를 나눈 끝에 바그너는 라스텐부르크로 비행기를 보내주겠다고 약속했다. 암살이 끝난 뒤 슈타우펜베르크를 안전하게 베를린으로 이송할 비행기였다. 몇몇은 여전히 미심쩍어했지만 어쨌든 모든 준비는 다 끝났다. 이젠 기도하는 일만 남았다.

10

7월 20일-10시.

슈타우펜베르크는 라스텐부르크 비행장에 도착했다. 그의 부관 베르너 폰 헤프텐과 헬무트 슈티프 소장이 동행했다. 슈타우펜베르크는 즉시 사령부의 제2봉쇄구역으로 이동했다. 그의 가방 안에는 장교회의에 필요한 서류들이 들어 있었다. 베르너 폰 헤프텐도 상관의 것과 똑같이 생긴 가방을 들고 있었다. 그 안에는 폭탄 두 개가 들어 있었다. 두 사람은 총통과 만나기 직전에 가방을 교환하기로 약속했다.

슈타우펜베르크가 제2봉쇄구역으로 가는 동안 헤프텐과 슈티프는 독일군 총사령부 건물에서 그를 기다렸다.

11시. 슈타우펜베르크는 발터 불레 장군과 만났다. 두 사람은 간단히 이야기를 나눈 뒤 독일군 총사령관 빌헬름 카이텔 장군을 만나러 제1봉쇄구역에 있는 히틀러의 벙커로 갔다. 그곳에서 슈타우펜베르크는, '파시스트 대평의회'에 의해 권좌에서 축출된 이탈리아의 베니토 무솔리니가 현재 라스텐부르크에 와 있으며 오후에 히틀러를 만나기로 예정되어 있다는 소식을 들었다.

카이텔과 면담한 슈타우펜베르크는 총사령관의 부관인 에른스트 요한 폰 프라이엔트 소령에게 몸을 씻고 옷을 갈아입을 만한 장소를 안내해달라고 요청했다. 프라이엔트는 그에게 제1봉쇄구역 내 세면장이 있는 곳을 알려주었다. 그리로 가는 길에 슈타우펜베르크는 헤프텐과 만나 가방을 교환했다. 세면장에서 슈타우펜베르크는 폭탄에 뇌관을 설치했다.

작업을 채 끝내기 전에 갑자기 베르너 포겔 상사가 나타났다. 헤프텐에게 마무리를 부탁할 시간조차 없었다.

"프라이엔트 소령님께서 대령님을 모셔오라고 했습니다. 펠기벨 장군님께서 급한 일로 대령님께 전화를 거셨다고 합니다."

슈타우펜베르크는 상사에게 고맙다고 말한 뒤 그를 따라나섰다. 이 갑작스런 중단으로 슈타우펜베르크는 폭탄 한 개밖에 뇌관을 설치하지 못했다. 하지만 히틀러의 목숨을 끝장내기엔 하나로도 충분하다고 생각했다.

12시. 슈타우펜베르크는 프라이엔트 소령과 함께 OKW 벙커로 급히 갔다. 그곳에는 발터 불레 장군이 그를 기다리고 있었다. 소령이 두 번이나 가방을 들어주겠다고 했지만 거절했다.

슈타우펜베르크는 불레와 함께 총통 봉쇄구역으로 들어갔다. 그는 프라이엔트에게 나중에 보고를 위해 회의내용을 잘 들어야 하므로 자신을 총통과 가능한 한 가까운 자리에 앉게 해달라고 부탁했다. 슈타우펜베르크와 불레가 회의장에 들어섰을 때 회의는 이미 시작된 상태였다. 아돌프 호이징거 장군이 일어서서 동부전선의 상황을 보고하고 있었다. 카이텔이 슈타우펜베르크를 히틀러에게 소개했다. 엄격한 태도의 총통은 불신인지 호의인지 모를 표정을 지으며 그와 악수를 나눴다.

프라이엔트는 기어이 슈타우펜베르크에게서 가방을 들어도 좋다는 허락을 받아내고는 그것을 호이징거 장군과 그의 참모 브란트 대령 사이에 놓았다. 히틀러 가까이에 자리를 잡으려고 그렇게 노력을 했건만 슈타우펜베르크는 고작 회의실 맨 구석에 가서 앉아야 했다.

몇 분 뒤 슈타우펜베르크는 몹시 급한 일이 생긴 듯 갑자기 자리에서 일어나 뭐라고 중얼거리며 용서를 구한 뒤 회의실을 나섰다. 밖으로 나온 슈타우펜베르크는 조금 전에 왔던 길로 되돌아갔다. 그는 OKW 벙커를 벗어나 통신장교의 방에서 헤프텐, 펠기벨 등과 조우했다.

잠시 후 귀청이 떨어져나갈 정도로 큰 폭발음이 건물을 뒤흔들었다. 드디어 폭탄이 터진 것이다. 시계는 12시 40분을 가리키고 있었다.

11

12시 45분. 이제부터 정말 어려운 부분이 시작되었다. 히틀러는 죽었을까? 슈타우펜베르크와 펠기벨은 아무도 그들의 정체를 눈치 채지 못하게 정말 뜻밖이라는 표정으로 마주 보았다.

"이게 무슨 일일까요?"

슈타우펜베르크가 물었다. 그 방에 있던 다른 사람들 중 한 명이 조용히 대답했다.

"총을 쏘거나 폭탄이 터지는 건 이곳에선 흔한 일이에요."

바리케이드 뒤편으로 검붉은 연기가 구름처럼 피어올랐다. 슈타우펜베르크는 나무, 쇠, 플라스틱, 살점 등이 사방에 흩어진 장면을 머릿속으로 그려보았다. 불과 몇 분 전에 함께 대화를 나누었던 남자들의 죽은 모습과 지옥의 늪처럼 시뻘겋게 퍼져가는 핏물 웅덩이.

"위생병! 위생병!"

갑작스런 외침에 그는 악몽에서 깨어나 현실로 되돌아왔다. 슈타우펜베르크는 더 이상 머뭇거리지 않고 헤프텐에게 운전병을 데려오라고 명령했다. 잠시 후 그들은 차에 올라 비행장 쪽으로 내달렸다. 부대를 벗어나기 직전에 그들은 수많은 사람들에 둘러싸여 병원으로 호송되는 한 남자의 몸뚱이를 보았다. 그에겐 히틀러의 망토가 덮여 있었다. 성공이었다. 입구의 경비병은 스스로의 판단으로 아무도 내보내지 않아야 한다고 생각했지만 슈타우펜베르크의 얼굴을 알아보고서는 곧바로 통과시켜주었다.

13시. 슈타우펜베르크와 헤프텐은 바그너 장군이 그들을 위해 마련해준 베를린 행 비행기를 탔다. 그들은 사태가 어떻게 진행되고 있는지 아직 모르고 있었다.

그 사이 펠기벨은 라스텐부르크의 병영과 다른 지역의 교신을 차단하는 데 성공했다. 부대에선 아무도 그의 의도를 의심하지 않았다. 그는 총통이나 다른 나치 고위권력자의 직접적인 명령이 떨어지기 전까지는 이 사건을 비밀로 하는 것이 더 유리하다고 다른 사람들을 설득했다. 몇 분이 더 지나서야 마침내 펠기벨은 비극적인 사실을 알게 되었

가. 폭탄은 계획대로 터졌지만 놀랍게도 히틀러는 죽지 않았다. 폭발의 위력이 두꺼운 참나무 탁자에 가로막혀 약화되는 바람에 회의장 공간만 파괴시켰을 뿐이었다. 폭탄은 어느 누구도 손상시키지 않았다. '다행히도' 총통을 포함한 몇몇 장교들은 가벼운 찰과상만 입었고 몇몇 사람은 대수롭지 않은 화상을 당한 게 고작이었다.

펠기벨은 경악을 금치 못한 채 베를린의 벤들러 가에 모여 있는 반란군 본부로 무작정 전화를 걸었다. 폭탄이 계획대로 터졌지만 목표를 달성하지 못했을 경우에 대비한 암호는 미처 준비하지 못했다. 마침내 벤들러 가의 군통신국 책임자이며 모반의 적극가담자인 프리츠 틸레 장군과 전화연결이 되었을 때, 펠기벨은 히틀러가 아직 살아 있다는 사실을 그대로 전했다. 그러고는 초조함 때문이었는지 아니면 운명이 그렇게 시켰는지 그는 전화에 대고 쿠데타는 계획대로 진행되어야 한다고 떠들어댔다.

14시. 라스텐부르크에서는 암살범에 대한 의혹이 슈타우펜베르크에게 집중되었다. 처음에는 사령부의 건축노동자 한 사람이 용의자로 지목되었지만 경비대의 아르투르 아담 대위가 폭발 직후 슈타우펜베르크 대령이 부대를 빠져나갔다는 보고를 올렸다. 총통의 최측근으로 알려진 마르틴 보어만은 곧 이 사실을 확인했다.

히믈러는 즉시 베를린의 정보국 책임자인 에른스트 칼텐브루너와 경찰청의 베른트 베너에게 연락하여 신속히 라스텐부르크로 와서 조사를 시작하라고 명령했다.

15시. SS 사령관의 직접 명령에 따라 라스텐부르크 병영과 외부와의 통신을 차단하라는 펠기벨 장군의 명령은 철회되었다. 그동안 히틀러는 상황을 가능한 한 빨리 통제하도록 사방에 명령을 내렸다. 그는 직접 방송을 통해 자신의 건재함을 국민들에게 알림으로써 동요와 반란

세력의 확산을 막고자 했다. 거의 같은 시각에 슈타우펜베르크와 헤프텐은 베를린의 템펠호프 공항에 도착했다.

벤틀러 가의 반란군 본부에서는 올브리히트 장군이 발퀴레 작전을 개시하기로 결정했다. 최전방 전선에 있는 또 한 사람의 모반자 메르츠 폰 크비른하임이 이 작전을 지원했다. 잠시 후 공항에서 헤프텐으로부터 전화연락이 왔다. 히틀러의 암살이 성공했으며, 슈타우펜베르크와 자신이 베를린에 도착했다는 내용이었다.

12

16시. 올브리히트의 명령으로 메르츠 폰 크비른하임은 총사령관과 함께 군사령부로 들어갔다. 그는 그곳 장병들에게 히틀러는 죽었으며, 루트비히 베크 장군이 국가의 임시수반에 오르고, 폰 비츠레벤 야전군 사령관이 군의 지휘권을 넘겨받았다고 말했다. 또 모든 예비부대와 장교들에게 발퀴레 II 작전이 하달되었다.

그 사이 올브리히트는 프롬 장군의 사무실을 찾아가 단도직입적으로 말했다.

"총통은 라스텐부르크의 병영에서 암살되었습니다. 여기 발퀴레 작전의 개시에 필요한 서류를 가져왔으니 서명해주십시오."

프롬은 얼굴이 유령처럼 새하얘졌다. 그는 온 몸에 힘이 모두 빠져나가는 걸 느꼈지만 간신히 버티고 서 있었다.

"당신 미쳤군."

그가 올브리히트에게 말했다.

"아닙니다, 장군님. 모두 사실입니다. 그러니 어서 이 서류에 서명해주십시오."

프롬은 잠시 기다려달라고 한 뒤에 옆방으로 가 라스텐부르크의 카이텔 장군에게 전화를 걸었다.

"총통에 대한 암살기도가 있었던 건 사실이오."

카이텔이 전화로 대답했다.

"하지만 다행히도 총통은 말짱해요. 그런데 프롬 장군, 당신의 참모장 슈타우펜베르크 대령이 지금 정확히 어디에 있는지 아시오?"

카이텔이 냉랭하고 또렷한 목소리로 물었다.

"그는 아직 라스텐부르크에서 돌아오지 않았습니다."

그는 이렇게 대답하고 수화기를 내려놓았다. 이제 모든 것이 확실해졌다. 그는 즉시 올브리히트가 기다리고 있는 방으로 돌아왔다.

"미안하오, 장군."

그가 냉소적인 목소리로 말했다.

"총통은 살아 계시오. 난 그 서류에 서명할 수 없소."

같은 시각에 히틀러는 히믈러의 긴 직책목록에 또 하나를 추가해주었다. 프롬 장군이 맡고 있던 보충부대 사령관직이었다.

반란군 본부는 엄청난 혼란에 빠졌다. 무엇을 어떻게 생각해야 할지 (어떻게 행동해야 할지는 고사하고) 아무도 몰랐다. 올브리히트의 명령에 따라 카를 클라우징이 상황통제의 임무를 맡았다. 그를 돕는 건 네 명의 젊은 장교들뿐이었다. 클라우징이 제일 먼저 해야 할 일은 통신본부를 점령하고 쿠데타에 참여한 지휘관들과 교신하는 것이었다.

그는 통신병에게 명령하여 다음과 같은 메시지를 모든 부대에 전송하도록 했다.

"히틀러 총통이 사망했다! 히틀러 총통이 사망했다! 전투에 문외한인 파렴치한 당 수뇌부들이 이 틈을 타 고전 중인 전선에는 등을 돌리고 제 욕심만 차리기 위해 권력 탈취를 노리고 있다. 이에 정부는 법과 질서의 회복을 위해 계엄령을 선포한다."

"하지만 대위님, 이 메시지는 보안코드로 전환되어 있지 않군요. 이것을 암호로 바꿀까요?"

클라우징은 잠시 망설이다가 그렇게 하라고 말했다. 그때부터 벤들러 가의 군통신국에 있는 네 명의 통신병들은 히틀러의 죽음을 알리는 비밀 메시지를 암호로 바꾸기 시작했다. 이들이 작업을 끝내기까지는 무려 세 시간이나 소요되었다.

잠시 후 클라우징은 다시 통신국으로 돌아와 또 하나의 긴급메시지를 전달하도록 명령했다. 나치의 모든 장관과 지도관, SS와 경찰 수뇌부, 선전국의 고위급 담당자들이 전부 체포되었다는 내용이었다. 그는 이 공식발표문에서 '국민들은 이제껏 권력을 쥐고 흔들던 자들의 방약무도한 행태를 알아야 한다'는 말까지 덧붙였다.

13

16시 30분. 마침내 슈타우펜베르크가 벤들러 가의 반란본부에 도착했다. 올브리히트는 그에게 그간의 일들을 설명하고 프롬의 거부에도 불구하고 발퀴레 작전을 개시했다고 말했다. 두 사람은 다시 한 번 프롬의 협조를 요구하기로 했다.

"총통은 죽었습니다."

슈타우펜베르크가 말했다.

"제가 두 눈으로 시체를 똑똑히 보았다니까요."

"총통 주변인물 중 누군가가 그 일에 가담한 게 틀림없겠군."

프롬이 놀라는 척하며 말했다.

"제가 했습니다, 장군님."

프롬은 부하장교에게 상관으로서 권위를 보이겠다는 듯 팔을 이리저리 흔들었다.

"하지만 조금 전 카이텔 장군의 전화 내용은 전혀 그렇지 않네. 그는 분명히 총통이 살아 있다고 했어."

프롬이 큰소리로 외쳤다.

"그 사령관님은 늘 거짓말만 하시는 분입니다."

슈타우펜베르크가 차분하게 대꾸했다. 프롬은 화가 치밀어오르다 못해 거의 두려움까지 느꼈다. 그는 현재 자신의 상황이 매우 불리하다는 걸 잘 알고 있었다.

"올브리히트 장군 그리고 슈타우펜베르크 대령, 당신들을 체포하겠소."

프롬이 말했다.

"프롬 장군님, 제가 보기에 장군님은 현재 권력관계를 착각하고 계신 것 같습니다."

올브리히트가 여유로운 목소리로 말했다.

"여기서 체포를 명령할 수 있는 건 장군님이 아니라 저희들입니다."

"장군, 지금 상관의 명령에 불복하려는 거요!"

프롬이 큰 소리로 외쳤지만 아무도 그의 말을 듣는 사람이 없었다. 그는 마치 어린아이처럼 두 주먹을 치켜들고 자신의 하급 지휘관인 올브리히트를 향해 돌진했다. 장교 여러 명이 급히 달려들어 두 사람을 떼어놓고 프롬을 무장 해제시켰다.

"내가 지휘권을 상실한 것 같군."

잠시 긴장이 감도는 침묵이 흐른 뒤 프롬이 입을 열었다.

"마지막으로 부탁 하나만 들어주겠소?"

"말씀하십시오, 장군님."

"난 지금 코냑이 한 병 필요하오."

올브리히트는 그에게 코냑을 한 병 가져다주게 한 다음 부관과 함께 가두었다.

17시. 올브리히트의 사무실에 루트비히 베크 장군을 수장으로 한 임시정부의 요인들이 다 모였다. 이들이 내린 첫 번째 조처는 에리히 회프너 장군을 조금 전까지 프롬 장군이 맡고 있던 자리에 임명하는 것이었다. 회프너는 서면으로 된 임명장을 요구했다. 그가 전임자의 사무실에 들어섰을 때, 프롬은 취기가 오른 목소리로 말했다.

"회프너 장군, 미안하지만 이 말은 꼭 해야겠소. 내 생각에 총통은 아직 죽지 않았소. 당신들이 착각하고 있는 거요."

17시 30분. 국가의 모든 군 기관들에 상반된 메시지들이 전달되었다. 벤들러 가에서 암호로 발송된 명령과 라스텐부르크의 반대 명령이었다. 전달순서도 뒤죽박죽이었다.

발퀴레 작전명령에 따라 베를린 지역사령관 파울 폰 하제 장군은 병기전문가 양성학교 교장, 포병학교 교장, 경비대대 대대장 등을 운터덴린덴 1번지에 있는 사령부로 소환했다. 거기서 하제는 도시 전체의 통제권을 접수하기 위한 작전을 지시했다.

그로부터 불과 몇 분 뒤 반란에 동조한 선전부 소속 부대가 도시를 점령하고 요제프 괴벨스의 집 앞에 보초를 세웠다. 괴벨스는 그 시각 베를린에 머물고 있던 몇 안 되는 나치 수뇌부 중 한 사람이었다. 발퀴레 작전은 도시외곽에서도 계획대로 진행되었다. 여러 그룹의 군부대들이 아무런 저항 없이 방송사 건물을 점령하고 당과 SS의 간부들을 체포했다. 모반자들이 상황을 통제하는 것처럼 보인 순간이었다.

17시 42분. 모반자들의 저지노력에도 불구하고 라스텐부르크의 사령부에서는 온 나라로 무선메시지를 날려보냈다. 암살기도가 있었고, 그 결과 슈문트와 브란트 장교 두 명과 속기사 한 명이 중상을 입었지만, "다행히도 총통은 전혀 다치지 않았으며 즉시 자신의 업무를 재개했다"는 내용이었다.

　19시. 직속상관인 파울 폰 하제 장군의 명령에 따라 괴벨스의 집을 외부와 차단시켰던 경비대 대장 오토 레머가 마음을 바꾸었다. 처음에 그는 집으로 쳐들어가 선전부 장관 괴벨스를 체포했다. 하지만 괴벨스는 특유의 노련함을 발휘해 소심한 레머를 자기편으로 돌려놓았다.

　"총통은 살아 계시네."

　괴벨스가 레머에게 말했다.

　"저들은 다르게 말하던데요."

　"직접 총통과 통화해보겠나?"

　괴벨스가 도발적인 말투로 자극했다. 레머는 아무런 대답도 하지 않았지만 괴벨스가 라스텐부르크로 전화하는 것을 막지 않았다. 괴벨스는 전화로 간단한 인사말을 나눈 뒤 수화기를 레머에게 건네주었다.

　"이 순간부터 자네는 모반사건을 종결시킬 전권을 위임받았네."

　레머는 자신의 귀를 의심했다. 그것은 분명히 총통의 목소리였기 때문이다. 레머는 괴벨스에게 용서를 구한 다음 그의 새로운 명령을 따랐다.

14

　20시. 모반자들이 게임에서 패했다는 게 점차 분명해졌다. 이번 일을 반역으로 규정하는 목소리들이 높아졌고 반란군 장교들 중에 배신하는 자들이 속출하기 시작했다. 레머와 같은 경우가 수없이 발생했다.

　올브리히트의 사무실에는 슈타우펜베르크, 베크, 헤프텐, 울리히-빌헬름 폰 슈반넨펠트, 페터 폰 바르텐부르크 등 반란군 수뇌부가 모여 있었다. 그들도 이제 종말이 멀지 않았음을 알고 있었다. 그들은 명령을 내리고, 전화를 걸고, 절망하고, 당황해하고, 소리를 지르고, 속삭이면서 어떤 기적이 일어나기를 간절히 바랐다. 하지만 기적은 일어나지 않았다.

그때 야전군사령관 비츠레벤이 마침내 벤들러 가에 모습을 나타냈다. 그는 독일군 총사령관으로 임명되었으나 하루 종일 연락이 닿지 않아 모반자들의 애를 태우던 인물이었다. 비츠레벤은 조금 전에서야 사건 소식을 접하고는 분을 삭이지 못해 길길이 날뛰었다. 그의 두 눈에선 불길이 활활 타오르고 있었다.

"완전 개판이야!"

베크와 슈타우펜베르크가 맞이하자 비츠레벤은 이렇게 악을 쓰면서 곧장 그들과 함께 프롬의 방으로 쳐들어갔다.

"처음부터 어려움이 많았소, 사령관."

베크가 그를 진정시키려고 애쓰면서 말했다.

"그건 말할 필요도 없소. 내 눈으로 똑똑히 보았으니까!"

비츠레벤은 좀처럼 화를 풀지 않았다.

"젠장, 좀 더 기다렸어야지!"

이 말과 함께 비츠레벤은 지휘봉으로 프롬의 책상을 힘껏 내리쳤다.

"온통 착오와 실수투성이야. 어린애가 해도 이것보단 낫겠소."

그의 말이 옳다는 건 아무도 부정할 수 없었다. 하지만 지금 이 순간에 그런 말을 듣는 것은 기분 좋을 리 없다. 아버지가 나타나 실수로 넘어져 다친 아들을 호되게 야단치는 거나 매한가지였다. 지금 이런 게 무슨 소용이 있겠나…….

"하지만 사령관님……."

슈타우펜베르크는 말을 하려다가 그만두었다. 그를 진정시키려는 노력은 허사로 돌아갔다. 급기야 비츠레벤과 베크는 고함을 지르며 싸우기 시작했다.

비츠레벤은 벤들러 가의 본부를 떠나 초센에 있는 자기 부대로 돌아갔다.

"이제 집에나 가보게."

그가 초센에 도착해 바그너 장군에게 내린 유일한 명령이었다.

15

23시. 벤들러 가 본부는 그 사이 프롬과 총통의 명령을 따르는 군인들에 의해 점령되었다. 그들은 건물의 모든 방들을 철저하게 수색했다.

"총통 편이야, 아니야?"

그들은 건물에서 마주치는 모든 사람들에게 이렇게 묻고는 대답하는 속도에 따라 자기편에 세우거나 체포했다.

몇 분 뒤 프롬 장군이 수많은 병사와 장교들의 호위를 받으며 나타났다. 그는 슈타우펜베르크, 올브리히트, 슈티프, 메르츠, 헤프텐, 회프너, 베크 등 반란군 수뇌부를 쳐다보며 이렇게 말했다.

"자, 여러분, 이제 여러분이 오늘 오후에 내게 했던 짓을 그대로 여러분에게 되돌려드리겠소."

"마지막으로 내가 권총을 사용할 수 있도록 허락해주시오."

베크가 말했다.

"좋소. 하지만 지금 당장 하시오!"

베크는 권총을 관자놀이에 대고 영광스러웠던 지난날의 위엄을 되찾아 마지막 말을 남기려고 했다.

"지금 이 순간 본인은 지난 시간을 생각하며……."

"제발 부탁이니, 그냥 행동만 보여주시오!"

프롬은 그런 감상적인 짓을 참을 수 없었는지 베크의 말을 끊었다. 잠시 침묵이 흐른 뒤 마침내 베크가 방아쇠를 당겼다. 하지만 그의 시도는 이마에 상처만 남긴 채 끝났다.

"무장을 해제시켜!"

프롬이 병사들에게 명령했다. 베크는 저항하며 다시 한 번 자살을 시도했지만 이번에도 성공하지 못했다. 결국 그는 병사들에게 권총을 빼앗겼다.

"그를 다른 방으로 데려가! 그리고 여러분들은……."

프롬이 나머지 모반자들을 돌아보며 말했다.

"혹시 무언가 할 말이나 기록할 것이 있다면 잠시 시간을 줄 테니 빨리 끝내도록 하시오."

모반자들은 아무런 대꾸도 하지 않았다. 그들이 지금 무슨 할 말이 있겠는가? 단 한 사람 헤프텐이 앞으로 나서며 말했다.

"장군님, 맹세코 저는 이 모든 일과 아무런 관계가 없습니다. 저는 그저 상관의 명령에 따랐을 뿐입니다."

프롬은 아예 들은 척도 안 했다.

"몇 자 적어도 되겠습니까?"

내내 조용하게 침묵을 지키던 올브리히트 장군이 말했다.

"우리가 늘 함께 앉아서 대화를 나누던 원탁으로 나오시오."

프롬은 회한이 서린 목소리로 부드럽게 말했다. 그때 어떤 장교가 프롬에게 긴급한 소식을 전하기 위해 방 안으로 들어섰다. SS 사령관 히믈러가 베를린으로 오고 있다는 전갈이었다. 시간이 없었다.

"경비대는 도착했나?"

그가 전령에게 물었다.

"밖에서 대기하고 있습니다."

"여러분, 이제 시간이 된 것 같군요."

프롬은 목소리를 높여 가능한 한 명랑한 투로 말하려고 했지만 잘 되지 않았다. 그러자 정중한 톤으로 목소리를 바꾸어 말했다.

"본인에 의해 소집된 즉결 군사재판은 총통의 이름으로 판결을 선포

한다. 참모부 폰 메르츠 대령, 올브리히트 장군, 이름을 거명하기조차 싫은 저쪽의 암살자, 그리고 폰 헤프텐 중위를 사형에 처한다."

"이번 일의 책임은 오직 저 한 사람에게 있습니다. 나머지 사람들은 오직 군인으로서 행동했을 뿐입니다."

슈타우펜베르크는 동료들의 처벌을 피해보려고 안간힘을 썼지만 아무런 소용이 없었다. 베크 장군의 경우는 명령을 받은 장교가 집행을 주저하자 상사 한 사람이 거의 죽기 직전인 장군의 몸뚱이를 옆방으로 질질 끌고 가 목덜미에 총을 대고 쏘았다.

16

0시. 건물 밖에는 열 명의 군인들이 총살을 집행하기 위해 정렬해 있었다. 십여 대의 군용차량이 사형수들을 향해 전조등을 비추고 있었다. 제일 먼저 올브리히트가 처형되었다. 다음은 슈타우펜베르크의 차례였다. 발사명령이 떨어졌을 때 헤프텐이 뛰어드는 바람에 그가 대신 몸에 총알을 맞고 쓰러졌다. 하지만 그의 시체를 치우는 데는 몇 초도 걸리지 않았다. 다시 슈타우펜베르크의 차례가 되었다.

"성스러운 독일제국 만세!"

슈타우펜베르크는 죽기 전에 마지막으로 이렇게 소리쳤다.

메르츠 폰 크비른하임을 끝으로 총살집행이 모두 끝나자 프롬은 상부에 무선 메시지를 띄웠다.

"무책임한 장성들의 쿠데타 시도를 무력으로 진압했음. 쿠데타 세력은 전원 사살되었음."

프롬의 지시에 따라 모반자들의 시체는 근처 마테이 교회의 공동묘지에 비밀리에 매장되었다. 하지만 다음날 아침 SS 사령관 히믈러는 시체를 모두 파내어 불태운 뒤에 그 재를 들판에 뿌리라고 명령했다.

대화 Ⅱ:
우연의 법칙에 대하여

1989년 11월 6일, 라이프치히

정말로 내게 한 세기의 종말을 지켜보는 게 허락될까? 정확히 처음 시작한 것처럼 끝을 맺는 이 세기의 최후를, 그 무의미한 시련들의 끝을, 우리를 성장시킨 온갖 끝없는 거짓과 환상의 절정을, 실패한 노력들로 연결된 이 부조리한 사슬의 마지막 매듭을, 20세기라는 거대한 착각의 죽음을 지켜볼 수 있을까?

전에 나는 무한의 작용을 이해하려는 열망에서 오랜 세월 오로지 숫자들의 미로를 추적하는 일에만 매달렸다. 그때 나는 제논과 칸토어, 아리스토텔레스와 데데킨트를 탐구했고, 수십 권의 노트를 불명확한 공식들과 잊혀진 고대 언어의 기호들로 채웠으며, 종교적 도취에 가까운 명상과 참선으로 몇 시간씩 스스로를 괴롭혔다. 하지만 단 한 줄의 공식도 쓰지 못하고, 단 한 개의 집합도 생각해내지 못한 채 이곳에 갇혀 지낸 42년의 세월 동안 나는 그 전보다 훨씬 더 많은 것을 배웠다. 이곳에 결박된 나의 삶은 무한한 것이 되었다. 헤아릴 수도, 생각할 수도 없는 것이 되었다. 나는 살아 있는 주검이었다. 오로지 다시 죽기 위해 부활한 나사로 같은 존재였다. 무한히 그렇게.

"내가 어제 들려준 이야기 재미있지 않았소, 의사선생?"

울리히에게 물었다. 그는 내 이야기를 전혀 믿을 수 없다는 듯 무덤덤한 표정이었다.

"네, 재미있었어요."

이렇게 대답은 했지만, 정말로 그렇게 생각하는지 아니면 그냥 예의로 그렇게 대답한 것인지 도통 알 수 없었다.

"이제 누가 슈타우펜베르크 대령이나 베크 장군이나 하인리히 폰 뤼츠 같은 인물들을 기억하겠소? 아무도 기억하지 않아. 왜 그런지 아시오, 의사선생? 왜 그들의 노력이 실패했는지 아시오? 아마 모르겠지. 역사는 그들을 완전히 잊었어. 정권이 그들을 완전히 없애버렸고, 또 그 정권마저 소멸되었으니까. 아무도 이중으로 패배한 자들에게 정의를 바로 세워주려는 노력 따윈 하지 않지. 그러나 7월 20일의 모반은 아주 멋진 이야기로 남을 거요."

"왜 그렇죠?"

울리히에게 호감을 갖고 있지 않았다면 그런 질문은 결코 용납하지 않았을 것이다.

"간단해. 그건 엄청난 실패의 역사거든."

무슨 소린지 몰라 의아해하는 표정을 보니 거의 웃음이 터져나올 지경이었다.

"알겠소? 내 이야기를 머릿속으로 다시 잘 떠올려보구려. 얼마나 많은 작은 실수들의 연발이 그 쿠데타의 성공을 가로막았는지 한 번 직접 확인해보라고. 어처구니없는 작은 실수들이 우리 시대의 역사가 또 다른 역사로 넘어가는 걸 방해한 거요. 채 스무 명도 안 되는 사람들의 무리가 수백만 명의 삶을 거의 바꿔놓을 수도 있었는데. 그런데 그게 사소한 방심 때문에, 단지 우리가 우연이라고 말하는 이런저런 일들 때문에 글러버린 거야!"

"역사는 언제나 그렇잖아요."

그의 단순함에 서서히 짜증이 나려고 했다. 이건 마치 여섯 살짜리한테 양자물리학을 설명하는 것 같았다.

"언제나 그런 건 아니라오."

나는 진지한 표정으로 말했다.

"개별적인 사실들을 잘 들여다보시오. 쿠데타가 실패로 돌아가는 그 간단치 않은 과정들을 말이오. 한 번 이렇게 생각해봐요. 슈타우펜베르크 대령의 가방에는 폭탄이 두 개 들어 있었는데 그중 한 개만 터졌어. 왜 그랬는지 기억나오? 모반자 중 한 사람인 펠기벨 장군의 불필요한 전화 때문이었소. 그 전화 때문에 슈타우펜베르크는 서둘러야 했고, 그 바람에 다른 폭탄에는 뇌관을 설치할 수 없었어. 전화 한 통화 때문에, 의사선생! 만약 펠기벨이 전화로 그의 작업을 방해하지 않았더라면 어땠을까? 아니면 적어도 몇 초만 늦게 전화했더라면? 그러면 폭탄 두 개의 위력으로 충분히 히틀러를 포함한 회의장 안의 사람들을 가루로 만들어버릴 수 있었을 거요. 단지 전화 한 통 때문에 그걸 망치다니!"

그의 얼굴에 처음으로 수긍하는 기색이 비쳤다.

"이것이 우연의 첫 번째 타격이었어. 하지만 여기엔 다른 우연들도 많지. 폰 프라이엔트가 슈타우펜베르크의 가방을 탁자 밑이 아니라 총통 옆에 놓았더라면 어땠을까? 아니면 그때까지 모든 것이 실제의 경우와 똑같이 진행되었다고 칩시다. 좋소. 슈타우펜베르크는 회의장을 나와 베를린 행 비행기에 올라탔고, 그동안 라스텐부르크의 통신을 책임지고 있는 펠기벨은 히틀러가 살아 있다는 비통한 사실을 들었소. 그러고 나서 그가 어떻게 했지? 그는 모반자들이 모여 있는 벤들러 가의 반란군 본부로 전화를 걸어서 무슨 이유에선지는 모르지만 히틀러가 아직 살아 있다는 말과 그럼에도 쿠데타가 계획대로 진행되어야 한다는 말을 떠들어댔어. 이 두 가지는 절대로 같이 말해서는 안 될 성질의 것이었는데 말이오. 그 때문에 공연히 혼란과 불안이 생겨났고 결국 이것이 파국으로 이어진 거요. 만약 펠기벨이 쿠데타를 계획대로 진행하라고만 말했다면 어땠을까? 아니면 총통이 살아 있으니 계획을 중단하라고 했다면?"

"무슨 말씀을 하시려는 건지 알 것 같아요."

그가 고개를 끄덕이며 말했다.

"그런데 교수님은요? 교수님도 그 쿠데타에 가담하셨나요?"

"현장에 직접 있지는 않았지만 나도 그 일에 가담했지."

나는 한 치의 주저함도 없이 확신에 찬 목소리로 대답했다.

"나는 그때나 지금이나 단순한 수학자에 불과해요. 그들의 생각에 동조하긴 했어도 그 이상의 도움을 줄 수는 없었지. 그것도 가장 친한 친구였던 하인리히 폰 뤼츠 대위가 거사를 도와달라고 요청했기 때문에 이루어진 거고. 하인리히는 7월 20일 거사에서 아주 중요한 임무를 맡기로 되어 있었는데, 여기에도 또다시 우연이 작용했어. 거사 하루 전날 올브리히트 장군의 부대에서 파리에 있는 슈튈프나겔 장군 휘하의 부대로 근무지를 옮기라는 명령을 받았거든."

"그러면 교수님과 친구 분은 언제 체포되셨나요?"

"7월 20일 이후에 히틀러는 전례 없이 강력한 체포령을 내렸소. 수천 명이나 되는 무고한 사람들이 체포됐지. 바로 다음 날 펠기벨과 비츠레벤이 체포된 것을 시작으로 포피츠, 카나리스, 오스터, 클라이트-슈메르친, 히알마르 샤흐트 등등이 줄줄이 붙들려갔어. 바그너 장군을 비롯한 몇몇은 자살을 선택했고, 슈라브렌도르프, 트로트 추 슈톨츠, 클라우징 등은 자수를 했지. 체포된 사람들은 모두 끔찍한 고문을 당해야 했소. 히틀러는 그들이 도살된 짐승처럼 매달려 있는 꼴을 보고 싶다고 말했고, 히믈러는 총통의 말을 그대로 실행했지. 하인리히는 8월 첫째 날에 체포되었어. 일주일 뒤엔 내 차례였고."

"그가 교수님의 이름을 댄 걸까요?"

"그렇게 믿고 싶지는 않아요."

갑자기 슬픈 생각이 들었다.

"고문은 정말 잔혹했지만 그는 강한 사람이었어. 아마 다른 사람이었을 거요. 내가 사라져줘야 안심할 수 있는 어떤 사람. 모반자들과 얽이는 걸 절대로 원하지 않은 누군가였겠지."

"교수님께선 누군가를 염두에 두고 있군요."

"그렇소. 난 그걸 이곳으로 들어온 그 빌어먹을 날부터 계속해서 말해왔어. 하이젠베르크라고, 베르너 하이젠베르크라고!"

폭탄

1

　1934년 이탈리아의 물리학자 엔리코 페르미는 원소주기율표에서 마지막 것으로 알려진 우라늄 뒤에 또 다른 금속이 존재하며, 우라늄에 중성자를 쏘면 이 새로운 금속을 발견할 수 있으리라는 가설을 세웠다. 그때부터 베를린의 카이저빌헬름 연구소의 화학자 오토 한과 그의 동료인 여성물리학자 리제 마이트너는 페르미의 가설에 입각해 수많은 실험들을 실시하게 된다. 마이트너는 유대인이었지만 오스트리아 시민권 덕택에 히틀러의 숙청을 피할 수 있었다. 그러나 오스트리아가 독일에 합병된 이후에는 어쩔 수 없이 스웨덴으로 도망쳐야 했다. 그후로 한은 마이트너와 시작한 실험을 조수 프리츠 슈트라스만과 함께 계속해나갔다.

　결국 1938년 가을에 한은 우라늄이 중성자와 결합했을 때 바륨을 촉매로 매우 강력한 방사능을 띤 물질이 생겨나는 것을 발견했다. 한이 이 사실을 실험내용과 함께 보어에게 보냈을 때 보어는 그 같은 실험결과를 쉽사리 받아들이려고 하지 않았다. 크게 낙담한 한은 스톡홀름에 있는 리제 마이트너에게 실험결과를 보내고 의견을 구했다. 조카인 물리학자 오토 프리슈의 도움을 얻은 마이트너는 한의 실험결과가 옳다는 결론을 내렸다. 중성자를 발사하면 우라늄 핵이 분열하면서(보어의 표현에 따르자면 물방울이 갈라지듯이) 바륨과 다른 원소가 실제로 생겨났다. 이때 나머지 질량은 아인슈타인의 공식 $E = mc^2$에 따라 에너지로 바뀌었다. 1939년 초에 프리슈는 코펜하겐으로 가 보어에게 이 사실을 알려주었다. 보어는 몹시 놀라며 말했다.

"우리는 정말 모두 바보들이었군! 그렇게 오랫동안 바로 코앞에 있는 것도 알아보지 못하다니! 바로 이렇게 되는 것이었군!"

한과 마이트너는 이렇게 해서 핵분열을 발견했다. 새로운 시대가 열린 것이다. 그로부터 불과 몇 주일 뒤 보어는 미국으로 가 여러 달을 그곳에 머물렀다. 그는 여러 대학에서 강연했고, 프린스턴에서는 양자물리학을 놓고 아인슈타인과 재차 격론을 벌이기도 했다. 하지만 한의 발견으로 인해 그의 이번 미국 여행은 또 다른 목적을 띠게 되었다. 보어는 마음이 급해져서 한시라도 빨리 미국에 이런 사실을 전하고 싶었지만, 한이 실험결과를 직접 발표할 때까지 기다리겠노라고 한 약속에 묶여 있었다. 1월 6일, 마침내 핵분열에 대한 오토 한의 논문이 자연과학지에 실렸다. 이제 보어는 마음놓고 이 사실을 미국에 말해도 되었다. 핵분열의 발견은 전 세계의 과학자들에게 불안을 안겨주었다. 곧 미국, 코펜하겐, 파리, 베를린, 모스크바, 뮌헨, 레닌그라드 등 여러 지역에서 한과 슈트라우스의 실험을 연구하기 시작했다.

왜 전 세계의 과학자들은 이 실험에 주목했을까? 왜 그들은 앞다투어 그 실험을 재현해보려고 노력했을까? 유능한 물리학자라면 당시에 누구나 이 질문에 답할 수 있었다. 우주가 일종의 접착물질에 의해 달라붙어 있는 소립자들로 이루어져 있다는 사실은 이미 몇십 년 전부터 알려져 있었다. 그 접착물질을 우리는 에너지라고 부른다. 나중에 아인슈타인은 이런 물질과 에너지가 같은 원소의 서로 다른 두 가지 형식에 불과한 것임을 증명했다. 이로써 인류는 처음으로 물질을 에너지로 바꿀 수 있게 되었다. 우라늄 원자가 분열할 때 방출되는 어마어마한 에너지가 바로 그것이었다. 하지만 과학자들은 이 에너지가 실제로 사용될 수 있다는 사실 때문에 크게 불안해했다. 에너지를 얻기 위해선 원자로를 건설해 연쇄반응을 일으키기만 하면 되었다. 더욱 심각한 문제는 여기서 인류가 이제껏 한 번도 갖지 못했던 가공할 파괴력의 무기가 만들어질 수 있다는 사실이었다.

처음부터 한은 이 마지막 가능성을 생각하고 겁을 먹은 나머지 나중엔 자살하려는 마음까지 먹었다. 카이저빌헬름 연구소의 친구들과 만난 자리에서 한은 대량살상무기의 개발을 막기 위해 현재 독일이 갖고 있는 우라늄을 모두 바다에 갖다버리자고 제안하기도 했다. 그러자 한 동료가 독일은 체코를 점령해 요아힘스탈에 있는 세계 최대 규모의 우라늄 광산을 확보했다고 귀띔해주었다. 마침내 재앙의 막이 오른 것이다.

2

보어가 미국에 핵분열 실험의 성과를 알려준 이후로 수많은 미국 과학자들이 폭탄 제조의 가능성을 입증해 보였고, 그들은 독일을 추월하기 위해서는 광범위한 핵연구를 지원해야 한다는 점을 미국 정부에 납득시키려고 애썼다. 그중에는 에드워드 텔러, 레오 실라드, 유진 위그너 등 히틀러 점령 하의 유럽을 탈출한 물리학자들이 많았다(텔러는 하이젠베르크 밑에서 박사 학위를 땄다). 이들은 페르미, 베테, 폰 노이만, 오펜하이머, 아인슈타인 등 이미 미국에서 활동하고 있던 최고의 석학들을 설득해 원자탄 프로그램을 지지하는 강력한 캠페인을 벌여나갔다. 1939년 8월 2일자 편지에서 아인슈타인은 위그너의 요청에 따라 루스벨트 대통령에게 다음과 같은 편지를 보냈다.

지난 넉 달 동안의 연구 성과들을 보면, 다량의 우라늄에 핵 연쇄반응을 일으켜 어마어마한 양의 파괴적 에너지와 새로운 방사성 원소를 얻어낼 가능성이 매우 높아졌음을 알 수 있습니다. 이것이 빠른 시일 안에 실현되리란 것은 거의 확실하다 하겠습니다.

이 새로운 현상은 폭탄의 제작으로 이어질 것입니다.

이런 상황이니 대통령께서는 관계기관에 지시를 내려 미국에서 연쇄반응을 연구하는 과학자들 그룹과 지속적인 접촉을 유지하도록 조처하시는 것이 매우 바람직하리라고 생각됩니다.

저는 독일이 점령지인 체코의 광산에서 캐낸 우라늄의 판매를 전면 중지했다는 소식을 들었습니다. 독일이 이렇게 일찌감치 행동에 나선 것은 독일 외무부 총비서의 아들 폰 바이체커가 베를린의 카이저빌헬름연구소에서 일하고 있다는 사실과 무관하지 않습니다. 그곳에서는 현재 우라늄에 대한 미국의 몇 가지 실험결과들을 분석하고 있습니다.

루스벨트는 아인슈타인의 편지에 감사하며 곧 군 참모회의를 소집해 우라늄 프로젝트에 대한 연구를 지시했다. 대통령의 전격적인 승인은 1941년 10월에 가서야 떨어졌다. 이로써 마침내 '맨해튼 프로젝트'가 가동되었다. 곧 게임의 규칙들이 마련되었다. 게임의 목표는 역사적인 대량살상무기의 제작이었다. 이 경주에서 이긴 자가 전쟁의 승리자가 되리란 점은 의심의 여지가 없었다.

3

1939년 초 독일 제국학술연구위원회 회장 아브라함 에사우는 과학자들로부터 오토 한의 발견을 전쟁목적에 이용할 가능성에 대한 첫 번째 보고서를 받았다. 같은 시간에 물리학자 파울 하르트에크와 빌헬름 고트는 함부르크에서 군 병기국 국장 에리히 슈만과 같은 주제에 대해서 대화를 나누었다. 슈만은 즉시 쿠르트 디브너와 그의 조수 에리히 바게가 참여하는 작업부서를 만들었다.

전쟁이 시작된 직후 바게는 이른바 '우라늄 클럽'의 물리학자들에게 라이프치히에 있는 자신의 옛 스승 베르너 하이젠베르크 교수를 작업에 참여시킬 것을 제안했다. 1939년 9월 26일에 하이젠베르크는 오토 한, 칼 프리드리히 폰 바이체커 등과 함께 우라늄 클럽의 두 번째 회의에 참석했다. 회의는 베를린 공대 맞은편 하르덴베르크 가에 있는 군 병기국에서 열렸다.

이 회의가 있고 불과 석 달쯤 뒤에 하이젠베르크는 원자 에너지와 관련된 그의 첫 번째 이론적 작업 '우라늄 238의 에너지 획득 가능성에 대하여'를 우라늄 클럽에 보냈다. 논문에서 하이젠베르크는 지금까지 이 주제에 관한 연구가 매우 부진하게 진행되어온 것을 비판하고, 우라늄이 우라늄 238과 우라늄 235 두 개의 동위원소를 갖는데, 이중 훨씬 드물게 나타나는 우라늄 235만이 연쇄반응에 쓸모가 있다는 사실을 설명했다. 그밖에도 그는 원자이론의 가장 큰 골칫거리인 '임계질량'의 문제도 언급했다. 임계질량은 연쇄반응을 일으키기 위한 필수요소로 독일 팀을 끝까지 괴롭혔던 문제다.

하이젠베르크의 기여로 독일은 1939년 말에 이미 세계 최초로 원자탄 프로젝트에 필요한 기반을 갖춘 국가가 되었다. 반면 그때까지 미국과 영국 등지에서는 아직 이 문제에 대한 정부 차원의 관심이 부족했다.

1940년 말에 병기국은 독일의 우라늄 연구를 촉진시키기 위해 두 가지 조치를 취했다. 하나는 아브라함 에사우로 하여금 이 문제에서 손을 떼게 한 것이고, 또 하나는 에리히 슈만과 쿠르트 디브너로 하여금 카이저빌헬름 연구소를 책임지게 해 결정권을 일원화한 것이다. 하이젠베르크는, 비록 개인적으로 디브너와 불편한 경쟁관계에 있었지만, 그가 오래 전부터 소장직을 맡아온 라이프치히의 물리연구소는 물론 카이저빌헬름 연구소를 위해서도 열심히 일했다.

4

1942년부터 전쟁의 상황은 급격히 변했다. 독일군이 동부전선에서 패하는 바람에 국가의 경제력이 급속히 약화되었고, 히틀러는 결국 정부기구를 축소시키는 결정을 내릴 수밖에 없었다. 그 일환으로 베를린 시 개조작업을 맡았던 건축가 알베르트 슈페어가 군수부 장관으로 임명되었다. 히틀러의 내각에서 슈페어는 유일하게 '정상적인' 인물이었을 뿐만 아니라(그는 지적이었고 게다가 크고 잘생기기까지 했다) 총통의 보좌관들 중에서는 가장 명민한 사람이기도 했다.

결국 하이젠베르크는 계속 미뤄져왔던 정치적 복권을 얻어냈다. 슈타르크와 뵐페의 '독일 물리학'에 맞서 싸워야 했던 고난의 2년을 보낸 끝에 마침내 제국의 과학담당 관청들로부터 다시 지원과 지지를 받을 수 있게 되었다. 그보다 몇 달 전에 히틀러가 하이젠베르크에게 미리 구두로 약속한 것처럼 4월경에 베를린으로부터 두 번의 전화를 받았다. 하나는 그가 베를린 대학 교수직에 임명되었다는 소식이었고, 다른 하나는 나치의 전쟁을 위한 연구를 거부해온 네덜란드인 페터 드베이어 대신 카이저빌헬름 연구소의 물리학과를 맡아달라는 전화였다. 같은 해 6월 하이젠베르크는 그를 연구소와 원자탄 프로젝트의 책임자로 만들어줄 계약서에 서명했다.

하이젠베르크는 베를린의 새 자리에 채 부임하기도 전에 군수부 장관 슈페어로부터 즉시 장관실로 방문해달라는 요청을 받았다. 하이젠베르크와 만난 장관은 전쟁의 진행을 결정적으로 바꾸어놓을 수 있는 신무기의 제작 가능성을 타진했다. 그 자리에서 하이젠베르크는 '미국 같았으면 이런 프로젝트에 당장 관심을 보였을 것'이라며 독일이 그동안 원자연구를 얼마나 소홀히 해왔는지에 대해 강력히 불만을 토로했다.

장관은 이 물리학자가 하는 말이 무슨 뜻인지 이해했다. 그는 하이젠베르크에게 원자 에너지와 그것의 사용가능성에 대한 상세한 정보를 요구했다. 하이젠베르크는 마치 세미나에서 학생을 가르치듯 참을성 있게 장관에게 핵분열의 기본개념들과 원자로, 연쇄반응 등에 대해 설명했다.

"아주 훌륭하군요."

장관이 흥분해서 말했다.

"즉시 작업에 돌입하세요. 이 프로젝트를 진행시키기 위해 필요한 게 뭡니까?"

"우라늄 연구 핵심설비인 입자가속기를 제작하려면 예산이 필요합니다."

"한 가지만 솔직하게 물어보겠어요. 박사."

장관이 은밀하게 말했다.

"원자 에너지를 이용해 폭탄을 만드는 것이 정말로 가능합니까?"

"그렇다고 생각합니다."

하이젠베르크는 흔들림 없이 대답했다. 그러나 한 가지 단서를 덧붙였다.

"다만 이 전쟁이 끝나기 전까지 완성시킬 수 있을지는 의문입니다."

"당신 생각엔 미국인들이 우리보다 먼저 그것을 만들 수도 있다고 봅니까?"

슈페어가 불안한 표정으로 물었다.

"솔직히 말씀드리면 저는 그럴 거라고 믿지 않습니다. 그들은 우리와 똑같은 어려움을 해결해야 할 것입니다. 폭탄의 기본설계는 몇 달이면 완성될 수 있지만 기술적인 문제는 그와 전혀 다른 차원입니다. 재료 문제를 완전히 해결하려면 최소한 몇 년은 걸릴 것입니다."

"그렇다면 국가에서 이 연구를 지원하는 게 무슨 의미가 있겠습니까?" 슈페어가 물었다.

"원자 에너지를 지배하는 자가 장차 세계를 지배하게 될 것입니다."

이 만남 이후 슈페어는 원자탄 프로젝트를 '전쟁 수행에 필요' 등급에 포함시켰다. 이것은 전쟁과 관련한 중요도 등급에서 가장 낮은 단계에 불과했지만 이로써 원자탄 프로젝트를 계속 진행시키기 위해 필요한 수단은 일단 확보된 셈이었다.

5

덴마크는 1940년에 나치에 의해 '평화적으로' 점령되었다. 이때 독일인들은 전투 치를 필요도 없이 그냥 국경을 넘어가 보호국으로 삼아 버리는 것으로 간단하게 전쟁을 끝냈다. 처음에 독일은 가급적이면 덴마크의 국내 일에 간섭하지 않으려고 노력했다. 예를 들어 어머니 쪽으로 유대인 혈통을 지닌 보어가 대학 이론물리학과 학과장직을 계속 유지하는 것에 대해 아무런 문제도 제기하지 않았다. 보어 역시 나치에 대한 거부감에도 불구하고, 또 영국과 미국에서 열성적인 초청제의가 잇달았음에도 가능한 한 오래도록 자기 조국에 머물러 있고자 했다.

1942년 가을, 하이젠베르크의 불편한 방문이 있은 지 일 년쯤 뒤부터 이런 상황은 급격히 바뀌었다. 국왕이 나라를 떠났다. 히틀러는 덴마크 땅을 완전히 독일에 합병시키기로 결정했다. 총독은 민간인에서 SS 소속의 베르너 베스트로 교체되었다. 덴마크인들에 대한 그동안의 소극적 태도는 하루아침에 폭력적인 형태로 바뀌었다. 이런 변화는 덴마크

국민들의 분노를 샀고, 독일에 대한 저항세력이 생겨나는 계기가 되었다. 저항세력의 활동에 분개한 베스트는 계엄령을 선포했고, 1943년 10월 1일을 기해 일제 검거를 실시해 덴마크에 거주하는 모든 유대인들을 제거하려고 나섰다.

보어는 9월 중반에 스웨덴의 외교채널을 통해 암호문으로 작성된 편지를 한 장 받았다. 편지에는 곧 유대인 검거가 시작될 거라는 경고가 적혀 있었다. 점령 이후 처음으로 덴마크는 보어에게 매우 위험한 곳이 되었다. 보어에게는 그리 시간이 많지 않았다. 그는 그날로 당장 저항세력의 몇몇 지도자들과 연락을 취했다. 그들은 즉시 이 위대한 물리학자가 도피할 방법을 마련해주었다. 9월 29일 보어와 그의 아내는 비밀리에 집을 떠나 음악가들이 주로 모여 사는 시드하븐 근처의 무지크비쪽으로 갔다. 그곳에서 두 사람은 12명의 다른 도망자들과 합류해 스웨덴 쪽으로 방향을 잡았다. 도망자들 중에는 그의 동생 하랄과 조카 올레, 그리고 유명 건축가이자 공산주의 활동가인 에드바르드 하이드베르크 등이 있었다.

그들은 밤 열 시경에 해변으로 나갔다. 그곳에는 이미 조그만 어선 한 척이 대기하고 있었다. 열네 명의 도망자들은 한 시간쯤 뒤 좀 더 큰 화물선으로 갈아탔고, 밤새 항해한 끝에 다음 날 새벽 스웨덴의 림함 항에 도착했다. 여기서부터 일행은 육로를 따라 말뫼까지 갔다. 말뫼에 도착한 보어는 그날로 당장 기차를 타고 스톡홀름으로 가 오토 한과 리제 마이트너의 조수였던 클라인 교수를 만났다. 보어와 그 가족의 구출작전은 정확하고 교묘하게 이루어졌다. 그의 안전한 탈출을 위해 수많은 장교와 경찰, 병사들이 교체되었다.

스톡홀름에서 보어는 스웨덴 국왕 구스타프 5세를 비롯해 왕세자와 수많은 고위관리들을 만나 덴마크 유대인들에 대한 보호와 도움을 요청했다. 그후 보어는 국왕이 특별히 제공해준 비무장 수송기를 타고 영국으로 건너갔다. 10월 6일 새벽 영국에 도착한 보어는 다음 날 다시 비행기를 갈아타고 런던으로 향했다. 런던에서는 옛 친구이자 영국 정보부에서 일하는 채드윅 교수가 그를 기다리고 있었다. 보어의 런던 행은 철저하게 비밀에 부쳐졌지만 〈뉴욕타임스〉는 10월 9일 다음과 같은 기사를 내보냈다.

위대한 과학자 런던으로 건너가다
덴마크의 보어 박사가
원자와 관련된 새로운 연구성과를 가지고 영국에 도착했다.

런던, 10월 8일(연합) 원자연구로 노벨상을 수상한 덴마크의 과학자 닐스 보어 박사가 스웨덴을 거쳐 런던에 도착했다. 스톡홀름에 거주하는 한 덴마크인의 진술에 따르면 보어 박사는 원자 폭발과 관련된 새로운 연구성과들을 런던으로 가져왔다고 한다. 그의 연구성과들은 연합군의 전쟁수행에 대단히 중요한 것으로 평가되고 있다.

런던에서 보어는 재무상 존 앤더슨 경을 만났다. 물리화학을 전공한 과학자이기도 한 앤더슨은 윈스턴 처칠이 직접 영국 원자탄 프로젝트의 책임자로 임명한 인물이다. 그는 보어에게 연합군측 원자연구의 진척 상황에 대해서 설명했다.

"아인슈타인을 포함한 수많은 과학자들의 편지를 읽은 뒤 루스벨트 대통령은 1941년 10월 9일에 마침내 원자탄 제작을 승인하기로 결정했습니다. 미국의 계획은 엔리코 페르미가 시카고에서 개발한 프로젝트에 기초하고 있습니다."

"원자 에너지에 대한 미국의 관심이 그렇게 클 줄은 미처 몰랐는데요."

보어가 의외라는 듯 불안한 표정을 지었다.

"교수님, 우리 영국도 현재 '튜브 앨로이스 프로젝트'라는 암호명으로 원자 프로그램을 진행하고 있습니다."

앤더슨은 굳이 자부심을 숨기려 하지 않았다.

"프리취 교수와 파이얼스 교수가 우리 프로젝트를 이끌고 있지요. 보어 교수님도 이 두 사람은 잘 아시지요? 하이젠베르크의 제자들이었으니까요."

보어는 연합군의 원자연구가 지난 몇 달 동안 얼마나 멀리까지 진행되었는지 가늠하기조차 힘들었다. 영국과 미국의 과학자들도 작업에 들어갔으리라고는 생각했지만 이렇게 빠르게 진행되고 있을 줄은 미처 몰랐다.

"1941년부터 영국과 미국의 해당 기관들은 공동으로 작업을 진행해 왔습니다."

앤더슨은 계속 말을 이어나갔다.

"이번 여름에는 그중 한 연구팀에서 폭탄제조에 필요한 우라늄 235에 대한 상세한 보고서를 작성했습니다. 1942년 7월에 나는 처칠 수상에게 편지를 써서 미국과 영국에서 각각 진행되고 있는 원자탄 프로젝트를 하나로 통합한 뒤에 미국 땅에서 두 나라가 함께 폭탄을 제작하는 것이 어떻겠느냐고 제안했습니다."

영국 수상은 이 제안을 별로 달가워하지 않았을 것이 확실했지만 앤더슨은 거기에 대해서는 아무런 언급도 하지 않은 채 말을 이어갔다.

"그리고 1943년 8월 19일 루스벨트와 처칠은 퀘벡에서 열린 회담에서 마침내 원자탄 프로젝트를 공동으로 추진하기로 합의했지요."

이것만으로는 보어를 감탄시키기에 충분치 않다고 생각했는지 앤더슨은 보어에게 그동안 연합국의 원자탄 프로젝트에서 거둔 가장 큰 성과 중 하나를 말해주었다. 1942년 12월 2일 엔리코 페르미가 이끄는 시카고 대학의 연구팀이 최초로 안정적인 연쇄반응을 얻어내는 데 성공했다는 이야기였다. 이것은 보어의 기대치를 훨씬 넘어서는 놀라운 소식이었다.

"그때부터 미국은 다양한 장소에 시카고에 있는 것과 비슷한 대형원자로들을 건설하고 원자 폭발을 실험하기에 가장 적합한 장소를 찾아내려고 노력해왔습니다."

"놀랍군요. 정말 놀라워요!"

보어는 감탄사를 연발했다.

"현재 실험은 뉴멕시코의 사막 어디에 건설된 새로운 비밀실험실로 자리를 옮겨 계속 진행되고 있습니다. 그곳의 연구팀을 이끌고 있는 분은 교수님의 옛 친구인 오펜하이머 박사입니다."

그 주에 보어는 영국정부로부터 '튜브 알로이스 프로젝트'의 고문을 맡아달라는 제안을 받았다. 며칠 뒤에는 '맨해튼 프로젝트'의 군 담당관 레슬리 그로브스 장군이 자신의 학술자문단 일원이 되어달라는 요청을 해왔다. 보어는 중립을 지켜 양쪽에 공동임명을 제안하는 편지를 띄웠다. 영국과 미국은 보어의 제안을 받아들였다.

보어와 그의 아들 오게는 12월 6일 미국에 도착했다. 미국에 온 두 사람은 보안 때문에 이름을 니콜라스 베이커와 제임스 베이커로 바꾸었다. 미국에 머무는 동안 이들 베이커 부자는 로스알라모스에 있는 국립연구소로 출근했다.

얼마 뒤 결정적인 발견이 이루어졌다. 우라늄 235가 원자탄의 연료로 사용될 수 있다는 점은 이전부터 알려져 있었지만, 주기율표상의 다음 원소인 플루토늄이(이것은 오토 한이 예측한 초우라늄 원소들 중 하나다)

쉽게 분열되는 성질이 있다는 사실과 동위원소인 플루토늄 240은 중성자를 발사하지 않아도 스스로 분열한다는 사실은 이때 처음 세상에 알려졌다. 프로젝트의 책임자들은 즉시 우라늄 235 이외에 플루토늄 240을 재료로 한 폭탄 제작에 돌입했다.

6

독일에 있는 하이젠베르크의 상황은 보어의 경우와 사뭇 다르게 전개되었다. 1942년 11월 바이마르 공화국에서 재무장관을 역임했던 요하네스 포피츠가 저 유명한 수요모임에 그를 회원으로 초청했다. 포피츠의 수요모임은 독일의 명망가들이 회원으로 참여해 수요일마다 특정한 주제에 대해 토론을 벌이는 모임이었다. 토론의 주제는 주로 과학적 진보에 관한 것이었지만 평범한 일상적인 문제들도 종종 다루어졌다.

모임은 매주 회원의 집에서 돌아가면서 열렸다. 그 주일의 주최자는 정해진 격식에 따라 조촐한 만찬을 제공하고 자신의 전공분야에 대해 간단한 강연을 준비했다. 모두 스물여덟 명으로 이루어진 회원들 중에는 에두아르트 슈프랑거, 볼프강 샤데발트, 옌스 예센 등의 학자와 외교관 울리히 폰 하제, 의사 페르디난트 자우어브루흐, 군 장성 루트비히 베크 등이 있었다. 이 이름들에서 알 수 있듯이 이중 몇 사람은 1944년 7월 20일 모반사건의 핵심인물들이었다.

회원들은 대부분 비슷한 정치적 성향을 가지고 있었다. 현실에 굴하지 않는 도덕적 엄격성과 철저한 국수주의 그리고 나치에 대한 조용하고도 근원적인 증오심 등이 그것이었다. 이들은 모임을 가질 때마다 늘 '침판스키'의 어리석음을 성토하곤 했다. '침판스키'는 그들이 히틀러에게 붙인 별명이었다.

1944년 7월 5일 저녁, 졸프 그룹의 일원이며 모반자 중 한 사람인 아돌프 라이히바인이 예고도 없이 갑자기 하이젠베르크의 연구실을 찾아왔다. 라이히바인은 루트비히 베크, 페르디난트 자우어브루흐 등 수요 모임의 회원들과 친분이 있어 전에 이미 하이젠베르크와 만난 적이 있었다. 라이히바인은 하이젠베르크에게 며칠 뒤 감행할 쿠데타에 참여해달라고 단도직입적으로 부탁했다. 하이젠베르크는, 모든 형태의 부담스런 결정을 회피하는 특유의 노련함으로 정중하게 참여를 거절하면서 그에게 행운을 빌어주었다. 이때 그는 폭력은 자신과 맞지 않는다며 용서를 구했다고 한다. 며칠 뒤 라이히바인은 졸프 그룹의 다른 사람들과 함께 게슈타포에 의해 체포됐다.

1944년 7월 12일 밤에는 수요모임의 마지막 토론회가 열렸다. 이날 모임의 주최자는 우연히도 하이젠베르크였다. 그날의 저녁 모임은 그가 거주하고 있던 카이저빌헬름 연구소의 하르나크하우스에서 열렸다. 하이젠베르크가 준비한 강연에서는 두 가지 주제가 다루어졌다. 하나는 항성의 원자 에너지에 관한 것이었고, 다른 하나는 항성 내부에서 벌어지는 핵융합 과정에 관한 것이었다. 여기서 그는 이런 핵융합 과정을 인위적으로 만들어낼 수 있는 가능성에 대해 언급했다.

이날 모임에 참석한 열 명의 회원들 중에서 옌스 예센, 귀도 베크(베크 장군의 동생), 페르디난트 자우어브루흐, 루트비히 딜스 등 최소한 이들 네 사람은 천체의 법칙에 관한 이 이야기에 제대로 집중하지 못했을 것이 분명하다. 그들은 며칠 뒤 거행된 쿠데타의 선봉에 선 인물들이다.

7

7월 19일 하이젠베르크는 우르펠트의 고향집에서 초조하게 기다리고 있을 가족들을 만나려고 급히 베를린을 떠났다. 다음 날 그는 고향집에서 방송을 통해 총통에 대한 반란사건이 실패로 돌아갔다는 소식을 들었다.

7월 21일에는 벌써 대대적인 체포의 물결이 퍼져나갔다. 히틀러는 이 기회를 틈타 아직 독일에 잔존해 있는 저항세력을 마지막 한 명까지 모조리 근절시키려고 했다. 수천 명의 사람들이 단지 모반자들과 가깝게 지냈다거나 먼 친척이나 친구라는 이유만으로 체포되었다. 수요모임의 회원들은 거의 모두 체포되어 심문을 당하고 구금되었다. 그들은 집단 수용소로 보내지거나 총살되었다. 그러나 오직 한 사람, 히틀러와 슈페어와 괴링 등의 보호 속에서 국가에 대한 충성심에 한 치의 의혹도 제기되지 않았던 하이젠베르크만이 체포되지 않았다.

8

히틀러와 그의 앞잡이들이 모반자들의 재판과 처형을 즐기는 동안 (이 과정은 총통의 개인적 만족을 위해 세세한 부분까지 모두 영상에 담겨졌다) 하이젠베르크는 긴장감을 떨쳐내려고 연구에 몰두했다. 원자로 건설을 위한 그의 연구는 궁극적으로 히틀러를 위한 것이었다. 다시 말해 자신의 수많은 친구들을 처형시킨 남자의 권력을 강화시키기 위한 것이었다.

나치의 원자탄 정책에 대한 하이젠베르크의 영향력은 1942년부터 점차 막강해졌다. 불과 1년 뒤인 1943년 여름에 그는 슈페어 장관을 설득해 아브라함 에사우를 제국학술연구위원회 물리학분과의 회장직과 핵에너지에 관한 전권 대표직에서 물러나게 하고 그 자리에 발터 게를라흐를 앉히도록 했다. 게를라흐는 뮌헨 출신의 실험물리학자로서 하이젠베르크와 생각과 성향이 매우 비슷한 인물이었다. 나중에 하이젠베르크는 공군사관학교에서 행한 강연을 통해 원자탄 프로젝트의 중요도 등급을 '긴급'으로 한 단계 격상시켰다. 이로써 그는 독일의 경제적인 어려움이 극에 달했던 시기임에도 원자탄 연구를 위한 재정을 확보할 수 있었다.

9

이제 하이젠베르크는 원자탄 프로젝트의 두뇌역할을 담당했다. 그는 독일의 핵연구 분야에서 가장 영향력 있는 인물로 자리 잡았다. 그런데 제국물리기술협회 측의 물리학자 쿠르트 디브너가 고토브의 실험실에서 연쇄반응 연구와 관련해 더 나은 성과를 얻어내고 있다는 소식은 그를 깜짝 놀라게 했다. 디브너는 이제까지 사용된 산화우라늄 박판 대신에 작은 우라니나이트 덩어리들을 중수重水에 잠기도록 원자로를 설계해 하이젠베르크의 취약점을 비켜갔다. 첫 번째 실험에서 디브너는 발생한 중성자의 수가 흡수된 중성자 수보다 36퍼센트 정도 증가된 결과를 얻어냈다. 이는 하이젠베르크가 이제까지 얻어낸 것보다 훨씬 더 높은 수치였다. 1943년 중반에 이루어진 두 번째 실험에서는 중성자의 발생을 110퍼센트까지 올려 연쇄반응 가능성에 한 걸음 더 접근했다. 하지만 이 역시 실제로 연쇄반응이 일어나는 임계질량에는 아직도 한참 못 미치는 결과였다. 디브너의 실험은 기본적으로 옳은 방향으로 나아가고 있었는데, 갑작스런 공습으로 실험에 사용할 우라니나이트 제조 공장이 파괴되는 바람에 어쩔 수 없이 연구를 중단해야 했다.

1944년 중반에 접어들면서 전쟁 상황이 악화되자 독일의 원자탄 연구는 다시 극심한 어려움을 겪게 되었다. 나치 정부는 연구의 주요부분을 베를린의 비밀벙커로 옮기라는 결정을 내렸다. 두께 2미터 이상의 콘크리트 벽으로 이루어진 벙커는 폭격이나 방사능의 침입으로부터 안전했다. 벙커 내부에는 커다란 실험실과 작업실, 수압펌프와 기압펌프, 중수저장탱크, 방사능 원소를 다룰 여러 가지 전기장비 등이 전부 갖춰져 있었다. 이곳은 한마디로 작은 로스알라모스였다.

새로운 실험실에서 하이젠베르크 팀을 비롯하여 하이델베르크에서 온 발터 보테의 팀과 베를린에 있던 카를 비르츠의 팀 일부가 공동으로 연구를 진행했다. 그러나 1944년 말에 이르자 계속되는 공습과 폭격으로 더 이상의 프로젝트 진행이 불가능해졌다. 벙커는 안전했지만, 발전기와 과학자들의 거처는 그렇지 못했기 때문이다.

그해 가을에 하이젠베르크는 게를라흐의 지시로 자기 팀원의 삼분의 일을 헤힝겐으로 보냈다. 카이저빌헬름 연구소의 인력들은 옛 모직공장 사무실에 연구실을 차렸다. 12월에 비르츠와 하이젠베르크는 산화우라늄 박판을 재료로 새로운 실험을 실시했다. 이 실험에서 그들은 처음으로 미국 과학자들과 똑같이 중수 대신 흑연을 원자로 감속제로 사용해 중성자의 발생비율을 206퍼센트까지 올릴 수 있었다. 하지만 이수치 역시 그들이 원하는 연쇄반응을 얻기에는 모자랐다.

전쟁이 끝나기 석 달 전인 1945년 1월에 비르츠는 카이저빌헬름 연구소에서 마지막으로 다시 실험을 실시하기로 했다. 1.5톤의 중수를 채운 실린더 내부에 수백 개의 우라늄 관을 알루미늄 선에 매달아 반응로를 제작하는 실험이었다. 실험 팀이 순수 흑연으로 덮인 실린더를 중수탱크에 넣고 있을 때, 갑자기 모든 실험도구들을 철거하라는 게를라흐의 다급한 지시가 떨어졌다. 소련군이 빠른 속도로 베를린을 향하고 있었기 때문이다. 원자탄 프로젝트의 과학자들이 소련군의 수중에 떨어진다면 그야말로 최악의 상황이 될 것이다. 게를라흐는 즉시 디브너와 비르츠를 하이젠베르크가 기다리고 있는 헤힝겐으로 이동시켰다.

10

1945년 2월, 히틀러가 자살하고 독일이 항복하기 두 달 전까지도 독일 과학자들은 원자로 가동 실험을 계속했다. 헤힝겐 인근의 작은 마을인 하이거로흐에 있는 '원자창고' 안에서 새 반응로를 제작하는 실험이 다시 이루어지고 있었다. 괴링, 슈페어, 히믈러, 보어만 등의 지시에 따라 게를라흐와 연구팀은 실험도구들을 설치했다. 마지막 재앙이 닥치기 전에 원자로 제작을 완성하겠다는 막연한 희망 속에서. 아니 어쩌면 이 실험의 결과를 항복조건으로 내세울 협상카드로 쓰고 싶었는지도 모른다.

독일 과학자들은 자신들이 인류의 원시시대로 되돌아간 듯한 느낌을 받았다. 수천 수만 년 전 인간들은 원자반응 따위를 관찰하는 대신 동굴벽에 들소나 뱀 따위를 그리고 있었을 테지만, 또 다른 에너지원인 불을 얻기 위한 그들의 열정과 노력은 지금 이들이 원자로를 만들기 위해 애쓰는 것에 못지않았을 것이다.

그래,(하이젠베르크는 생각했다) 우리는 병든 민족이다. 우리는 선사시대의 인간들처럼 불멸의 영광에 집착하는 이 땅에 남은 유일한 존재들이다! 그렇지 않다면 우리가 왜 전쟁의 마지막 순간까지, 패전이 벌써 몇 달 전부터 확실해졌는데도, 왜 이토록 원자로 제작에 집착한단 말인가? 이 마지막 노력은, 이 최후의 오만은 도대체 뭐란 말인가? 우리가 이 영역에서만큼은 적어도 우리의 적들보다 우월하다고 말하기 위해서? 아니면 문명의 종말을 앞두고 체념의 노래를 부르는 것인가?

"실험번호 B-8!"

비르츠는 민족의 수호신을 불러내는 주술사처럼 실험개시를 외쳤다. 그들 앞에는 거대한 금속 실린더가 마녀의 가마솥처럼 놓여 있었다. 그들은 선조들이 남긴 비방에 따라 신비의 재료들을 가마솥에 넣으며 의식을 치르는 제관들이었다. 다만 다른 점이 있다면 그 재료들이 두꺼비의 혀나 올빼미의 눈알 따위가 아니라 산화우라늄과 중수란 것이었다. 비르츠와 하이젠베르크는 잠시 동작을 멈추고 가마솥 안에 귀를 기울이며 다른 사람들의 표정과 태도를 살폈다. 그들에게선 모두 마지막 카드를 꺼내든 게이머의 초조함이 느껴졌다. 집과 가족 등등 자기가 가진 것을 모두 걸고 이 새로운 기회에, 이 실낱같은 희망에 매달리는 도박자의 초조함.

그들은 제단에서 성체를 집어드는 사제와 같이 경건하게 원자로의 흑연 뚜껑을 들어올린 뒤 그 안에서 벌어질 기적을 살펴보려고 몸을 숙였다. 고딕식의 성궤 위에는 우라늄이라는 특이한 재료로 만들어진 수백 개의 작은 성물들이 알루미늄으로 된 사슬 끝에 매달려 가볍게 흔들리고 있었다. 그들은 이제 거대한 잔에 담긴 중수를 바로 그 위로 쏟아부을 것이다. 순간 그들 중 누군가가 생각했다. 이것은 내 피의 잔이다. 새롭고 영원한 내 피의 잔.

그렇다, 바로 이것이다. 성배! 이것이 하이젠베르크가 지난 몇 년 동안 그토록 찾아 헤맨 궁극적인 도착점이었다. 이것을 왜 여태 몰랐단 말인가! 거대한 원자로, 우라늄, 중수. 이것들이야말로 그를 더 지혜롭고 강하고 도덕적인 존재로 탈바꿈시켜줄 수 있는 신성한 묘약이었다. 땅 속 깊숙이 자리 잡은 이 '원자창고' 안에서 이제 곧 그가 어릴 때부터 꿈꾸어왔던 의식이 완성될 것이다. 청소년운동의 단원이었던 시절부터 줄곧 동경해온 상징이자 그와 같은 '방랑기사'들의 궁극적인 목표에 마침내 도달하게 될 것이다. 그는 어린 시절 우상이었던 젊은 기사, 클링조르를 물리치고 신의 은총을 한 몸에 받는 파르지팔로 거듭나는 영웅적인 분위기에 휩싸였다.

"자, 시작합시다."

그가 말했다. 이제 숨쉬는 소리조차 들리지 않았다. 그것은 기적을 기다리는 신앙인들의 모습이었다. 몬살바트의 성에 모여 있는 성배기사들의 모습이었다. 점차 위로 차오르기 시작한 중수는 우라늄 원자들을 쓰다듬고, 생기를 불어넣어주고, 북돋워주고, 자극하고, 짝을 짓게 하고, 떼어놓고, 폭발시키고, 서로 충돌하게 만들고, 뛰어오르게 하고, 증폭시켰다. 서서히 반응이 나타났다. 그래, 그거야! 그토록 고대하던 기적이 모습을 보이려고 용틀임을 하고 있었다. 구원의 기적! 바로 그때 비르츠가 제동을 걸었다. 연쇄반응이 일어날 경우를 대비한 안전조치를 취하지 않았다고 말했다. 흥분과 분노와 절망 속에서 그들 모두는 가장 기본적인 안전조치를 잊고 있었던 것이다. 하지만 그들은, 비록 아무도 노골적으로 말하진 않았지만, 실험에 성공하여 불멸의 이름을 얻을 수만 있다면 기꺼이 목숨도 내놓을 수 있을 것 같았다.

비르츠는 하이젠베르크 쪽을 돌아보았다. 그는 만약 실험이 잘못 될 경우 그들이 사용할 수 있는 것이라고는 중성자를 흡수하는 작은 카드뮴 덩어리가 고작인데, 이것만으로는 긴급 상황에서 반응을 멈추게 할 수 있을지 장담할 수 없노라고 말했다. 하이젠베르크는 잠깐 걱정하는 표정을 지어 보였지만 곧 다시 작업에 몰두했다. 그는 발생하는 에너지의 값을 계산해내느라 그런 것에 신경쓸 겨를이 없었다. 그래, 조금만 더, 그래, 그래, 조금만, 조금만 더……!

순간, 갑자기 반응이 중단되었다. 그걸로 끝이었다. 성배의 기사들은 다시 눈물을 흘려야 하나? 하이젠베르크는 자신의 계산을 다시 한 번 검토해보았다. 몰락을 알리는 그의 목소리는 밝고 낭랑했다.

"육백칠십 퍼센트였소."

그는 이렇게만 말하고 입을 다물었다.

"지금까지 얻은 성과 중 최고입니다."

비르츠가 덧붙였다. 최고의 성과라고? 물론 그렇다. 하지만 그게 무슨 소용인가. 실험은 실패로 돌아갔다. 새롭고 흥분된 실패, 마지막 실패.

"오십 퍼센트의 우라늄과 중수만 더 있었더라면 임계질량에 도달할 수 있었어."

하이젠베르크가 중얼거렸다.

"어쩌면 슈타틸름에 있는 디브너의 실험실에 비축해둔 것을 얻을 수 있을지도 모릅니다."

"그래요, 어쩌면."

하지만 두 사람은 그것이 불가능하다는 것을 이미 알고 있었다. 미군들이 벌써 튀링겐 전역에 들어와 있는 상황에서 슈타틸름까지 갔다 오는 건 불가능했다. 4월 8일에 그들은 디브너가 이미 실험실을 떠났다는 소식을 전해 들었다. 이제 더 이상 시간이 없었다. 그리고 그들에겐 아무런 가능성도 남아 있지 않았다. 하이젠베르크는 사람들에게 철수를 준비하라고 지시하고, 자신은 우르펠트의 가족에게로 돌아갔다. 그곳에서 그는 5월 3일 미국 '알소스 특명' 팀의 패시 대령에 의해 체포되었다.

그로부터 나흘 뒤인 1945년 5월 7일 랭스에서, 독일군 참모장 요들 장군과 잠수함부대 사령관 한스-게오르크 폰 프리데부르크 제독은 무조건 항복한다는 문서에 서명했다.

11

1945년 7월 16일 뉴멕시코의 로스알라모스 인근 트리니티에서는 플루토늄 핵폭탄에 의한 역사상 최초의 핵실험이 실시되었다. 그리고 한 달도 채 지나지 않은 8월 6일에 거대한 버섯구름이 일본 히로시마의 상공 위로 피어올랐다. 이것은 우라늄 235로 만든 핵폭탄이 제대로 작동한다는 증거였다. 3일 뒤에는 플루토늄폭탄도 나가사키를 폐허로 바꾸어놓으면서 제 성능을 과시했다.

스코틀랜드의 팜홀에서는 나치 연구자들의 깊은 탄식이 흘러나왔다. 그러나 핵폭탄의 제물로 죽어간 이름없는 자들을 위해 탄식한 사람은 그들 중 과연 몇 명이나 될까?

대화 Ⅲ:
알 수 없는 운명의 길

1989년 11월 7일, 라이프치히

"이 이야기에는 정말 이상한 게 많아. 그렇지 않소, 의사선생? 히틀러에게 원자탄을 안겨주려고 마지막까지 안간힘을 썼던 남자에게 왜 모두들 그렇게 관대한지 정말 이해할 수가 없어. 만약 하이젠베르크의 연구팀이 실패하지 않고 목표에 도달했다면 어땠을까? 독일이 1945년 초에 원자탄을 사용했다면 세계는 지금 어떻게 바뀌었을까?"

"현실은 그렇게 되지 않았어요."

"물론. 하지만 그의 죄는 그것만이 아니오. 내 분명히 말하지만 히틀러 암살사건의 여파가 몰아치고 있을 때 수요모임의 동료들을 체포하도록 만든 건 바로 하이젠베르크였소. 그들 중에서 고발당하지 않은 건 그 사람 혼자였어."

울리히는 침대 오른편에 걸터앉은 채 가만히 있었다. 안경알 너머로 보이는 그의 눈동자는 유난히 반짝거렸다. 그는 약봉지를 펼쳐서 내게 내밀었다. 내가 말을 하는 내내 쉬지 않고 메모를 했던 것이다.

"그런데 그렇게 말씀하실 만한 증거가 있나요? 그리고 또 그게 사실이라면, 그는 왜 그런 짓을 했을까요?"

"지금까지 내가 말한 것으로 충분하지 않소, 의사선생? 하이젠베르크는 사람들이 생각하는 것보다 훨씬 더 나치와 가까웠어. 전쟁이 시작될 때까지만 해도 그는 나치당원이나 히틀러에 동조하는 과학자들로부터 단순한 조롱이나 비판을 넘어 분노의 대상으로 손꼽혔다는 점을 명심하시오. 슈타르크 같은 사람은 그를 '백색 유대인'이라고까지 불렀어. 그런 그가 하룻밤 사이에 총통의 충성스런 추종자로 바뀐 거야."

"아마 히틀러에게는 그의 연구가 다른 경쟁자들의 것보다 훨씬 더 쓸모 있었나 보죠."

"바로 그거요, 의사선생. 내 말을 믿어요. 1939년 무렵 하이젠베르크는 제국에서 가장 미움 받는 인물 중 한 사람이었소. 사람들은 그를 마치 유대인의 스파이나 되는 것처럼 여겼어. 그러던 것이 1944년에는 그의 수많은 친구들이 반란 혐의로 체포되어 총살당했는데도 오직 하이젠베르크 한 사람만 아무런 혐의도 받지 않고 살아남았소. 쿠데타가 일어나기 바로 며칠 전에는 심지어 쿠데타 주동자들 몇몇을 저녁식사에 직접 초대하기까지 한 사람인데 말이오. 암살사건이 실패로 끝난 뒤 히틀러는 무자비한 인간사냥을 실시했소. 그 과정에서 단지 모반자의 친척이란 이유만으로 수십 명의 사람들이 총살을 당했지. 그런데도 그를 체포할 생각은 아무도 하지 않았어. 이게 이상하지 않소? 나 같은 사람까지도 체포되어 유죄판결을 받았는데 말이야. 기이한 행운이 아니었다면 나도 그때 분명히 처형되었을 거요. 그러나 하이젠베르크는 나치로부터 상까지 받았어. 한 번도 아니고 여러 번. 나중에는 영국인들로부터도 받았지. 그들은 마치 '천재'가 '무죄'와 동의어라도 되는 양 그의 죄를 묻지도 않고 용서해주었소."

"정말 이상하네요, 확실히 이상해요."

울리히는 일단 내 말을 인정하고서 곧 이렇게 덧붙였다.

"그렇지만 그 때문에 그가 교수님이 겪은 고통스러운 운명에 직접적인 책임이 있다고는 할 수 없어요."

"제발 그런 식으로 말하지 마시오, 의사선생, 제발!"

나는 점점 참을성을 잃어갔다.

"지금까지 내가 한 이야기들을 다 듣고도 그렇게 말할 수 있소? 하이젠베르크는 친구들의 운명 따위는 아무래도 상관없는 사람이었어. 오직 자신의 명예와 긍지만이 중요했지. 항상 최고가 되려고만 했어. 그는 자신의 과학적 성과를 가지고 연합군측으로부터도 최고의 대우를 받으려고 한 거요. 하이젠베르크는 남을 도울 수 있는 사람이 아니야."

"남을 돕지 않은 것과 적극적으로 남에게 해를 입히는 것은 완전히 종류가 다른 일입니다. 교수님 "

의사의 말은 옳았지만 나는 그의 의중이 의심스러웠다.

"그렇게 생각하다니? 왜 당신까지 그를 두둔하려 드는지 정말 모르겠군."

"교수님은 자신의 불행을 하이젠베르크 때문이라고 책임을 전가하시는 것 같아요."

울리히는 풋내기 의사였지만 자기 직분만큼은 잘 알고 있는 듯했다.

"그럴지도 모르지. 하지만 여기에는 어떤 음모를 생각하지 않고서는 도저히 설명하기 힘든 기나긴 사건들이 서로 얽혀 있소. 그리고 그가 이 사건의 아주 중요한 연결고리란 점은 분명해. 수백 개의 사건들이 하나씩 차례차례 내게 돌진해왔고 결국 나는 무너졌어. 나를 겨눈 수천의 행위들이 모두 '클링조르'라는 똑같은 이름으로 나를 공격해왔던 거야."

감추어진 사실

1

클링조르. 이 이름은 내가 겪은 그 모든 일에 얼마나 책임이 있을까? 이 낱말 하나에 무슨 마법의 저주라도 걸려 있는 것일까? 나는 언제까지나 계속해서, 끝도 없이 영원히, 클링조르를 뒤쫓아야만 하는 것일까? 그렇다면 좋다. 여기 그의 존재에 대한 증거가 있다. 내가 아는 모든 증거.

2

1946년 SS에 대한 뉘른베르크 전범재판이 진행되는 과정에서 '클링조르'라는 이름이 처음 공개적으로 언급되었다. 이 이름을 입에 올린 사람은 SS 산하 '선조의 유산' 프로젝트를 이끌던 볼프람 지버스였다.

   1. 검사측 심문을 받을 때 지버스는, 하인리히 히믈러의 서면 명령에 따라 SS가 '유대계 볼셰비스트들'의 두개골들을 자신에게 보내며 유전적 조사를 실시하도록 지시했다고 말했다.
   2. SS가 이 두개골들을 어떻게 구했는지 알고 있느냐는 검사의 질문에, 지버스는 이 두개골이 동부전선에서 붙잡힌 포로들의 것이며, 그 포

로들은 이 실험을 위해 살해된 것으로 들었다고 대답했다.

3. 재판관이 좀 더 자세히 말하라고 다그치자, 지버스는 골상학과 옛 인종들의 신체발달에 대해서 말하기 시작했다. 그는 전설적인 고대 민족인 톨테케족과 아틸란티스족을 들먹이고, 아리안족의 우수성에 대해 떠들어댔으며, 아르가타나 샴발라 같은 신화적 지명들도 언급했다. 그러고 나서 그는 자신의 임무가 발생학적 연구를 통해 셈족의 생물학적 열등성을 입증하는 것이라고 말했다.

4. 실험 비용을 어떻게 마련했느냐는 질문에 지버스는 SS가 그에게 제국학술연구위원회의 지원을 받도록 해주었다고 대답했다. 제국학술연구위원회는 독일군 총사령관 헤르만 괴링이 이끄는 단체였다.

5. 마지막으로 지버스는 모든 특별프로젝트가 '클링조르'라는 이름으로 불린 총통의 학술고문으로부터 승인을 받아야 했다고 덧붙였다. 나중에 그는 자신의 이 마지막 언급을 전면 부인했다.

3

그렇다면 이 지버스란 사람은 누구인가? 좋은 질문이다. 그는 '선조의 유산' 프로젝트에 참여한 수많은 사람들 중 한 명에 불과하다. 그런데 그가 툴레회의 비밀회원이었다는 사실을 지적할 필요가 있다. 툴레회는 알프레드 로젠베르크나 하인리히 히믈러 같은 인물들은 물론 아돌프 히틀러 자신도 회원이었던 단체다.

그렇다면 툴레회는 도대체 무슨 단체인가? 옛 기록에 보면 툴레는 북대서양 어딘가에 있다가 바다 속으로 가라앉아버린 섬이라고 한다. 이 섬에는 초인超人들로 이루어진 민족이 살고 있었는데 이들이 바로 게르만족의 선조란 것이다. 툴레회는 하인히리 폰 제보텐도르프 백작에 의해 독일기사단의 일파로 설립되었다. 강경 국수주의적 색채를 띤 이 비밀결사단체의 회원들은 19세기 초에는 나폴레옹에 맞서 용감하게 싸웠고 20세기에도 활발한 활동을 펼쳤던 것으로 알려져 있다. 폰 제보텐도르프 백작은 원래 루돌프 글라우어라는 이름의 독일 탐험가였다. 글라우어는 1901년부터 터키에 거주했는데, 관대한 터키의 법률 덕택에 진짜 제보텐도르프 백작의 양자가 될 수 있었다.

독일과 아리안족의 진정한 기원을 찾고자 염원했던 이 비밀결사단체는 하인리히와 내가 살고 있던 뮌헨에 본부를 두고 있었다. 이 단체에는 사십 명의 정회원이 있었는데, 오직 이 정회원들만이 중요한 결정에 참여할 수 있었다. 20세기 초반에 들어와 눈에 띄는 인물로는 디트리히 에크하르트와 클라우스 하우스호퍼를 꼽을 수 있다. 툴레회에서 마법이나 악마의식 따위가 행해졌다는 말도 있지만, 이 단체가 무엇보다도 전력을 다해 추구했던 것은 기독교화 이전에 게르만 민족이 지녔던 정신적 뿌리에 대한 연구와 숭배였다.

1918년 말, 전쟁 직후 독일이 역사상 가장 힘든 시기를 보내고 있을 무렵 툴레회는 두 남자에게 막대한 양의 돈을 맡겼다. 한 남자는 철도 회사에서 일했던 퇴역 철물공 안톤 드렉슬러였고, 다른 남자는 그때까지 스포츠저널리스트로 일해오던 카를 하러였다. 두 사람에게는 제국의 재건을 위해 싸울 새로운 당을 결성하는 과제가 주어졌다. 그리고 얼마 뒤인 1919년 1월 15일, 사회주의적 요소에 강력한 국수주의를 혼합시킨 독일노동자당(DAP)이 공식 출범했다. 설립자들의 원칙에 따르면 당은 오직 독일인에 의해 운영되는 계급 없는 조직이어야 했다.

히틀러는 얼마 안 되는 뮌헨 시절의 친구 중 한 사람인 디트리히 에크하르트의 권유로 맥줏집 슈테르네커브로이에서 열린 독일 노동자당의 첫 번째 공식 모임에 참가했다. 당시 독일 노동자당의 당원은 툴레회와 마찬가지로 사십여 명에 불과했다. 그러나 히틀러가 당에 가입할 무렵에는 벌써 150명으로 늘어나 있었다.

입센의 희곡 「페르귄트」를 독일어로 번역하기도 했던 에크하르트는 최초의 나치 작가가 되었다. 에크하르트는 작품에서 민족을 구원할 구세주의 왕림을 선포했고(이 구세주가 나중에 히틀러와 동일시되었음은 물론이다), 나치의 대표적인 선전구호인 '독일이여 깨어나라'라는 문장을 만들었다. 히틀러와 마찬가지로 오스트리아 출신이면서 툴레회 회원이었던 귀도 폰 리스트는 정화淨化의 상징인 하켄크로이츠를 고안했다. 갈고리 모양으로 꺾인 이 십자문양은 나치의 공식 휘장으로 사용되었다.

1920년 2월 24일부터 독일노동자당은 국가사회주의독일노동자당(NSDAP, 나치)으로 명칭을 바꾸고 다수의 실업자들을 당원으로 받아들였다. 히틀러는 1921년 7월에 이 당의 당수직에 올랐다. 같은 달 29일에는 이른바 '민족의 감시자'들이 히틀러를 처음으로 '총통'이라고 부르기 시작했다.

이 시기에는 앞으로 독일제국에서 중요한 역할을 담당하게 될 주요 인물들이 속속 당에 입당했다. 그중에는 나치의 공식 철학자로 활동하게 될 알프레드 로젠베르크, 히틀러의 절친한 친구였던 막스 폰 쇼이브너-리히터, 툴레회의 지정학 전문가 카를 하우스호퍼의 애제자였던 뮌헨 대학의 정치학과 학생인 루돌프 헤스, 나중에 나치 돌격대를 창단한 에른스트 룀 등이 있었다. 다음 해인 1922년에 히틀러는 최후까지 그와 함께한 두 인물 헤르만 괴링과 요제프 괴벨스 박사를 만났다. 후일 리히트호펜 전투기편대의 사령관이 된 괴링은 뛰어난 전공으로 최고의 무공훈장인 푸르르메리트 훈장을 받았다.

1923년에 에크하르트는 최초의 나치 순교자가 되었다. 당시 뮌헨에서는 유대인 정치가 쿠르트 아이스너와 공산주의자들이 소련을 모방한 인민공화국을 건설하려고 했다. 그 결과 바이에른 주 전체가 공포와 폭력의 물결에 휩싸였다. 에크하르트는 민병대를 이끌며 공산주의자들에 맞서 도시를 다시 통제하려고 노력했다. 이 과정에서 에크하르트는 자신의 추종자 한 사람에게 아이스너를 총으로 쏴 살해하도록 지시했다. 그러나 에크하르트 역시 승리의 기쁨을 느긋하게 만끽할 수는 없었다. 같은 해 12월 에크하르트는 경찰과 대치하는 과정에서 얻은 독가스 중독으로 사망했다. 그는 죽기 직전에 이런 말을 남겼다. "모두 히틀러를 따르도록! 그는 앞에서 춤을 추겠지. 내가 작곡한 춤곡에 맞춰. 내 죽음을 슬퍼할 필요는 없어. 나는 어떤 독일인보다도 더 위대한 영향을 역사에 끼칠 테니까."

4

권좌에 오른 히틀러는 히믈러에게 SS 내부에도 비밀연구소를 설립하도록 명령했다. 여기서는 로젠베르크의 요구에 따른 인종과 유전자형 연구, 하우스호퍼의 인종지정학, 회르비거와 베셀의 '대빙하설' 등 세 가지 분야의 연구가 주로 이루어졌다.

생물학자, 생리학자, 역사가, 사회학자, 심리학자, 물리학자 등으로 구성된 SS 산하의 이 연구소는 '선조의 유산'이라는 이름으로 불렸으며 SS 사령관의 직속기구로 편성됐다. 이 연구소에서는 전쟁 기간 중 수백 건이 넘는 실험이 행해졌다. 그중에는 인체실험도 적지 않았다. 증언에 따르면 대부분의 인체실험들은 실패했다고 한다.

'선조의 유산'에 대한 재정지원은 제국학술연구위원회에서 나왔다. 제국학술연구위원회는 여러 해 동안 물리학자 요하네스 슈타르크에 의해 좌우되었는데, 그가 실권한 뒤에는 교육부장관 베른하르트 루스트와 총사령관 헤르만 괴링이 차례로 책임을 맡았다. 학술연구위원회와 '선조의 유산'은 전쟁 기간 내내 갈등을 빚었다. 슈타르크가 비록 나치에 동조하긴 했지만 노벨상까지 수상한 일급 물리학자였다. 그의 눈으로 볼 때 '선조의 유산' 프로젝트는 단지 그 수준 때문만이 아니라 존재 자체를 받아들이기가 힘들었다. 슈타르크가 제국학술연구위원회에서 물러난 것도 실은 SS 기구에 대한 지원금 배분문제에서 불거진 그의 '센스 부족' 때문이었다.

　루스트와 괴링이 학술연구위원회의 책임자를 맡고 난 뒤에도 갈등은 끊이지 않았다. 결국 두 기관 사이의 이러한 갈등은 전쟁이 다 끝나갈 무렵이 되어서야 해소되었다. SS 사령관 히틀러가 괴링의 동의를 얻어 저명한 과학자 한 사람을 제국학술연구위원회의 최고위원으로 임명했다. 그는 두 사람의 서면 동의에 따라 위원회에 제출된 모든 프로젝트에 대해 지원 여부를 결정하는 막강한 권한을 쥐게 되었다. 이 인물은 학문적으로나 이념적으로나 이러한 결정에 불가침적인 권위를 행사할 만한 위상을 갖추고 있어야 했다. 여러 차례의 토의 끝에 히틀러는 이 특권을 부여하기에 적합한 인물을 찾아냈다. 두 사람은 그가 주어진 임무를 마찰 없이 수행할 수 있도록 그의 이름을 철저히 비밀에 부쳤다. 하지만 그가 지닌 막강한 권력과 영향력 때문에 점차 그의 존재를 눈치 채게 된 사람들은 베일에 싸인 이 인물을 '클링조르'라는 별명으로 부르기 시작했다.

대화 Ⅳ:
진실의 죽음에 대하여

1989년 11월 8일, 라이프치히

물리학자, 오직 우주의 비밀을 밝혀내는 데만 관심을 가진 흠잡을 데 없는 완벽한 사람, 현실과 동떨어진 채 오직 순수한 이론의 영역에서 활동하지만 그와 동시에 수백만의 인명을 살상하는 데에도 기여하는 존재. 클링조르의 이미지에는 이렇게 서로 화합할 수 없는 역설이 담겨 있다. 그는 마치 비정상이나 유전적인 결함 또는 미처 예상치 못한 돌연변이처럼 보인다.

내게는 과학과 범죄의 이런 결합이 지극히 당연하고 자연스러운 것으로 느껴진다. 개념적으로 볼 때 과학은 윤리나 도덕의 한계를 알지 못한다. 과학은 단지 세계를 탐구하고 변화시키도록 허락하는 기호체계에 불과하다. 물리학자에게, 그리고 수학자와 생물학자와 경제학자에게, 인간의 죽음은 이 세상에서 매일매일 벌어지는 수천 수만의 현상들 중 하나일 뿐이다.

"클링조르."

나는 경외심과 역겨움이 뒤섞인 감정으로 그 이름을 뱉었다.

"바로 그자 때문에 나는 지금 이곳에 있게 된 거요, 의사선생. 당신은 그 이름의 배후에 있는 인물로 하이젠베르크보다 더 적합한 사람을 생각해낼 수 있겠소? 그는 툴레회와 나치당의 본거지인 뮌헨에서 태어나고 자란 사람이오. 처음에는 나치와 적대관계에 있었지만, 슈타르크가 그에게 보였던 강력한 증오 덕택에 그는 결국 히믈러와 괴링의 총애를 받게 되었지. 두 사람은 앞서 말한 것처럼 그에게 수많은 특권을 제공했어. 나중에는 원자탄 프로젝트의 책임자로 삼았지. 이 모든 게 너무나 잘 맞아떨어진단 말이오, 의사선생."

울리히는 내게 성심껏 대하려고 애썼다. 그렇지만 나는 그의 얼굴에서 일그러진 비웃음을 엿볼 수 있었다. 정신과 의사들은 모두 다 똑같은 결함을 지닌다. 누군가 '음모'라는 말을 입 밖에 내기만 하면 그들은 오로지 편집병이라는 아무짝에도 쓸모없는 학술용어밖에 떠올릴 줄 모른다.

"내가 지금 여기에 있는 건 모두 클링조르 때문이오."

나는 거듭해서 클링조르를 비난했다.

"그가 도대체 무슨 짓을 한 거죠?"

울리히가 내 말을 받아주는 척하며 물었다.

"그건 아주 뼈아픈 이야기요, 의사선생. 너무나 끔찍한 혼란이 빚어낸 이야기지."

몸을 조금 일으키려고 했지만 목을 똑바로 세울 수 없었다.

"말씀해보세요."

"나는 결혼을 했소. 마리안네라는 아주 멋진 여자와. 그녀를 알게 된 건 하인리히를 통해서였어. 그리고 하인리히는 아내의 친구와 결혼을 했지. 나탈리아. 그런데 모든 게 그리 간단하지가 않았어, 의사선생. 원래 가족사라는 게 늘 복잡하기 마련 아니오, 안 그렇소?"

혀가 제대로 움직이지 않았다. 나는 이제 몇 개밖에 남지 않은 썩은 이를 힘겹게 쓰다듬으며 천천히 내가 의도했던 목적지를 향해 움직였다. 목소리가 제멋대로 흐느끼듯 튀어나왔다. 마치 나를 배반하려는 것처럼, 마치 천벌을 내리려는 것처럼.

"클링조르가 그녀를 내게서 빼앗아갔소."

"교수님의 부인을요?"

"아니, 나의 나탈리아를."

배신

1

먼저 제일 중요한 말부터 해야겠다. 독자들에겐 어떨지 모르겠지만 나에게 이것은 유일하게 신성한 의미를 갖는다. '나는 그녀를 사랑했다.' 그 어떤 것보다도 더 사랑했다. 나 자신보다도 더. 또한 내 조국보다도 더. 신보다도, 학문보다도, 진실보다도 더. 그러므로 내 친구보다 더 사랑한 것은 물론이다.

그녀와 함께 있을 수만 있다면 나는 무슨 짓이든 할 수 있었다. 무슨 짓이라도. 나는 이런 사랑을 후회하지 않는다. 이것은 내 삶에서 후회할 필요가 없는 유일한 것이다.

2

"무슨 일이야?"

하이젠베르크와 만나기 위해 카이저빌헬름 연구소로 막 출발하려고 하는데 마리안네가 이렇게 물었다. 마리안네는 이미 오래전부터 몸과 마음의 상태가 예전 같지 않았다. 나와 나탈리아의 관계를 눈치 챈 것 같지는 않았다. 하지만 하인리히가 집으로 돌아온 후 그녀는 죄책감에 시달리고 있었다. 그녀의 얼굴은 눈에 띄게 노래졌고, 몸무게도 10킬로

그램 이상 빠진 것 같았다. 두 눈이 움푹 파인 게 항상 피곤해 보였고 또 실제로도 그랬다.

"무슨 일이냐니?"

그녀와 이러쿵저러쿵 말하고 싶은 생각조차 없었다. 얼른 커피를 한 모금 마시고 일어서는데 그녀가 다시 물었다.

"왜 그렇게 회의가 많은 거야?"

그녀는 비난하듯 잠시 말을 멈추었다.

"그리고 하인리히는……."

결국 그거였군. 사실 그녀는 우리의 회의 따위엔 아무런 관심도 없다. 그녀가 궁금한 것은 우리 애인의 남편이 왜 그렇게 나와 붙어다니는지, 그것도 호의와 감사의 표정까지 지어가며 왜 그러는 것인지 궁금할 뿐이다. 그는 자기 아내와 우리들이 지난 몇 달 동안 우리 집에서 가졌던 은밀한 만남에 대해 전혀 아는 게 없는 듯했다. 나는 그녀를 비난할 자격이 하나도 없는 사람이었는데도 그녀의 이런 행동을 경멸했다. 정말 구제불능인 죄인은 다른 사람의 약점이나 죄를 좀처럼 참지 못한다.

"당신은 모르는 게 좋아."

나는 일부러 이렇게 애매하게 대답해 그녀를 더욱 괴롭혔다.

"걱정이 돼서 그래."

"당신만 그런 게 아니야, 마리안네. 우린 지금 전쟁 중이야. 하루에도 두세 번씩 공습경보가 울리고 있어. 아직 살아 있는 것만도 다행이지."

"내가 무슨 말을 하는지 잘 알잖아. 내가 걱정하는 건 당신이야, 그리고 하인리히도."

나는 참을성을 잃어버렸다. 그녀는 지금 무슨 생각을 하는 거지? 내가 하인리히와 다시 친해졌다고 그에게 모든 걸 다 털어놓을까 봐 그러는 건가? 그가 사랑하는 모든 사람들이 사실은 작당하여 그를 배반했다고?

"걱정하지 마. 하인리히와는 단지 일 때문에 만나는 거야."

"일 때문이라고?"

이건 물론 적절한 표현은 아니었지만 내겐 달리 떠오르는 말이 없었다.

"그래, 정중하지만 서로 믿지는 못하는 관계. 우린 항상 다른 사람들과 같이 만나고 일에 대해서만 말해. 단둘이서는 한 번도 만난 적이 없어."

"어떤 일인데, 구스타프?"

"당신과는 아무런 상관도 없는 일이야, 마리안네. 다 당신을 위해서 그러는 거야. 이건 정말 당신이 알 필요가 없는 일이야."

3

어떻게 하면 나탈리아를 다시 만날 수 있을지 방법을 찾기가 어려웠다. 올브리히트 장군의 참모로 배속된 하이니는 베를린의 집으로 다시 돌아와 있었다. 그는 바쁜 와중에도 남는 시간은 항상 아내와 함께 지냈다. 고통스러울 정도로 멀고 낯설어진 자기 아내와. 나탈리아는 남편에게 잘 대해주었다. 그녀는 여전히 헌신적인 군인의 아내였다. 오디세우스가 전쟁터에서 돌아오기만을 기다린 페넬로페였다.

"당신을 꼭 만나야겠어. 오늘 당장!"

나는 체면이나 조심성 따위는 안중에도 없는 듯 나탈리아에게 말했다.

"하지만 구스타프……."

나탈리아는 거절하려 했지만 결국 대개 나의 요구를 받아주었다. 나는 가장 의외의 시간을 택해서 직장을 빠져나와(이것은 내 직업이 갖는 얼마 안 되는 장점 중 하나였다) 은밀한 만남을 갖기 위해 그녀의 집으로 달려갔다. 위험 따위는 아무래도 좋았다. 심지어 은연중에 모든 걸 드러내고 싶어 해 그녀의 따가운 질책을 듣기도 했다.

우리는 단 몇 분 동안의 희열을 위해서 여러 날, 여러 시간을 공포와 고통에 쫓기며 살았다. 나는 날이 갈수록 점점 더 그녀를 원했다. 그녀의 향긋한 살내음과 달콤한 침과 열정적인 애무가 더욱더 그리웠다. 그에 비해 아내는 잃어버린 낙원에 대한 고통스러운 기억에 불과했다.

"언제 다시 예전처럼 우리 셋이 함께 만날 수 있을까?"

오랜만에 터놓고 이런저런 얘기를 나누던 끝에 마리안네가 조심스럽게 물었다. 그러고는 내 가슴에 얼굴을 묻고 한참을 울었다(나는 그녀를 어떻게 떼어놓아야 할지 몰라 꽤나 당혹스러웠다). 눈물을 그친 그녀는 내게 용서를 빌었다.

"내가 당신에게 용서하고 말고 할 게 뭐가 있어. 나도 당신과 마찬가지로 죄인이야."

이건 기본적으로 옳은 말이었지만 듣기에 따라선 내가 그녀보다 우월한 위치에 있는 것으로 들릴 수도 있었다.

"어쩌면 아무 일도 없었던 것처럼 행동하는 게 더 나을지도 모르겠어. 그 모든 게 잘못된 상상일 뿐이라고. 실제로는 결코 일어나지 않은 나쁜 꿈이었다고. 당신도 그렇게 생각하지 않아, 구스타프?"

나는 대답하지 않았다.

"그래, 벌써 어느 정도 원상 복귀가 된 건지도 몰라. 나탈리아와 하인리히 그리고 당신과 나."

우리 두 사람은 이것이 얼마나 잔인한 거짓말인지 잘 알고 있었다. 그런데도 우리는 위선적인 독재에 굴복하기로 작심한 듯 이런 환상을 깨뜨리지 않으려고 안간힘을 썼다.

"그래……, 맞아."

나는 거짓말을 했다. 두 번씩이나.

"이게 최선이야."

4

"그들이 알게 되면 어떡하지?"

나탈리아는 이렇게 말하는 것만으로도 벌써 벌벌 떨고 있었다.

"그들이라니?"

나는 짐짓 모른 체하며 되물었다.

"두 사람 중 한 사람이라도 알게 되면……."

그녀는 이렇게 말하면서 내 목덜미에 키스했다. 나는 그 얘기가 나오는 게 죽기보다 싫었지만 우리에겐 달리 할 말도 없었다.

"마리안네는 알아봤자 그다지 문제될 게 없어."

나는 무뚝뚝하게 말했다.

"왜?"

"그녀는 이 이야기를 다른 사람들에게 떠들어댈 용기가 없어. 최악의 상황이 되더라도 마리안네의 입을 막는 건 별로 어려운 일이 아냐. 그녀를 다시 우리에게 불러들이는 걸로도 충분할 테니까."

"당신은 정말 잔인해!"

나탈리아는 화를 내며 몸을 돌렸다.

"내가?…… 진짜 문제는 하인리히야. 그건 당신도 잘 알잖아."

"그래, 아주 잘 알아. 그렇기 때문에 하이니는 절대로 이 사실을 알아선 안 돼, 구스타프. 절대로!"

나탈리아의 말은 백 번 옳았지만 내 역할에 명확한 한계가 그어져 있다는 걸 받아들이는 게 무척 고통스러웠다. 물론 나도 하이니가 우리의 관계를 알게 되는 걸 결코 원하지 않았다. 하지만 나탈리아를 나 혼자서 차지할 수 없다는 게 너무도 화가 났다. 처음에는 마리안네와 나누어야 했고 이제는 다시 그녀의 남편과 나누고 있었다. 더 이상은 참기가 힘들었다.

"나를 사랑해?"

이 말 속에 담긴 강요와 나약함을 잘 알고 있으면서도 나는 그녀를 만날 때마다 이렇게 묻곤 했다.

"그렇지 않다면 왜 이렇게 함께 있겠어."

나탈리아가 쌀쌀맞게 대답했다.

"이제 그만 가는 게 좋겠어."

5

1944년, 몇 달이 금세 지나갔다. 이젠 우리가 전쟁에서 질 거라는 게 분명해졌다. 더 정확히 말하면, 내가 참여하고 있는 모든 전쟁이(폭탄의 제조, 나탈리아와의 관계, 모반계획 등등) 피할 수 없는 파멸을 향해 치닫고 있었다.

"두 사람은 만날 모여서 뭘 하는 거야? 하이니와 당신 말이야."

이제는 나탈리아도 마리안네처럼 내게 그걸 물어왔다.

"토론회에 참여하고 있어."

그녀에게 거짓말을 하는 건 정말 가슴 아픈 일이었다.

"우리는 여러 가지 주제를 놓고 토론을 해. 매일 밤 참가자들 중에서 한 사람이 주제를 제시하면 나머지 사람들은 그 주제에 관해 논평이나 비판을 하지."

나는 되는대로 말을 지어냈다.

"솔직하게 말해줘, 구스타프. 제발 부탁이야."

나탈리아가 지친 표정으로 간청했다.

"말한 그대로야. 우린 그저 이런저런 이야기를 나누는 것뿐이야."

"이런저런 어떤 것? 예를 들어 히틀러를 죽이는 것?"

나탈리아의 냉소적인 반문에 나는 찬물을 뒤집어쓴 것처럼 정신이

번쩍 들었다.

"하인리히가 그렇게 말했어? 정말 제정신이 아니군!"

내가 흥분해서 소리쳤다.

"그런 어리석은 소린 다시 하지 마, 나탈리아."

"그는 아무 말도 안 했어, 구스타프."

"그럼 더 나빠."

나탈리아가 울기 시작했다. 내가 힘껏 안아주었지만 그녀는 좀처럼 울음을 그치지 않았다. 비록 말은 하지 않았지만 그녀는 자신이 너무나 사랑하는 두 남자가 크나큰 위험에 처해 있다는 것을 짐작하고 있었다. 그것은 구체적이고 직접적인 위험이었다. 전쟁터에 있거나 공습을 당했을 때보다도 더 큰 위험이었다.

"미안해, 나탈리아. 당신에게 화낼 생각은 없었어."

"괜찮아. 정말이야. 난 당신들이 자랑스럽기까지 한걸. 난 그저……."

그녀는 눈물을 닦으며 이렇게 말했지만 결국 말을 다 끝맺지 못하고 다시 눈물을 터뜨렸다.

"당신 마음은 잘 알아."

이건 사실이 아니었다.

"미안해, 구스타프."

그녀는 잠시 말을 멈추었다가 다시 덧붙였다.

"그럼 그 일은 언제 실행할 거야?"

"그 이야긴 더 이상 하지 않는 게 좋겠어. 제발, 부탁이야."

"난 그냥 시간이 얼마나 남았는지 알고 싶어."

그녀는 자신의 실수를 깨달은 듯 다시 말을 멈추었다.

"미안해, 구스타프. 당신 말대로 모르는 게 더 낫겠어."

6

두려움이나 불신 때문이었을까? 아니면 어느 순간 사이가 멀어져 관심이 없어졌는지도 모르겠다. 아무튼 나는 1944년 3월쯤부터 점차 모반자들의 모임에서 이탈하기 시작했다. 어떤 갈등이나 의견대립이 있었던 것은 아니다. 그저 처음부터 불가능한 줄 아는 어떤 일에 대해서 가졌던 뜨거운 애정이나 열정이 한순간에 갑자기 식어버리듯 그렇게 소원해졌다.

그렇다고 내가 거사를 준비하는 일에서 완전히 빠졌다는 말은 아니다. 나는 이미 참여하기로 약속을 했다. 비록 끝없이 계속되는 저녁시간의 모임과 토론을 회피하기는 했어도 약속을 어길 마음은 없었다. 히틀러에 대항해야 하는 도덕적 타당성과 시민으로서의 의무에 대한 끝없는 연설을 들어야 하고, 폭탄의 사용법이나 발퀴레 작전과 같이 내가 하등 도움을 줄 수 없는 문제에 대한 열띤 토론에 참가하는 대신, 나는 잠깐만이라도 나탈리아의 품속으로 돌아가고 싶었을 뿐이다.

"미안하지만 오늘은 모임에 갈 수 없을 거 같아, 하인리히. 일이 좀 밀렸는데, 제때에 끝내서 제출하지 않으면 그동안 뭐 했냐는 소릴 듣게 될 거 같아."

"알았어, 걱정 마. 결정사항이 있으면 내가 전해줄게."

"고마워, 하인리히. 그럼 다음 주에 봐."

그가 나 때문에 자기 친구들에게 사과하는 동안 나는 그의 침대 속으로 기어들었다. 이런 비열한 배신은 내게 더 없이 훌륭한 알리바이까지 제공했다. 마리안네에게는 하인리히와 만난다고 말하면 되었고, 내 친구는 적어도 한두 시간 동안은 집에 없을 게 확실했다. 완벽한 기회였다. 제아무리 양심이 끈질기게 비난을 해대도 그런 기회는 절대로 놓칠수 없었다. 고마운 슈타우펜베르크, 고마운 올브리히트, 고마운 트레슈코브. 내가 사랑하는 여인과 함께 달콤한 시간을 보낼 수 있게 해준 고마운 사람들.

7

"왜 할 수 없다는 거지?"

하인리히는 좀처럼 물러서지 않았다.

"하이젠베르크는 비겁한 사람이야. 절대로 우리 일에 관여하지 않을 거야. 자기를 가만히 좀 내버려두라고 할 게 뻔해."

"구스타프, 넌 그를 너무 나쁘게만 생각하는 것 같아. 난 그가 합리적인 사람이란 소리를 많이 들었어. 내가 아는 한 그는 나치와 문제가 많다고."

"예전엔 그랬지. 그런데 그건 오래전 일이야. 요하네스 슈타르크와 그 정신 나간 '독일 물리학' 패거리들이나 나치의 열성당원들이 몇 년 전에 그를 공격했던 건 사실이지. 하지만 지금은 상황이 달라졌어. 하이젠베르크는 오랜 심사를 거쳐 완전히 복권됐어. 그렇지 않다면 저들이 그에게 카이저빌헬름 연구소나 베를린 대학의 물리학과를 맡기겠어? 요즘 신문을 한 번 잘 들여다봐. 그의 강연소식이 끊임없이 실리고 있다고. 게다가 독일 문화를 전파하는 특별대사로 임명되어 덴마크, 헝가리, 네덜란드 같은 이웃나라들을 쉴 새 없이 들락거리고 있어."

이 독일의 천재가 외국의 학자들과 찍은 사진들이 주마등처럼 떠올랐다. 코펜하겐에서 뮐러와 함께 있는 사진은 보어의 연구소를 넘겨받은 뒤에 찍은 것이고, 네덜란드 레이덴에서 크라머스와 함께 있는 사진은 나치가 유대인 강제추방에 항의하는 수백 명의 학생들을 체포하고 대학에 폐교령을 내렸을 때 찍은 것이었다.

"절대로 아냐, 하이니. 난 결코 그 사람이 우리와 함께하리라고 생각할 수 없어."

"베크 장군이 수요모임에서 그를 자주 만난대. 장군은 그가 '침팬스키'에 대해 강한 어조로 비판하는 것을 들었다고 했어."

나는 어깨를 한 번 으쓱하면서 믿지 못하겠다는 제스처를 취했다.

"그러니 적어도 노력은 한번 해봐. 넌 그와 함께 일하잖아."

"그래. 알았어. 그렇게 해볼게."

내키진 않았지만 나는 그렇게 하기로 약속했다.

8

"마리안네가 오늘 아침에 전화를 했어."

나탈리아가 말했다.

"무슨 일로?"

아내가 마치 무슨 나쁜 짓이라도 한 것처럼 나는 못마땅한 표정을 지었다.

"나보고 한번 와달래."

"이젠 마리안네도 당신을 몰래 만나고 싶은 모양이군."

나는 침을 뱉듯이 거칠게 말했다. 나탈리아가 침대에서 일어나 옷을 입기 시작했다.

"마리안네는 나더러 오늘 오후에 자기 집으로 찾아와달라고 했어. 자기도 당신이 직장에서 몇 시간 정도 짬을 낼 수 있는지 알아보겠대. 그녀는 우리 셋이 다시 함께 모이길 바라고 있어. 이별을 위해서래. 구스타프, 마리안네는 지금 몹시 힘들어하고 있어. 그녀에겐 우리가 필요해."

"그녀가 필요한 건 당신이야."

마리안네가 나 몰래 그런 짓을 하다니 화가 나서 참을 수가 없었다. 그녀는 내게도 말할 생각이었을까? 아니면 내가 시간을 낼 수 없었다고 나탈리아에게 둘러대고 단둘이서만 만날 작정이었을까?

"당신은 뭐라고 대답했어?"

"잘 모르겠다고 했어. 하이니가 가끔 낮에 불쑥 집으로 돌아오곤 하기 때문에 집을 비우기가 힘들다고."

"그러니까 뭐래? 그냥 알았대?"

"기분이 좋지 않은 것 같았어."

나탈리아는 몹시 상심하고 있었다. 그녀의 연약한 의지로는 이 모든 위험과 부담을 더 이상 견뎌내기 힘들어 보였다.

"그녀는 내 친구야, 구스타프. 나도 그녀가 보고 싶어."

"그녀는 당신을 사랑하고 있어."

내가 분노에 차서 말했다.

"나도 알아."

"하지만 당신은 그녀를 사랑하지 않잖아."

"그래, 똑같은 방식으로는 아냐."

"그건 당신이 나를 사랑하기 때문이야, 안 그래?"

9

연합군이 노르망디에 상륙했다는 소식은 오랜 저주가 실현된 듯한 충격을 주었다. 그것은 종말의 시작이었다. 그로부터 몇 주일도 채 지나지 않아 우리는 영국군과 미군이 양적으로나 질적으로 우리보다 훨씬 월등하다는 사실을 알게 되었다. 장관이며 장군, 병사, 여자 할 것 없이 모든 사람들은 패전이 바로 눈앞에 닥쳐왔음을 깨달았다. 그렇게 생각하지 않는 사람들은 여전히 히틀러를 맹목적으로 신봉하는 사람들뿐이었다.

"총통께선 독일이 이대로 몰락하도록 내버려두지 않으실 거야. 끝에 가서는 결국 전쟁의 국면을 결정적으로 바꾸어놓을걸."

어떻게?

"비밀병기를 만들고 있대. 도시 하나쯤은 한 방에 날려버릴 수 있는 폭탄이래."

단순한 사람들은 이렇게 말했다. 그런데 그 비밀병기의 개발이 지금 어떤 상태에 있는지 그들이 안다면! 폭탄은 고사하고 원자로도 완성하지 못하고 있다는 걸, 더 이상 아무런 희망도 없다는 걸 그들이 알게 된다면…….

나는 하이젠베르크와 단둘이 조용히 이야기할 기회를 얻기 위해 여러 차례 기회를 보았다. 그는 좀처럼 그런 틈을 보이지 않았다. 우리는 친구 사이가 아니었다(그에게 친구라고 할 만한 사람이 있는지조차 의심스럽지만). 그때까지 우리는 그냥 간단한 인사말이나 건네며 지냈는데, 오히려 그 때문에 전혀 모르는 사이보다 더 접근하기가 어려웠다.

"잠시 이야기를 좀 나눌 수 있을까요?"

"물론이오, 링스. 혹시 내가 도울 일이라도?"

"방해가 안 된다면 단둘이서만 이야기를 나누고 싶은데요."

"그럼 열두 시에 내 연구실에서 봅시다."

그가 의아한 표정을 지었다.

"고맙습니다, 교수님."

나는 열두 시 정각에 그의 연구실로 찾아갔다.

"우리는 함께 아는 친구들이 많습니다, 교수님."

나는 그와 마주앉자마자 곧바로 말을 꺼냈다. 시험관 앞에서 구술고사를 보는 학생 같았다.

"베크 장군, 자우어브루흐 박사, 포피츠 씨……."

내가 이런 이름들을 나열하는 것만으로도 그에게서 어떤 은밀한 동의를 이끌어낼 거라고 믿었다. 하지만 하이젠베르크는 이 메시지의 의미를 제대로 파악하지 못했다. 아니면 그냥 모른 척했거나.

"그래요, 나도 그들을 알고 있소."

그는 그냥 이렇게만 말했다.

"제가 오늘 찾아온 것은 그들과 어느 정도 관계가 있습니다."

"그들이 나를 찾아가라고 부탁하던가요?"

"꼭 그런 건 아닙니다, 교수님."

나는 무슨 말을 꺼내야 할지 몰라 쩔쩔맸다.

"그렇다면?"

"좀 더 직접적으로 말씀드리겠습니다. 교수님께서도 우리들 못지않게 나치를 싫어하시는 걸로 알고 있습니다만."

순간 하이젠베르크의 두 손이 전기 충격을 받은 듯 부르르 떨리기 시작했다. 자신이 신뢰하지 않는 사람과 이런 종류의 이야기를 나눌 마음이 전혀 없는 게 분명했다.

"미안하오, 링스 교수. 하지만 난 지금 당신이 무슨 이야기를 하려는 건지 전혀 모르겠소. 이 대화는 그만 끝내는 게 좋을 것 같소."

"우리는 조국을 위해 무언가를 해야만 합니다."

나는 물러서지 않았다.

"어쩌면 이게 우리의 마지막 기회일지도 모릅니다. 교수님, 우리는 교수님의 도움이 필요합니다."

"도대체 무슨 소리를 하는지 모르겠소, 링스 교수. 당신의 말은 듣지 않은 것으로 하리다. 당신은 유능한 수학자요. 당신 같은 학자와 함께 일하게 되어서 나도 얼마나 기쁜지 모르오. 하지만 난 정치에는 개입할 생각이 없소. 우리는 과학자들이오. 우리의 유일한 관심은 연구와 조국의 학문적 미래뿐이오. 우리가 끝까지 이것을 위해 노력한다면 그 어떤

다른 행동을 하는 것보다 조국을 위해 더 큰 일을 하는 거요. 나는 그럼
이만 실례하겠소. 실험실에 볼 일이 있어서."

그게 전부였다. 그 다음 날 아돌프 라이히바인이 다시 한 번 그를 설
득해보기로 했다. 라이히바인은 수요모임의 일원이었다. 이번에는 좀
더 노골적으로 그에게 그 문제에 대해 말해보았지만 결과는 마찬가지
였다. 하이젠베르크는 정신적으로는 모반을 지지하지만 폭력에는 개입
하지 않겠노라고 말했다. 자신은 과학자이기 때문에.

그러고 나서 며칠 뒤, 이미 앞서 말했듯이, 라이히바인은 게슈타포에
게 체포됐다.

10

"구스타프, 잠깐 얘기할 시간 있어?"

마리안네가 나를 불렀다.

"무슨 일인데?"

"오늘 아침에 나탈리아에게 전화했어."

"그래? 뭐 때문에?"

"우리가 그녀를 보고 싶어 한다고 말했어. 내가 오후에 우리 집으로
찾아오라고 했어. 이제 이별을 해야 할 때가 된 것 같아서. 당신도 오후
에 잠깐 외출허락을 받아서 집에 들러줬으면 좋겠어."

"……."

"구스타프, 당신 생각은 어때?"

"이젠 내 인생까지 당신 마음대로 하려고 드는군. 내 삶을 당신 마음
대로 결정하고, 안 그래?"

"난 당신도 좋아할 줄 알았어."

"그런데 그녀는 뭐래?"

"생각해보겠대. 하인리히가……."

"그래 하인리히!"

내가 소리쳤다.

"당신이 그녀를 위험하게 만들고 있다는 걸 몰라? 그녀를 위험 속으로 몰아넣고 있다고! 이제 나탈리아 곁에는 하이니가 있어. 바로 여기 베를린에 말이야. 두 사람은 매일 밤 같이 자. 그들은 남편과 아내야. 그걸 모르겠어?"

"난 당신이……."

"당신은 정말 지독한 이기주의자야!"

나는 양심도 없이 그녀에게 고래고래 소리를 질렀다.

"그러고도 당신이 나탈리아의 제일 친한 친구라고 할 수 있어? 그녀를 정말 사랑하고 아낀다면 제발 그냥 좀 내버려둬."

"미안해, 구스타프."

다시 그 빌어먹을 눈물이 그녀의 두 뺨을 타고 흘러내렸다.

"난 그럴 생각은 아니었어. 난 그저……."

11

아침에 하인리히가 연구소로 나를 찾아왔다. 이런 일은 아직 한 번도 없었다. 그를 보았을 때, 휴게실에서 나를 기다리고 있는 이 제복 입은 남자의 표정을 보았을 때, 나는 모든 게 끝났음을 직감했다. 그가 모든 것을 알게 된 것이다. 그래서 내 다리를 부러뜨리려고 찾아온 것이다. 혹시 나탈리아가 더 이상 참지 못하고 그에게 모든 것을 고백한 걸까? 햇살을 등지고 서 있는 그의 모습은 흡사 사형수를 기다리는 사형집행인 같았다. 나는 기도를 드리든가 아니면 총이라도 집어들어야 할 판이었다.

"왜 그래, 구스타프? 안색이 아주 창백한데, 무슨 일 있어?"

"아니, 아무것도 아니야. 그런데 여긴 웬일이야?"

목소리가 잘 나오지 않았다.

"잠깐 너와 얘기할 것이 있어. 아주 급한 일이야."

"그래? 좀 조용한 곳으로 가자."

나는 그를 데리고 빈 실험실로 들어섰다. 그곳은 하이젠베르크 팀이 일하는 곳에서 그리 멀지 않았다.

"자, 무슨 일이지?"

"네가 어제 모임에 참석하지 않았기 때문에 말해주려고 왔어. 날짜가 정해졌어."

"언제로?"

"7월 15일."

"그렇게나 빨리?"

"슈타우펜베르크는 그것도 너무 늦대."

"넌 어떻게 할 거야?"

"나는 올브리히트와 함께 볼프스샨체에서 전해오는 소식을 기다릴 거야."

그의 목소리는 늘 되풀이되는 일과를 말하듯 태연했다.

"그곳에서 연락이 오면 우린 발퀴레 작전을 개시할 거야. 너도 단단히 준비하고 있어."

"염려하지 마. 잘 준비하고 있을 테니."

나는 떨리는 목소리로 대답했다.

12

날짜를 알게 되자 나는 형 집행날짜를 통고받은 사형수 같은 느낌이

들었다. 설령 쿠데타가 성공을 거둔다고 해도(물론 나를 포함한 대부분의 모반자들은 그것을 믿지 않았지만 아무도 터놓고 말하지 못했다) 나는 그것이 지금까지의 삶과는 종말을 고하는 일이란 걸 예감하고 있었다. 나탈리아와의 관계도 끝나고 말겠지. 그것은 내가 제일 두려워하는 일이었다. 그녀 곁에 있을 수 있는 날이 겨우 이틀밖에 남지 않았다!

7월 13일과 14일의 만남은 끔찍했다. 나는 나탈리아에게 초조함을 보이지 않으려고 무척이나 애썼지만 그녀는 이미 위험을 감지하고 있었다. 그녀는 아무것도 묻지 않았다. 물어보았자 내가 아무런 대답도 해주지 않으리란 걸 이미 알고 있었기 때문이기도 했다. 그녀도 태연함을 가장한 채 조용히 앉아 있었다. 우린 거의 말을 나누지 않았다. 우리 둘 사이에 세워진 커다란 벽에서 차가운 냉기가 돌았다. 우리는 쾌감이 아니라 막연한 의무감으로 간단히 키스를 나누고 다시 의자에 앉았다. 우리는 열차 객석에 마주 앉아 있는 모르는 사람들처럼 낯설고 고독하게 앉아 있었다. 우리는 그 기차가 곧 탈선하리란 걸 잘 알고 있었다.

13

7월 15일. 아침이 되자 마리안네도 무언가 심각한 일이 벌어지고 있음을 눈치 챘다. 나는 그녀가 내 근심 속으로 들어오지 못하게 하려고 무진 애를 썼다. 질문과 간청을 퍼부어대며 나의 내밀한 두려움 속으로 파고들 것을 생각하면 몸서리가 쳐졌다.

"걱정할 것 없어. 우린 오늘밤에 다시 만날게 될 거야."

"오늘도 그 모임에 갔다 올 거야?"

"응. 기다리지 말고 먼저 자, 마리안네."

집을 나서며 말했다. 나는 오늘 아침 내내 사무실에 있을 것이다. 그러다 연락이 오면 지체 없이 카이저빌헬름 연구소의 시설을 접수해야 한다. 하이젠베르크가 동의하든 말든 상관없이. 히틀러 암살은 낮 열두 시 정각에 실시될 것이다. 모든 게 계획대로 진행된다면 쿠데타는 오후 한 시나 두 시에 시작될 것이다.

그런데 오후 세 시가 지났는데도 아무 일도 일어나지 않았다. 아무런 연락도 오지 않았고, 어떤 징후도 보이지 않았다. 초조했다. 세 시 반쯤 나는 결국 올브리히트 장군 사무실로 전화를 걸었다. 하인리히가 직접 받았다.

"오늘은 안 되겠어. 약속은 다음으로 미뤄야겠어."

그는 실의에 빠진 목소리로 이렇게 말하고 전화를 끊었다. 나는 점점 더 절망적인 기분에 사로잡혔다. 마음을 옥죄는 불확실성보다 더 끔찍한 것은 없다. 나는 더 생각할 것도 없이 곧장 나탈리아에게 달려갔다.

"미쳤어?"

그녀의 첫 마디였다.

"이 시간에 여길 찾아오다니 도대체 무슨 일이야? 하이니가 금방 돌아올 텐데."

"아냐. 내가 방금 그와 전화를 했는데 오늘은 오후 내내 부대에서 나오지 못할 거야."

나탈리아는 석연치 않은 얼굴로 나를 맞아들였다.

"도대체 무슨 일인지 말 좀 해줄래? 뭔가 좋지 않은 일이 생긴 거야?"

"아니, 적어도 아직까진 아니야."

"천만다행이야."

그녀는 이렇게 말하며 소파에 털썩 주저앉았다. 나는 그녀에게 다가가 얼굴에 부드럽게 키스를 하기 시작했다. 이마에, 닫힌 눈썹에, 눈두덩에, 입술에. 갑자기 그녀가 울음을 터뜨렸다. 그녀가 이렇게 가엾고 약해 보이는 건 그때가 처음이었다.

"괜찮아?"

나는 그녀 앞에 무릎을 꿇고 앉았다.

"아니, 괜찮지 않아, 구스타프. 난 아기를 가졌어."

그녀는 아무런 예고도 없이 불쑥 그렇게 말했다. 슬프고 고통스러운 고백이었다. 이럴 땐 보통 아이의 아빠가 누군지 문제가 되겠지만 우리의 경우는 분명했다. 벌써 몇 년 전부터 우린 내가 아이를 낳을 수 없는 걸 알고 있었다. 나탈리아는 내 친구이자 라이벌인 남편의 아이를 뱃속에 가진 것이다.

"언제 알았어?"

"일주일쯤 전."

"그럼 왜 지금에서야 그걸 말하는 거야?"

"미안해."

"미안하다고?"

"그래."

"그럼 당신은 아직도……?"

이렇게 말하던 나는 갑자기 입을 다물었다. 더 이상 스스로를 괴롭히는 건 무의미했다. 상황은 아주 분명했다.

난 그녀가 미웠다. 그녀를 미워하고 또 사랑했다. 나는 하인리히를 아꼈다. 하지만 동시에 조금이라도 틈만 나면 그를 배신했다. 나는 나탈리아와 함께 살고 싶었고, 동시에 나를 죽이고 싶었다. 그 순간에 나는 수천의 다른 행동을 하고, 수천의 다른 결정을 내릴 수도 있었다. 그런데 나는 실망과 자기 연민에 빠진 채 그녀에 대한 사랑과 열정을 과시하려는 생각에 급급해 결국 최악의 선택을 하고 말았다. 나는 상처받은 어린 소녀 같은 나탈리아를 부드럽게 품에 안고서 그녀를 침실로 데려갔다. 그리고 평소처럼 부드럽고 조심스럽게 옷을 벗겨나갔다. 속살이 하나씩 드러날 때마다 키스를 하며 그녀를 나의 사랑으로 감싸려 했다. 그 모든 난관에도 불구하고 내가 여전히 그녀를 사랑하고 있음을 증명하려는 욕망에 사로잡혀.

14

다시 쿠데타 일정이 정해졌다. 7월 20일이었다. 이제 더 이상 연기도 없고, 새로운 기회도 없을 것이다. 카이텔 장군은 마음대로 발퀴레 경보를 발동시킨 올브리히트를 엄하게 문책했다. 또다시 잘못된 경보가 발령된다면 치명적인 의혹을 불러일으켜 거사가 완전히 실패로 돌아갈 수 있기 때문이었다.

7월 18일 밤 나는 트리스탄 가의 슈타우펜베르크 집에서 열린 모반자들의 마지막 모임에 참석했다. 물론 그 마지막 준비과정에서 내가 할 수 있는 일은 거의 없었다. 분위기는 심각하다 못해 절망적일 정도였다. 다만 가끔씩 재치 있는 말이나 농담이 튀어나와 긴장된 분위기를 다소 누그러뜨리는 게 고작이었다.

슈타우펜베르크와 다른 사람들이 거사계획을 하나씩 철저하게 점검해나가는 동안 하인리히는 단둘이 할 이야기가 있다며 나를 옆방으로 데려갔다.

"놀라운 소식이 있어, 구스타프. 난 이제 아버지가 돼."

"축하해, 하이니."

나는 간신히 기쁜 표정을 지으며 힘없이 그의 손을 잡았다.

"넌 이 소식이 기쁘지 않아?"

"물론 기뻐. 다만 너무 뜻밖이라서."

나는 당혹스러운 내색을 하지 않으려고 기를 썼다.

"지금은 그런 걸 말할 때가 아닌 것 같아서, 저쪽 사람들의 표정을 보면 말이야.”

“올브리히트 장군이 나를 내일 파리로 보낸대.”

“그럼 넌 내일 이곳에 없는 거야……?”

“아마 그럴 거야.”

하이니는 카랑카랑한 목소리로 말했다.

“그는 내게 그곳에서 슈튈프나겔 장군과 접촉하라고 했어.”

“유감이야.”

“아니. 차라리 잘됐어.”

하인리히가 떠난다. 나탈리아는 다시 혼자가 되고, 그녀는 다시 나를 필요로 할 것이다. 그의 말은 나에게 희망의 불씨를 되살려주었다.

“난 너희들을 보았어.”

처음에 나는 그가 무슨 말을 하는지 이해하지 못했다. 그 말은 그의 가슴 깊은 곳 어디에선가 그의 의지와 상관없이 그냥 저 혼자 저절로 흘러나오는 듯했다. 나와는 아무런 상관도 없는 말처럼 들렸다.

“무슨 얘기야?”

“난 너희들을 보았어, 구스타프. 너와 나탈리아. 첫 번째 암살계획이 실패로 돌아갔던 날 오후에.”

“난, 난 네가 무슨 말을 하는지 모르겠어. 정말 뭔가 오해가 있는 것 같아.”

나는 심하게 몸을 떨고 있었다.

“나는 이미 오래전부터 의심하고 있었어.”

하이니는 내 말을 듣지 못한 듯 혼자서 말을 계속했다.

“그러다가 마리안네의 전화를 받았어. 결국 사실 여부를 확인하는 수밖에 도리가 없었어.”

“마리안네가?”

입에서 나도 모르게 큰 소리가 터져나왔다.

"그녀는 널 걱정하더군. 네 행동이 뭔가 불안하다는 거야. 그래서 연구소로 전화를 걸었는데 그곳에도 네가 없더라고 했어. 난 결정적인 순간이 왔다고 생각했어, 구스타프. 서둘러 집으로 가면서 네가 내 집에 있으리라는 확신이 들었어. 그리고 내 생각은 틀리지 않았지."

"그, 그건 오해야, 하인리히."

나는 시간을 좀 벌어보려고 노력했다.

"이제 그런 건 중요하지 않아, 구스타프."

하인리히의 이 말이 나의 가슴을 몹시 아프게 찔렀다.

"다른 때 같았으면 난 네 목을 분질러버렸을 거야, 친구. 하지만 지금은 아니야. 그 대신 부탁이 하나 있어. 만약 내가 죽고 네가 어떤 이유로든 살아남는다면, 그러면 그들을 돌봐줘. 그녀와 내 아이를. 그렇게 해주겠다고 약속해?"

"하이니, 대체 무슨 말을 하는 거야?"

"내게 맹세할 수 있지?"

그건 부탁이 아니라 명령이었다.

"그래, 맹세할게."

그는 내게 악수를 청하지도 눈길을 주지도 않은 채 방을 나갔다. 다음날 그는 파리 행 열차에 올랐다.

15

그 불행했던 7월 20일의 이야기를 다시 반복하고 싶은 생각은 없다. 다만 내 이야기를 조금만 더 덧붙이겠다. 나는 첫 번째 날과 마찬가지로 연구소에 정상적으로 출근했고, 연락이 오기만을 기다렸다. 이날도 전과 마찬가지로 길고 긴 기다림의 연속이었다. 또 아무런 일도 일어나지 않을 것 같았다. 다시 연기되는 건가? 아니면 무슨 착오가 생겼나? 도무지 알 수가 없었다. 나는 벤틀러 가에 있는 올브리히트 장군 사무실로 전화를 걸었다. 잘 모르는 장교가 전화를 받더니 히틀러가 피격을 당해 사망했다고 말했다. 나는 이제 어떻게 해야 하나? 하이젠베르크는 지금 바이에른에 있는 가족에게로 갔기 때문에 여기에 있지 않았다.

나는 혼란과 두려움에 사로잡힌 나머지 연구소를 반란군의 이름으로 접수하는 대신 나탈리아에게로 달려갔다. 나는 그녀와 얘기를 나누어야만 했다. 오직 그것만이 내 삶에서 가장 중요하고 긴급한 일이었다. 그밖의 것은, 이미 말했듯이, 내게 아무런 소용도 없었다. 히틀러도, 조국도, 쿠데타도, 마리안네도, 하이니도 모두. 오직 그녀만이 필요했다.

"그동안 무슨 일이 있었는지 알아?"

내가 온 것을 보고 나탈리아가 물었다. 그녀는 즉시 문을 열어주었다.

"물론이지. 그래도 난 꼭 당신을 봐야만 했어."

"하이니가 이곳을 떠나기 전에 내게 모두 말해주었어."

"그럼 당신도 이미 알고 있었어?"

그녀가 침통한 표정으로 고개를 끄덕였다.

"앞으로 어떻게 할 생각이야?"

"내가 할 수 있는 건 오직 하나야, 구스타프. 난 내 가족 곁에 머물러 있어야 해."

"그게 무슨 말이야?"

"그러니까 당신도 당신 가족에게로 돌아가. 마리안네한테는 나보다 당신이 더 필요해."

"나탈리아, 지금 그 말 진심이야?"

"내 평생 지금보다 더 진심이었던 적은 없었어, 구스타프. 난 당신을 사랑해. 그건 당신도 잘 알고 있어. 그렇지만 우리도 한 번쯤은 올바른 행동을 선택해야 해. 그러니까 제발 내 곁을 떠나줘."

"영원히?"

"응, 구스타프. 영원히."

16

나는 분노에 가득 차 하이니의 집을 나섰다. 아니 분노보다 더 심했다. 문밖을 나서는 순간 나는 그대로 땅바닥에 쓰러지고 말았다. 아무것도 생각할 수가 없었다. 세계가, 나의 세계가 한순간에 모조리 무너져내렸다. 미처 어떻게 해볼 사이도 없이. 내가 그 이후의 오랜 시간을 어떻게 보냈는지 전혀 기억이 나지 않는다. 쿠데타가 실패했고 총통은 아주 건강한 상태라는 방송을 들었을 때조차도 나는 전혀 놀라지 않았다. 이날은 크나큰 실패의 순간으로 역사에 기록될 운명이었다. 어리석은 환상, 잃어버린 기회, 거짓의 하루였다.

그 순간부터 우리는 (후회를 하든, 무모한 짓이었다고 탄식을 하든 상관없이) 반란자가 될 터였다. 내가 이미 오래전부터 그랬듯이.

"맙소사!"

마리안네가 탄식했다.

"이제 우린 어떻게 되는 거지?"

반란군의 비참한 최후에 대한 소식이 전해졌을 때(슈타우펜베르크와 올브리히트와 베크 등은 그날 밤에 즉시 처형되었고, 다른 가담자들도 히믈러의 지휘하에 속속 체포되고 있었다) 나는 마리안네에게 더 이상 거짓을 둘러댈 수가 없었다. 적어도 이번만큼은 그녀도 무슨 일이 벌어지고 있는지 알 권리가 있었다.

"왜 진작 말해주지 않은 거야, 구스타프?"

그녀는 어머니와 같은 자애로운 목소리로 말했다.

"당신이 왜 요즘 그렇게 밖으로만 나돌았는지 이제야 알았어. 일찍 말해주었더라면 나도 이해를 했을 텐데. 난 언제나 당신 편이잖아."

"그런다고 뭐가 달라져? 지금 이렇게 당신에게 털어놓았지만 당신이 할 수 있는 일이라곤 우리를 위해 기도나 하는 게 고작인걸!"

나는 공연히 그녀에게 화를 냈다.

"그럼 하인리히는?"

잠시 뒤에 그녀가 물었다.

"나도 몰라. 그냥 소식을 기다리는 중이야."

"나탈리아한테 전화해볼까?"

그건 나도 기다리던 바였다.

"그래. 혹시 필요한 게 있으면 주저하지 말고 얘기하라고 해. 그리고 계속 우리와 연락을 취해야 한다고 말해줘."

그러고 나자 나에겐 정말 기도 말고는 아무것도 할 게 남아 있지 않았다.

17

나머지 이야기는 벌써 여러 번 말한 것들이다. 8월 초에 슈틸프나겔 장군과 그의 참모들이 체포되었다(그중엔 물론 하인리히도 있었다). 그들 역시 다른 수백 명의 모반자들과 마찬가지로 지독한 고문을 당했고 대부분 유죄판결을 받았다.

우리도 극심한 고통을 겪었다. 특히 하인리히에 대한 걱정 때문에 거의 미칠 지경이 되었다. 이 마지막 며칠간을 우리 세 사람은 잃어버린 옛날을 되찾을 수 있는 최후의 유예기간으로 삼을 수도 있었다. 그러나 너무나 비탄에 잠긴 나머지 서로를 거의 마주볼 수조차 없었다. 나와 마리안네는 하루 종일 집안에서 서성거렸다. 우리는 서로 모르는 사람

같았다. 정신은 온통 다른 곳에 두고 몸뚱이만 유령처럼 왔다갔다하고
있었다. 나탈리아는 집안에만 틀어박혀서 밖으로 나오지 않았다. 우리
내부에서는 저마다 자신들의 절망이 부화되고 있었다. 그리고 이 고난
의 순간에 우리를 고통에서 구원해줄 사람이 아무도 없다는 걸 뼈저리
게 느꼈다.

18

히틀러로부터 직접 모반자들에 대한 체포명령을 받은 SS 사령관 히믈
러는 쿠데타가 발생한지 2주일 뒤에 포젠에서 나치 간부들과 회동했다.

그가 나치의 핵심인물들을 불러모은 것은 쿠데타의 전반적인 경위와
반역자들의 처벌에 대한 내용을 상세하게 브리핑하기 위해서였다. 히
믈러의 브리핑은 이중의 목적을 지니고 있었다. 하나는 총통이 어떻게
신의 섭리에 따라 구원될 수 있었는지를 보여주는 것이었고, 또 하나는
히틀러와 그의 측근들이 결정하는 정책에 한때 반대 의사를 가졌던 인
물들에게 보이지 않는 위협을 가하는 것이었다. 그들 앞에서 히믈러는
이렇게 말했다.

"반역에 대한 판결은 고대 게르만족의 관습에 따라 엄격하게 내려져
야 합니다. 저들의 반역은 너무나 극악무도하므로 옛 튜튼족이 배신자
에게 했던 것과 같이 가혹하게 다루는 것이 마땅합니다. 그것이 이런
짐승 같은 족속들에게 정당한 처벌을 내리고 우리 민족을 정화하는 유
일한 방법이니까요. 따라서 우리는 옛 선조들의 예를 본받아 '절대적
연좌제'를 도입할 것입니다. 이게 어떤 것인지는 고대 게르만족의 역사
를 보면 자세히 알 수 있습니다. 우리의 선조들은 어떤 가문에 대해서
파문 결정을 내리거나 피의 복수를 맹세할 때 매우 엄격하고 철저했습
니다. 그렇게 해야 할 경우, 선조들은 이렇게 말했습니다."

여기서 히믈러는 마치 중세의 기사라도 된 양 고양된 어조로 말했다.

"'이 남자는 반역을 꾀했다. 이자의 몸에는 나쁜 피, 반역의 피가 흐른다. 우리는 이런 나쁜 피를 근절시켜야 한다'고 말입니다. 그러고는 피의 복수를 통해 그 가문의 마지막 한 명까지 모조리 씨를 말렸습니다. 슈타우펜베르크 백작의 가문도 이처럼 최후의 한 명까지 모조리 제거될 것입니다."

슈타우펜베르크가 처형되고 그의 형 베르톨트의 재판도 모두 다 끝난 뒤에 나치 당국은 히믈러의 위협을 정말 실행으로 옮겼다. 그들은 아테네에 파견되어 있어 모반에 대해 아무것도 몰랐을 게 확실한 그의 동생과 세 형제의 모든 처자식(그중에는 세 살짜리도 있었다), 심지어는 팔십오 세의 늙은 아저씨까지 모두 다 체포했다. 가문의 전 재산은 압수되었고, 백작 부인과 슈타우펜베르크 형제의 노모는 라벤스브뤼크의 집단수용소로 끌려갔으며, 아이들은 마이스터로 성이 바뀐 채 고아원으로 보내졌다. 이와 같은 잔인한 짓은 트레슈코브, 오스터, 트로트, 괴르델러, 슈베린, 클라이스트, 헤프텐, 포피츠 등 수많은 다른 모반자들의 가문에도 똑같이 행해졌다.

어떻게 이런 끔찍한 처벌을 생각해냈을까? 처벌이 아니라 복수였기에 가능했던 것일까?

19

내가 나탈리아를 마지막으로 본 것은 하인리히가 체포되고 난 직후였다. 그녀는 내 전화를 피했고, 나를 보고 싶지 않다는 뜻을 전해왔으며, 하녀에게 나를 집안으로 들이지 말라고 지시했다. 그녀는 나의 모든 요청을 거절했다. 나는 나탈리아가 얼마나 고통스러울지 짐작하고 있었으므로 일단 그녀의 슬픔을 방해하지 않기로 했다. 시간이 지나면 그녀의 연약한 성격이 그녀를 다시 내 품으로. 오직 나만이 줄 수 있는 위로의 손길로 되돌려주리라고 믿으며.

그러나 그날 저녁 나는 더 이상 가만히 있을 수가 없었다. 나는 그녀에게로 달려가 하녀의 만류를 뿌리치고 문을 열어젖혔다. 나탈리아가 내 소리를 듣고 방에서 나왔다. 황갈색 잠옷을 걸친 그녀는 차분히 조용하게 계단을 내려오고 있었다. 골동품 석고상 같이 창백한 그녀의 모습은 금방이라도 산산이 부서져버릴 것 같았다. 부드럽고 따뜻하던 두 눈은 초점을 잃어 어둡고 공허해 보였다. 그 공허는 내가 채워줄 수 있는 것이 아니었다. 그 순간 그녀가 내게서 영영 떠나가 버렸음을 깨달았다.

"그냥 돌아가, 구스타프. 제발 부탁이야."

그녀의 목소리에서는 거의 숨결이 느껴지지 않았다.

"당신이 어떤 심정인지 알아, 나탈리아."

"지금 내게 남은 것은 오직 고통뿐이야."

나탈리아는 거부할 수 없는 태도로 단호하게 말을 이었다.

"이것이 그가 내게 남겨준 전부야. 난 이 고통마저 누군가에게 빼앗기고 싶지 않아. 특히 당신에게는. 난 더 이상 당신을 보고 싶지 않아, 구스타프. 그러니 그만 가줘."

"사랑해, 나탈리아."

이 말이 오직 그녀의 그림자에게 전달될 뿐이란 걸 알면서도 나는 그렇게 소리쳤다.

"나를 용서해줘, 제발."

8월 17일에 게슈타포가 하인리히의 집으로 들이닥쳤다(내가 체포된 직후였다). 나탈리아는 그 자리에서 체포되었다. 그리고 그녀가 마지막까지 변호하고자 애썼던 남편을 따라 2주일 뒤에 처형되었다.

마리안네는 그녀의 세계가 이렇게 처참하게 파괴되어버린 걸 견뎌내지 못했다. 우리 두 사람은 각자의 방식으로 그녀를 버렸다. 전쟁이 끝날 무렵 그녀가 자신의 고통을 스스로 끝냈다는 소식을 들었다. 나만 살아남았다. 나 혼자만.

대화 V:
광기의 특권에 대하여

1989년 11월 9일, 라이프치히

오늘 아침에는 울리히가 좋은 소식을 알려주었다. 내 증상을 다시 검사하기로 했으며, 모든 게 잘 풀릴 경우 아마 곧 퇴원할 수 있을 거라고 말했다. 다시 말해 자유를 되찾을 수 있다는 것이다. 40여 년 동안이나 갇혀 지낸 뒤의 자유. 정신병자들과 변태들 틈바구니에서 그들이 질러대는 끝없는 비명소리를 들으며 지낸 지 정확히 42년 만에 마침내 다시 찾아올지도 모르는 자유. 정말로 내게 이 세기의 종말을 지켜보는 게 허락될까? 정확히 처음 시작한 것처럼 끝을 맺는 이 불행한 세기의 최후를? 그 모든 무의미한 시련들과 우리를 성장시킨 끝없는 거짓과 환상의 절정을? 실패한 노력들로 이어진 이 부조리한 사슬의 끝을? 20세기라는 이 거대한 착각의 죽음을?

어떤 이론도 전적으로 맞지 않고, 어떤 법칙도 절대적이지 않으며, 어떤 규칙도 시간의 변화에서 자유롭지 못하다는 걸 과학자는 누구나 다알고 있다.(그리고 그 모든 짓거리에도 불구하고 나 역시 여전히 그중 한 사람이다.) 뉴턴의 법칙들이 비판과 검토와 조롱을 끝내 견뎌낼 수 없는 것이라면, 아인슈타인의 이론들 역시 탁월한 오류, 놀라운 착각, 아름답지만 틀린 설정의 범주 안에 머무를 수밖에 없는 것이라면, 과학이 언젠가는 수정되어야 할 불확실한 주장들의 집합체에 불과한 것이 사실이라면, 그렇다면 나는 그리고 나의 시대는 결국 착각과 오해의 결정체이며 나쁜 기억의 산물에 불과한 게 아닐까? 나는 주인공이었고 악당이었으며, 나중에는 정신병자까지 되었다. 나의 삶과 같은 하잘것없는 공간에서도 그렇게 많은 변신이 이루어졌다면, 모든 위대한 영웅과 악당들, 우리 시대의 모든 위대한 이념과 거짓들의 공간에서도 똑같은 일들이 벌어졌으리라고 확신할 수 있지 않을까?

이제 모두들 인류의 정화와 공포의 종말을, 시대의 종말을 노래하고 있다. 히틀러가 죽은 지도 벌써 40년이 더 지난 지금 소련에서도 똑같은 일이 벌어지고 있었다. 그러나 나는 이 기쁨이 그리 오래 가지 않으리라고 생각한다. 세계가 갑자기 한마음 한뜻이 되어 현재의 모든 잘못들을 과거의 악당들에게 떠넘기려 한다는 의구심을 끝내 떨쳐버릴 수가 없다. 내가 공연히 기분을 망쳐놓는다고 생각된다면 정말 미안하다. 하지만 그때나 지금이나 내가 유일하게 위안으로 삼을 수 있는 것은 궁극적으로 어느 것도 확실하지 않다는 사실뿐이다. 역사에서 나의 역할은 결코 최종적으로 확정되지 않을 것이며, 언제나 가능성이(예전에는 이것을 희망이라고 불렀다) 열려 있을 것이다. 아마 모든 것이, 정말 하나도 빠짐없이 모든 것이 단순한 계산착오에 불과했을지도 모른다. 역사는 언제나 다시 새롭게 시작된다.

"난 당신에게 모든 진실을 말했소, 의사선생."

정말 오랜만에 느껴보는 평온함 속에서 나는 울리히에게 말했다.

"진실이라, 진실."

그가 이렇게 되뇌며 슬며시 웃었다.

"가끔씩 저는 교수님 스스로도 자신의 말을 믿지 않을 거란 생각이 들어요."

또 진부한 일상이 되풀이되었다. 너그럽고 친절한 울리히는 돌연 어둡고 메마른 의사로 변해 나의 고통이나 이야기를 하나도 이해하지 못했다. 처음에 나는 왠지 그는 다를 거라고, 나의 고통에 연민을 가져줄 거라고 생각했다. 그러나 그건 착각이었던 것 같다. 그가 보인 친절함도 결국 나를 구석으로 몰고 가 굴복시키기 위한 전술에 불과한가?

"교수님, 뭔가 앞뒤가 맞지 않는 것 같아요."

그가 내게 천천히 말했다.

"교수님의 고통은 이해하겠어요. 하지만 뭔가 제게 말씀하시지 않은 게 분명히 있어요. 교수님이 그렇게 오랜 세월 동안 이곳에 머물러 있어야만 했던 이유가 따로 있는 게 분명해요."

"점쟁이가 따로 없군, 의사선생. 맞소. 여기엔 빠진 이야기가 하나 있지. 배신의 사슬을 엮고 있는 마지막 고리. 다른 어떤 것보다도 더 사악한 배신. 그걸 들어보시겠소?"

"물론입니다, 교수님."

"종전 무렵 나는 모든 걸 잃었소. 내가 사랑한 모든 것, 내게 정말로 중요한 모든 것을 말이오. 내 고향. 내 집. 수학. 그리고 무엇보다도 하인리히와 마리안네와 나탈리아. 그때 누군가가 나타났소. 내게 다시 신뢰를 보내는 누군가가. 그는 적어도 한순간 동안은 내가 잃어버린 사랑하는 사람들을 대신해줄 수 있었소. 그는 새로운 친구가 되어주었지, 아시겠소? 그는 물리학자이자 군인이었어. 독일을 나치의 질곡에서 해방시켜준 미군이었어. 운명의 희한한 우연 탓에 그는 클링조르를 찾기 위해 나를 필요로 했지. 난 그의 안내자가 되었소. 그의 이름은 베이컨이었소. 프랜시스 P. 베이컨 중위."

클링조르의 복수

1

베이컨은 마치 꼭두각시가 되어버린 듯했다. 어떻게 그렇게 바보 같을 수 있을까? 이레네는 그에게 용서를 구하며 신뢰를 되찾기 위해 온 갖 노력을 다 기울였다. 하지만 그도 그렇게까지 멍청하진 않았다. 그 녀는 마지막 순간까지 감추었다가 그가 사실을 알아내고 난 뒤에서야 자기의 배신을 고백했다. 이제 그녀가 할 수 있는 일이라곤 그의 동정 심을 얻는 것뿐이었다.

"어떻게 당신이 그럴 수 있지?"

그는 분노와 아울러 애정의 위력까지 함께 내보이고 싶었다. 비난을 퍼붓거나 고발하겠다고 위협하는 짓 따위는 아예 하지도 않았다. 다만 냉소와 자기 연민을 머금은 채 이 말만 되풀이했다.

그의 복수심을 조금이라도 누그러뜨리려고 그녀는 눈물에서 도피처 를 찾았다. 눈물은 언제나 유용한 수단이다. 투명하고 촉촉하고 차가우 며 쉽게 사용할 수 있는 수단. 적당량을 사용하면 증오와 분노에 불타 는 연인이라도 결국 무너뜨릴 수 있다.

"정보를 누구한테 팔아넘긴 거야?"

베이컨은 치밀어오르는 분노를 억누르며 낮은 목소리로 물었다.

"도대체 누구의 사주를 받은 거냐고? 러시아 놈들이야?"

이레네가 가진 최선의 전략은 아무 말 없이 고개를 끄덕이는 것이었다. 말은 결국 정신을 파괴하고 기억에 집착하게 만드는 반면 침묵과 휴식은 쉽게 망각을 가져다준다.

"왜 그랬어?"

베이컨은 아직 애송이에 불과했다. 그는 알고 싶었다. 그녀가 왜 그랬는지. 근본적으로 그가 원하는 것은 자기 애인을 위한 변명이었던 것이다. 어쩌면 협박을 당했을지도 모른다. 어쩌면 위험에 처했을 수도, 어쩌면, 어쩌면……. 여자는 지금 무슨 대답을 해야 할지 잘 알고 있었다.

"아, 미안해. 정말 미안해."

언제나 똑같은 감상적인 바보짓거리. 하지만 맙소사, 베이컨은 그녀의 말을 믿기 시작했다. 그는 처음부터 그녀의 말을 믿고 싶었다.

그러고는 아무리 자주 사용해도 효력이 떨어지지 않는 술책이 동원되었다.

"난 당신을 유혹해 사랑에 빠지도록 만들어야 했어. 하지만 갑자기 모든 게 달라졌어. 모든 게 엉망이 되기 시작했다고, 프랭크. 어느 순간부터 당신은 내게 너무나 중요해졌거든. 하지만 난 그들과의 관계를 끊어버릴 수 없었어. 그들은 무슨 짓을 해서라도 클링조르를 손에 넣고 싶어했으니까."

아주 멋진 행마였다. 연기도 더없이 훌륭했고.

"시작은 그랬어. 하지만 내가 당신을 사랑하게 될 줄은 정말 미처 몰랐어. 맹세해! 난 매일같이 괴로움 때문에 몸부림쳤어. 당신에게 모든 걸 말하고 싶었지만 너무나 무서웠어. 당신이 알아채기 전에 먼저 말을 했어야 했는데 차마 그럴 용기가 없었어. 사랑해, 프랭크."

베이컨 중위는 가슴이 터질 듯한 고통 속에서 그녀의 말을 듣고 있었다. 이런 졸렬한 수작을 부릴 만큼 그녀는 뻔뻔스러웠던가? 그녀는 그의 지적 수준을 그렇게 낮게 보았단 말인가? 이게 그녀가 그를 유혹하는 방식이었을까? 맙소사, 내가 그 자리에 있었더라면 이런 어설픈 고백 따위는 당장 까발렸을 것이다. 그러나 어쩌겠는가, 사랑은(이건 나 또한 너무나 잘 아는 사실이다) 이성을 흐려놓는 것도 모자라 영혼을 온통 파괴시켜버리는 저주인 것을……. 근본적으로 베이컨이 원하는 것은 그녀를 다시 자기 몸으로 짓누르는 것이었다. 그녀의 온몸에 키스를 퍼부으며 격렬하게 사랑을 나누는 것이었다. 이제껏 한 번도 해본 적이 없고 앞으로도 없을 그런 방식으로. 그렇지만 아무리 그래도 그는 정보부대 장교다. 바로 그렇게 해서는 안 된다는 것을 그 누구보다도 더 잘 알고 있는 사람이었다. 그런데 그의 자제력은 얼마나 강할까? 그의 지성은 얼마나 강하고, 그의 열정은 또 얼마나 강할 것인가?

베이컨은 이레네를 거짓 절망감 속에 홀로 남겨둔 채 밖으로 나와 괴팅겐 거리를 끝없이 배회했다. 납득할 만한 설명을 찾으며, 대답을 찾으며, 이 싸움을 끝낼 방법을 찾으며. 그는 그녀를 사랑했다. 세상 그 무엇보다도 더 그녀를 사랑했다. 자기 자신보다도, 신보다도, 조국보다도 더. 자신의 명예나 진실보다도 더.

2

"프랭크, 다시 돌아왔군요!"

오랜만에 본 이레네의 얼굴은 정말 행복한 듯 환하게 밝아졌다. 이것이 중위에 대한 애틋한 감정 때문이었는지, 아니면 용서받으리라는 기대감 때문이었는지 그건 나도 잘 모르겠다. 하지만 그가 다시 나타났을 때 그녀는 이것이 그를 설득할 마지막 기회란 사실을 분명히 알고 있었다. 이것은 사랑뿐만 아니라 앞으로 그녀의 삶을 구해낼 수 있는, 어쩌면 목숨을 구해낼 수 있는 마지막 기회였다.

"당신은 나를 믿기 때문에 다시 돌아온 거야, 그렇지?"

"내가 왜 돌아왔는지 나도 모르겠어, 이레네."

베이컨이 무뚝뚝하게 대답했다. 비록 말은 그렇게 했지만 다시 나타났다는 사실만으로도 그의 약점은 충분히 드러난 셈이었다. 이레네가 포옹을 하려 하자 베이컨은 몸을 돌렸다. 새로운 열정의 순간은 아직 도래하지 않았다. 이레네는 인내심을 갖고 좀 더 기다렸다. 이제 막 게임에서 승리를 거두려는 참인데 마지막에 참을성을 잃어서는 안 되었다. 사소한 자존심 때문에 모든 걸 망칠 수는 없었다.

"프랭크, 당신을 사랑해."

이레네는 각본에 따라 착실하게 대사를 읊었다. 외국 요원을 유혹하는 소련의 스파이 교본에 나와 있는 대로 따라하는 것인지도 모른다.

"나도 알아."

그의 진심이야 어찌되었건 이건 거의 항복이나 다름없었다.

"내가 어떻게 해야 당신이 날 믿겠어?"

게임이 계속되고 있었다. 퀸의 행마는 매우 노련했다. 대세를 유리하게 만들려고 초장에 졸을 희생시키는 전법이었다.

"난 진실을 알고 싶어, 이레네. 완전한 진실 말이야. 그렇지 않고서는 당신을 더 이상 신뢰할 수 없어."

진실. 또 그것이 문제였다. 왜 우리는 그걸 그렇게 탐하는가? 왜 그걸 그렇게 갖고 싶어 하고, 궁금해하고, 요구하고, 애걸하는가? 그래봤자 결국 진짜 원하는 건 자신의 입장을 확인하는 것뿐인데.

"뭐든 다, 당신이 원하는 건 다 말해줄게."

이건 더할 나위 없이 영리한 말이었다. 내가 아는 것이나 내가 생각하는 것이 아니라 '당신이 원하는 것', '당신이 듣고 싶은 것'을 다 말해주겠다는 것이다. 진실이 아니라.

"그럼 말해봐."

이로써 베이컨은 자신의 빗나간 위협을 화려하게 끝맺었다.

"근본적으로 우리 두 사람은 별반 다르지 않아, 프랭크. 우린 똑같은 것을 위해 싸우고 있어. 나치는 우리 공동의 적이란 걸 잊지 마. 지난 몇 년 동안 그들은 내가 사랑했던 모든 것을 파괴해버렸어. 히틀러가 수상에 오르자 사람들은 내 아버지를 공산당원이라고 붙잡아갔지. 아버지는 결국 감옥에서 돌아가셨어. 전쟁이 시작되기도 전에. 내 가족은 모든 걸 잃었어. 난 그들에 맞서 싸워야 했다고. 당신처럼 말이야."

"그래서 어떻게 했어?"

이렇게 관심을 보이는 것은 이미 그녀의 덫에 걸려들었다는 증거였다.

"난 그때 열다섯 살이었어."

드디어 이레네의 영웅담이 시작되었다.

"나는 그때까지 아직 발각되지 않고 있던 아버지의 친구를 찾아갔지. 그리고 당에 가입하고 싶다고 말했어. 그 남자가 나를 뚫어져라 쳐다보았어. 아직 인형이나 가지고 놀아야 할 것 같은 비쩍 마른 어린 소녀의 분노가 놀라웠던 거지. 정말 그렇게 할 생각이냐고 물었어. 그래서 내가 '그래요, 동지'라고 단호하게 대답했지. 그는 한동안 생각에 잠겼다가 종이에 주소를 하나 적어서 내밀었어. 그 주소에 적힌 곳을 찾아가면 내가 해야 할 일을 일러줄 거라고 말했어."

"그래서 그곳을 찾아갔어?"

"물론 찾아갔지! 거긴 베를린에서 제일 지저분한 동네였어. 주소에 적힌 집 문을 두드리니까 이빨이 다 빠진 빨강머리의 남자가 나오더라고. 난 그에게 주소가 적힌 쪽지를 건네주고서 가만히 기다렸어. 그가 물었어, 네가 원하는 게 뭐냐고. 그는 별로 달가운 표정이 아니었지. 그래서 난 당에 입당하고 싶다고 대답했어. 그랬더니 그가 '그래, 아주 결심이 단단한 것 같군, 꼬마야. 네 이름은 뭐니?'라고 물었지. 내가 잉게라고 말하니까 그가 이렇게 말했어. '이제부터 네 이름은 이레네 호프슈타터다. 그리고 넌 당에 입당하지 않은 채 우리와 일하게 될 거야. 아무도 모르게 말이다, 알겠니? 그러면 넌 우리를 위해 아주 많은 일을 할수 있어'라고 말이지."

"이제부터 당신을 잉게라고 불러야겠군."

"마음대로."

"그럼 요한도 진짜 아들이 아니야?"

"응."

"당신은 결국 스파이가 되었군, 그런 거지?"

"처음에는 심부름꾼 노릇만 했어. 그는 내게 이런저런 사람들에게 물건을 가져다주라고 시켰어. 매일같이 그런 일만 해야 했지. 조금 실망스럽긴 했지만 나름대로 당에 도움이 될 거라는 믿음이 있었어. 열여섯이 되었을 때 처음으로 진짜 임무가 떨어졌지. 그때 나는 벌써 어엿한 처녀처럼 보였거든. 카를이 말하더군—카를은 내가 말한 빨강머리 남자의 이름이야—이젠 네가 원하기만 하면 더 중요한 일을 맡을 수도있다고. 난 어떤 명령이든 따를 준비가 되어 있다고 대답했어. 그랬더니 그가 '너는 이제 아름다운 처녀가 되었다. 어쩌면 우리는 너의 아름다움을 무기로 삼을 지도 몰라'라고 말했지."

정보국에서 일할 때 베이컨은 당의 명령에 따라 활동하는 소련의 미녀 첩보원들에 대해 들은 적이 있었다. 하지만 자신이 직접 그중 한 사람과 만나게 되리라고는 꿈도 꾸지 못했다.

"그러니까 당신은 남자들을 유혹해 정보를 빼내는 임무를 맡은 거로군."

"그건 우리의 투쟁을 돕기 위한 수단에 불과했어. 명령에 따른 행동이었을 뿐이야, 프랭크. 당신과 하나도 다를 게 없어."

이레네, 아니 잉게의 마지막 말이 베이컨을 자극했다.

"아냐, 똑같지 않아."

"왜 아니야? 당신도 조국을 돕는 수단으로 당신의 과학 지식을 사용하잖아. 뭐가 달라, 프랭크?"

그는 묵묵히 듣는 수밖에 없었다.

"나는 내 이상을 위해 최선을 다해 싸웠어. 당신이 그 때문에 나를 단죄할 수는 없어. 우리는 어떤 대가를 치르더라도 히틀러를 물리쳐야 했어."

"몇 번이나 그런 짓을 했어?"

"뭐라고?"

"당신의 이상을 위해 몇 번이나 남자들을 침대 속으로 끌어들였느냐고?"

"그게 뭐가 중요해?"

잉게는 이제 완전히 상황을 지배하고 있었다.

"무슨 말을 듣고 싶은 거야? 열 번이든 스무 번이든 당신 마음대로 생각해."

"그러니까 중요한 건 오직 맡은 임무를 수행하는 거였다 이 말이로군, 안 그래?"

"그래. 나는 최고의 요원이야. 자랑할 생각은 없지만."

"그 말을 들으니 그놈들이 날 인정해준 것 같아 기분이 좋아지려고 하네."

베이컨이 냉소적으로 말했다.

"소련에 당신은 가장 중요한 사안 중 하나였어."

잉게의 표정에서는 아무런 거짓도 느껴지지 않았다.

"그래서 나를 보낸 거야, 프랭크. 하지만 이제 나는 더 이상 그들을 위해 일할 생각이 없어. 태어나서 처음으로 진짜 사랑에 빠졌으니까."

"이거 영광이로군."

베이컨이 웃었다.

"내가 다른 남자들과 다른 게 뭐가 있어? 내가 왜 당신 말을 믿어야 하지?"

"왜냐하면 내가 당신을 사랑하니까. 정말 이해 못하겠어? 난 당신을 위해 모든 걸 포기할 거야. 모든 걸. 내게 중요한 건 당신과 함께 있는 것뿐이야. 어디든 당신이 원하는 곳으로 같이 가, 프랭크. 당신에게 내 진심을 믿게 할 수만 있다면 난 무슨 짓이든 할 거야."

"그럼 러시아 놈들을 배신할 수도 있다는 거야?"

"맞아."

베이컨은 잠시 아무 말도 하지 않았다. 근본적으로 그의 태도는 놀라우리만치 확고부동했다. 그녀가 아무리 뻔뻔스럽게 거짓말을 한다고 해도 그녀에 대한 사랑은 절대로 포기할 수 없었다.

"그럼 나와 함께 미국으로 가겠어? 그래서 우리 정부를 위해 일할 수 있겠어?"

"당신이 원한다면 그렇게 할게."

잉게는 조금도 머뭇거리지 않고 대답했다. 승리를 얻기 위한 그녀의 의지는 확고했다.

"좋아."

베이컨의 말이 떨어졌다. 잉게의 입술에 미소가 번졌다. 드디어 성공이다! 베이컨은 그녀가 퍼붓는 열정적인 감사의 키스를 흡족하게 받아들였다.

"다시 말하지만, 프랭크, 난 당신이 뭐라고 하든 당신 뜻대로 다 할 거야."

"나도 이제 이 짓은 그만둘래. 다시 물리학자로 돌아가 숫자와 이론들 속에 파묻혀 살고 싶어."

"진짜 멋질 거야."

잉게가 과장된 몸짓으로 말했다.

"곧 필요한 절차를 밟도록 하자. 가능한 한 빨리 독일 땅을 뜨자고."

베이컨은 신이 나서 말했다. 그런데 불행하게도 아직 한 가지가 남아 있었다. 사소한 문제 하나가. 그녀의 마지막 임무가.

"프랭크."

그녀가 부드럽게 그의 얼굴을 쓰다듬으며 말했다. 자기 애인 앞에, 아니 자신의 제물 앞에 거의 무릎을 꿇듯 공손하게 앉아서.

"그런데 그렇게 간단하지만은 않아. 러시아인들이 내가 그냥 떠나도록 순순히 내버려두지는 않을 거 같아. 틀림없어. 그러니까 그들을 속이려면 끝까지 게임을 하는 수밖에 없어."

"무슨 뜻이야?"

"그들이 내게 맡긴 임무를 완수해야 한다고. 그렇지 않았다간 가만있지 않을걸. 나를 제거하려고 들 거야."

"빌어먹을, 그들이 원하는 게 대체 뭔데?"

베이컨이 화가 나서 소리쳤다.

"당신과 똑같아. 그들도 클링조르를 붙잡고 싶어 해."

"우린 지금까지도 그가 누군지 잘 모르잖아!"

"천만에! 우린 알고 있어, 프랭크."

"뭐라고? 도대체 그게 누군데?"

"링스."

3

베이컨도 한동안 이 씁쓸한 가능성을 고려해본 적이 있었다. 그렇지만 막상 이렇게 직접 귀로 듣는 것은 적잖이 충격을 주었다.

"링스 교수? 아무런 증거가 없어, 잉게. 그가 우리의 조사를 좀 어렵게 만들긴 했지만, 그렇다고 그를 범인으로 지목하는 건 지나쳐."

"내가 공연히 그러는 게 아니야, 프랭크. 다 이유가 있어서 하는 말이야. 내게 진실을 말해달라고 했지? 그럼 이제 모두 말할게. 그동안 우리가 한 모든 조사결과들은 명백하게 그를 가리키고 있어."

"당신이 그를 좋아하지 않는 건 알지만 그렇다고 그렇게까지……."

"그는 처음부터 모든 책임을 하이젠베르크에게 뒤집어씌우고 싶어 했어."

잉게는 먹이를 놓치려 하지 않았다.

"그가 교묘하게 짜놓은 계획에 따라 조종했기 때문에 지금 같은 결과가 나온 거야. 하이젠베르크가 나치와 긴밀하게 협력했다는 건 우리도 이미 알고 있는 내용이야. 하지만 그는 나치 일원이 아니야. 지나치게 이기적이고 허황된 사람일진 몰라도 악당은 아니거든. 그러나 링스는 달라."

"증거를 대봐, 증거를!"

베이컨이 흥분해서 소리쳤다.

"증거가 없다면 당신의 의심 같은 건 아무런 가치도 없어, 잉게. 난 증거가 필요해!"

"내가 알고 있는 걸 다 말할 테니 결론은 당신이 내려."

잉게는 일부러 화가 난 척하며 신경질적으로 말했다.

"당신은 링스에 대해서 얼마나 알고 있지? 그가 스스로 말한 것 말고 아는 게 뭐 있어? 그는 자기가 7월 20일 쿠데타에 가담했다는 사실을 항상 방패막이로 내세워왔어. 하지만 그 말을 곧이곧대로 받아들이면 안 돼. 링스는 쿠데타가 실패로 돌아가고 난 뒤에 그의 친구이자 쿠데타 주역 중 한 사람인 하인리히 폰 뤼츠 때문에 자신이 체포되었다고 말했지. 그게 무슨 뜻인지나 알아? 그 즈음 뤼츠는 아내인 나탈리아가 링스와 부정한 관계를 맺고 있었다는 걸 알게 된 거야. 그런데 반대로 뒤집어 생각해보면 이야기는 훨씬 더 그럴듯해져. 즉 링스가 사랑의 라이벌을 제거하기 위해 뤼츠를 나치에 고발했다는 거지."

"그럴 수도 있겠지. 당신 말대로 링스가 거짓말을 했을 수도 있어. 만약 그랬다면 자기 친구를 한 번도 아니고 두 번씩이나 배신한 비열한 놈이겠지. 친구의 아내와 간음을 한 것도 모자라 친구를 고발하기까지 했으니까. 그것이 사실이라면 링스는 반드시 그 죗값을 치러야 해."

그래도 베이컨이 아직까지 완전히 이성을 잃은 것은 아니었다. 그는 이렇게 덧붙였다.

"하지만 그런 더러운 짓은 정념 때문에 생긴 것에 불과해. 그것이 그가 클링조르라는 사실을 증명해주지는 못해."

"좋아, 그럼 이제부터 내가 하는 말을 잘 들어봐. 체포된 뒤에 링스는 하인리히나 다른 동료들처럼 유죄판결을 받고 처형을 당할 처지였는데 어찌된 일인지 그렇게 되지 않았어. 그는 천우신조로 벌어진 우연한 행운 덕택이라고 주장해왔어. 법정에서 판결이 막 내려지려는 순간 연합군의 공습으로 법원 건물이 파괴되었고, 천장이 내려앉으면서 롤란트 프라이슬러 판사가 그 자리에서 즉사했다는 거지. 물론 이건 사실이야. 프라이슬러는 공습으로 재판장에서 즉사했고 피고들에 대한 선고는 무기한 연기되었어. 하지만 그날의 재판기록을 보면 그 자리에 있던 피고는 모두 네 명인데 그중에 링스라는 이름은 보이지 않아. 그는 그 일이 있고 난 뒤 감옥을 전전하다가 미군에 의해 풀려났다고 했지만 그 사실 역시 입증되지 않았어. 전쟁이 끝나갈 무렵 그는 홀로 괴팅겐에 나타났어. 그동안 그가 어디서 무엇을 했는지 아는 사람은 아무도 없다고. 나중에 그는 영국인들 덕분에 나치 협력자 혐의를 벗을 수는 있었지만 소련은 아직도 그를 의심하고 있어. 이제 알겠지? 어쩌면 그에게 쿠데타 참여를 권한 사람은 아무도 없었을 거야. 나탈리아를 통해 뤼츠의 참여 소식을 듣고 그것을 라이벌을 없애는 절호의 기회로 이용한 것뿐일 수도 있어."

"당신 얘긴 앞뒤가 안 맞아. 링스가 하인리히의 아내 나탈리아도 그때 체포되어 처형되었다고 말했어. 만약 링스가 클링조르라면 왜 자기 애인의 죽음을 그냥 방관했겠어?"

"히틀러의 증오와 복수심이 너무 강해서 그도 감히 어쩔 수 없었을 것 같아. 하인리히를 밀고하고 난 링스는 더 이상 써먹을 카드가 없던 거지. 링스의 아내 마리안네가 자살한 것도 남편의 밀고 사실을 알았기 때문일 거야."

"좋아, 잉게. 당신의 이야기가 어느 정도 설득력이 있다는 건 인정해. 그렇지만 입증된 것은 아직 아무것도 없어."

베이컨은 끝까지 나를 변호하려고 했다.

"그건 단지 하나의 해석에 불과해. 해석은 그밖에도 여러 가지가 있을 수 있어. 링스가 자기 목숨을 구하기 위해 친구를 고발할 수밖에 없었다고 한 번 생각해봐. 이 경우에도 우린 그를 굳이 클링조르로 만들지 않고도 앞서 일어난 모든 일들을 다 설명할 수 있다고."

그러나 잉게는 나를 놓아줄 생각이 없었다. 게다가 승리는 바로 그녀의 코앞에 있었다!

"히틀러가 원자탄 프로젝트에 그다지 큰 관심을 보이지 않았던 건 사실이지만, 프로젝트에 참여한 인물 중에서 연구의 진척상황에 대해 자신에게 직접 보고해줄 사람이 분명히 필요했을 거야."

잉게는 공격의 방향을 바꾸었다.

"이런 보고의 필요성은 전쟁이 막바지에 다다르면서 당연히 더욱 커졌겠지. 1945년이 되자 히틀러에게는 그 폭탄이야말로 전세를 뒤집을 수 있는 마지막 희망이었으니까. 이때 링스보다 더 그 임무에 적합한 사람이 누가 있겠어? 그는 하이젠베르크와 함께 일하면서 연구의 진척 상황을 직접 파악할 수 있는 사람이었잖아. 하인리히와 나탈리아가 체포된 후부터 전쟁이 끝날 때까지 그는 완전히 종적을 감추었다가 말짱한 모습으로 괴팅겐에 나타났어. 그 혼란의 와중에서 이렇게 할 수 있는 건 클링조르 같은 사람뿐이야. 나치 당국의 비호를 받으면서 안전한 곳에 피신해 있을 수 있는 만큼 권력과 가까운 인물이 아니고서는 불가능했다고. 모든 게 다 맞아떨어지고 있어, 프랭크. 더 이상 부정하지 마. 러시아인들은 링스가 클링조르라고 확신하고 있어. 내가 그를 넘겨주지 않으면 그들은 가만있지 않을 거야. 그들의 결정을 막지 마, 프랭크. 그것이 나를 구할 수 있는 유일한 방법이야."

흠 잡을 데 없는 이야기였다. 시작부터 결말까지가 모두 명쾌하고 논리적이다. 안타깝게도 완전히 거짓이란 점을 제외하고는.

"그렇게 할 수는 없어."

베이컨은 마지막 위엄을 지키려고 안간힘을 썼다.

"러시아인들이 링스를 수중에 넣도록 내버려둔다면 그건 링스뿐만 아니라 내 조국까지도 배신하는 거야."

"단지 클링조르로 추정되는 사람을 한 명 넘겨주는 것뿐이야. 그건 우리에게 남아 있는 유일한 희망이야, 프랭크."

"당신은 내게 너무 많은 걸 요구하는 거야. 당신과 링스 중에 하나를 선택하라는 건 너무 심한 요구야."

"나도 좋아서 이러는 건 아니야. 게임 규칙을 내가 만든 건 아니잖아."

게임이라고 했다. 그녀의 입에서 처음으로 바른 말이 나왔다.

"그렇다면 나는 왜 필요한 거지?"

베이컨은 폭발 일보 직전이었다. 그는 화가 머리끝까지 나서 잉게를 잡아먹을 듯 노려보았다.

"그들이 도대체 왜 내 허락을 받겠다는 거냐고?"

베이컨은 분을 삭이지 못해 한참을 씩씩거렸지만 잠시 후 마음을 가라앉혔다. 그는 악몽에서 깨어난 듯 몸을 추슬렀다.

"괴팅겐은 영국인들의 통제를 받는 지역이야."

잉게는 이야기를 빨리 끝내려는 듯 곧장 본론으로 들어갔다.

"링스를 안전하게 붙잡을 수 있는 장소는 오직 한 곳뿐이지."

"미군 장교의 방? 그럼 내 방에서 링스를 납치하겠다는 거야?"

잉게는 마지막 물음에 대답하지 않았다. 그리고 애걸하는 목소리로 덧붙였다.

"당신을 사랑해, 프랭크. 우리가 함께 있으려면 이 방법밖에는 없어. 날 믿어. 그리고 내 사랑을."

4

난생처음으로 베이컨은 미안한 마음을 품은 채 내키지 않는 결정을 내려야 했다. 이제까지는 언제나 문제에서 도망치면 그뿐이었다. 심지어 자기 자신에게서도 도망칠 수 있었다. 과학은 그가 불행에 빠졌을 때마다 구해주었다. 폰 노이만은 비비안과 엘리자베스 사이의 딜레마에서 그를 빼내주었다. 물리학자로서 위기에 처했을 때는 전쟁이, 좌절감에 빠졌을 땐 잉게가, 그리고 독일에서의 임무가 벽에 부딪혔을 때는 내가 그를 구원해주었다. 이처럼 그는 언제나 더 강력한 물체의 지배력에 복종하는 한낱 소립자에 불과했다. 그는 직접 게임의 주도자가 되는 대신 창조라는 거대한 체스판 위에 놓여 있는 한 개의 말로서 존재해 왔다.

그런데 이제 그런 편안한 틀은 사라졌다. 그가 직접 개입하지 않아도 인과율에 따라 자동적으로 흘러가던 세계가 순식간에 파괴되어버린 것이다. 이제는 누구를 믿어야 하나? 잉게? 맙소사, 아니다. 폰 노이만? 아인슈타인? 하이젠베르크? 아니면 나? 더 이상 빠져나갈 구멍은 없다. 이번에는 과학도, 사랑이나 다른 어떤 것도 그를 구해줄 수 없었다. 견고하고 안정된 세계는 무너졌다. 그를 둘러싼 모든 사람들이, 심지어는 그 자신조차도 한사코 진실을 외면하고자 했기 때문이다. 베이컨은 화가 났고 또 슬펐다. 고대의 에피메니데스가 잘못 알았다. 크레타 사람만이 아니라 모든 인간이 거짓말쟁이였던 것이다. 절대적인 확실성이 없다면, 아니 그런 확실성이 베이컨이 아무리 노력한다 해도 도저히 도달할 수 없는 것이라면, 그는 잉게가 자신을 사랑하는지 아니면 단순히 이용하는 것인지 도대체 어떻게 알 수 있단 말인가? 내가 자신의 친구였는지, 아니면 전에 하인리히에게 그랬던 것처럼 또 등 뒤에서 자신을 배신하고 있는지 어떻게 알 수 있단 말인가? 링스 교수가 어느 정도까지나 악할 수 있을지 어떻게 가늠할 수 있단 말인가? 지금껏 자기 자신이 어떻게 생각하고 행동해왔는지조차 그는 혼란스러웠다.

문득 베이컨은 자신의 상황이 아주 간단하다는 걸 깨달았다. 그것은 정말 고통스러울 정도로 간단했다. 어느 순간 무엇이 진실이고 거짓인지, 무엇이 치욕이고 명예인지를 결정하는 것은 전적으로 자신의 손에 달려 있다는 사실을 문득 깨달은 것이다. 우주의 변덕 때문에, 그 불확실성과 애매함 탓에 베이컨은 이제 스스로 역사를 써나가야 하는 힘들고 고통스러운 과제를 혼자서 떠안게 되었다. 슈뢰딩거가 말했던 무수히 많은 평행우주들 중에서 그는 우리들을 위한 우주를 하나 선택해야 했다. 비록 그 여인이 거짓을 말했더라도 베이컨은 그녀에게 무죄를 선언할 수 있었다. 설령 내가 죄가 없더라도, 아니 최소한 그렇게 볼 여지가 아직도 남아 있었음에도, 그는 나의 처벌을 결정할 수 있었다. 클링조르가 우리를 속였다거나, 우리가 결코 그의 정체에 접근하지 못했다는 사실 따위가 여기서 무슨 소용이 있겠는가? 의지만 있다면 베이컨은 간단히 우리 모두에 대한 판결을 내릴 수 있을 터였다. 그리고 그렇게 해야만 했다. 학문의 원칙과 정의, 이성과 도덕 따위는 그보다 결코 가볍지 않은 다른 발명품을 위해 과감히 던져버려야 했다. 오직 잉게에 대한 사랑을 지키기 위해서.

그 다음에 벌어진 일들은 단지 격식에 불과했다. 나는 이렇게 되리란 걸 충분히 예상할 수도 있었는데도 어떤 이유에선지 끝까지 베이컨에 대한 신뢰와 기대를 포기하지 못했다. 그날 저녁 그는 나를 자기 사무실이 아니라 집으로 불렀다. 기분이 언짢았지만 일단 약속시간이 되자 나는 그의 집으로 향했다. 그가 이미 잉게의 수작에 넘어갔으리라는 걸 예상하고는 있었지만 혹시나 그 사이에 다시 제정신이 돌아왔기를 기대하면서. 난 그렇게 대책 없는 몽상가였다! 그의 집 문을 두드렸다. 그는 나무상자 위에 혼자 걸터앉아 있었다. 그의 얼굴에서 어떤 낌새를 읽어내기란 불가능했다. 어떤 마법의 보자기 같은 것이 그가 느끼는 분노나 낙담 같은 감정들을 모두 가려주고 있었다. 그 역시 나와 마찬가지로 덫에 걸린 남자였다. 실내를 둘러보니 그의 물건들이 모두 사라지고 없었다. 대신 십여 개의 상자들이 방안 여기저기에 놓여 있었다.

"이사를 가나, 중위?"

인사를 대신하면서 물었다.

"여긴 너무 답답해요. 이젠 모든 게 지겨워요. 아무래도 처음부터 잘못 생각했던 모양이에요."

베이컨이 무덤덤한 목소리로 답했다.

"미국으로 돌아가는 거로군."

이건 물음이 아니라 확인이었다.

"네. 이 문제는 이제 우리의 손을 벗어났어요, 교수님."

순간 나는 모든 걸 알아차렸다. 그는 더 이상 내게 아무것도 말할 필요가 없었다. 그녀가 그를 이긴 것이다. 그녀가 나를 이긴 것이다. 나는 그를 빼앗겼다. 이제 내게 남은 것은 조금이라도 더 시간을 끌면서 기적을 바라는 일뿐이었다.

"바그너의 「파르지팔」 3막을 마저 얘기해줄까, 중위? 설마 마지막 이야기를 놓치고 싶은 건 아닐 테지?"

그는 잠깐 망설이다가 고개를 끄덕였다.

"2막 마지막 부분에서부터 다시 많은 시간이 흐르지."

내가 천천히 이야기를 시작했다.

"막이 오르고 우리는 아름다운 숲 속에 있어. 나치가 그렇게 동경해마지 않았던 고대 게르만족이 모여 살던 숲이지. 나뭇가지들 사이로 조그만 오두막이 보이고, 그 안에는 구르네만츠가 살고 있어. 그를 기억할 수 있겠어, 중위?"

베이컨이 가볍게 얼굴을 찡그렸다.

"그는 1막에 나왔던 성배의 기사들 중 한 사람이야. 가장 나이가 많은. 그 구르네만츠가 오두막에서 나오는데 어디선가 신음소리가 들려오지. 아니 그보단 비탄에 젖어 울부짖는 소리라고 해야겠지. 소리 나는 곳을 둘러보니 쿤드리가 가시덤불에 누워 있었어. 그녀는 환각이나 착란 상태에 빠져 있는 것 같았지. 계속해서 뭐라고 중얼거리고 있는데 자세히 들어보니 '당신을 위해 일하겠어요…… 일하겠어요'라는 말이었어. 그때 멀리서 또 한 사람이 나타났는데 그는 다름 아닌 파르지팔이었지. 아직 기억하는지 모르겠지만, 쿤드리는 클링조르의 성이 파괴된 후 그 젊은이에게 저주를 퍼부었어. 그가 자신의 유혹에 넘어오지 않았기 때문에.”

“기억나요.”

베이컨이 대답했다.

“쿤드리의 저주 때문에 파르지팔은 여러 해 동안 성배의 기사들과 몬살바트 성으로 가는 길을 찾지 못하고 방황해야 했어. 그런 그가 오랜 세월 위험한 방랑길을 떠돈 끝에 마침내 목적지에 도달한 거야. 구르네만츠는 그를 다시 알아보았고, 그동안 벌어진 불행한 일들을 이야기해 주었지. 클링조르와 그의 싸움이 벌어진 뒤에 세계의 질서는 허물어졌고 티투렐도 죽고 말았다고. 신의 은총을 잃은 암포르타스 왕은 이제 성찬 의식마저도 허락하지 않는다고. 자신의 최후를 조금이라도 앞당기려는 마음에.”

베이컨의 눈이 불길하게 반짝였다.

“그런데 이제 다행히도 파르지팔이 나타나 상황을 변화시킬 수 있게 된 거지. 그는 성스러운 창을 가지고 있었고, 새로이 성배의 왕이 될 사람이었어. 파르지팔은 예전의 바보 같은 순진한 젊은이가 아니라 이제 현명한 어른이 되어 있었거든. 그가 기름을 발라 새 왕이 된 후에 처음으로 한 일은 쿤드리에게 세례를 주고 클링조르가 그녀에게 내린 저주를 풀어주는 것이었어. 여자는 파르지팔의 발에 입을 맞추었지. 그 다음부터 이 오페라의 가장 아름다운 장면이 펼쳐져.”

그 순간 나는 오페라의 감동이 몸으로 전해오는 것을 느꼈다.

“성금요일의 마술이라고 부르는 부분이야. 이 부분의 음악은 정말 거룩하고 아름다워. 파르지팔은 몬살바트의 성으로 올라가 고통에 신음하는 암포르타스를 만나네. 암포르타스는 성배를 꺼내지 않겠다고 고집하며, 파르지팔에게 자신이 빨리 죽을 수 있게 도와달라고 간청하지. 하지만 파르지팔은 성스러운 창을 그의 상처에 갖다대고서 그를 고통에서 해방시켜줘. 그러자 성배의 기사들이 그들을 둘러서서 '오, 경이로운 구원의 기적이여! 구세주께 구원을!'이라는 신비스럽고 거룩한 노래를 부르지. 정말 아름다운 광경이야! 그럼 이 오페라와 신화가 어떻게 끝나는지 말해줄까, 중위?"

"계속하세요."

"쿤드리는 성배가 놓여 있는 제단 앞으로 나아가. 그러고는 그 자리에 쓰러져 그대로 죽고 말아. 드디어 오랜 죄악에서 풀려난 거지. 그녀는 죽어야만 구원받을 수 있었던 거야, 중위. 알겠나? 그것만이 그녀가 배신을 속죄하는 유일한 길이었어."

내가 미처 하려던 말을 다 끝내기도 전에(난 그에게 이 마지막 길을, 이 마지막 구원을 설득할 작정이었다) 뒤에서 쾅 하는 문소리가 들렸다. 돌아보니 체격이 우람한 남자 두 명이 문을 열어젖히고 베이컨의 집으로 들어왔다. 민간인 복장을 한 두 남자들 뒤로는 복도의 어둠을 등지고 선 '악마처럼 사랑스런' 잉게의 모습도 보였다.

"이게 무슨 일이지, 중위?"

"미안합니다, 교수님. 이제 게임은 끝났어요."

"그럼 내가 진 거로군!"

"이 게임에선 우리 모두가 졌어요."

그가 나에게 남긴 마지막 말, 그건 유다의 키스였다. 그가 나중에 후회를 했는지 어쩐지는 모르겠지만 아무튼 베이컨은 나를 그들에게 팔아넘겼다.

러시아인들은 재빨리 나를 묶고 재갈을 물렸다. 나는 자동차 트렁크 속에 실려졌다. 몇 시간을 덜컹거리며 달린 뒤 다시 바깥으로 나왔을 때 나는 현재 동독이라고 불리는 황량한 땅에 들어와 있었다. 나를 끌고 온 자들의 말에 따르면 괴팅겐에 있는 그들의 대장이(물론 잉게도 그의 부하였다) 나에 대한 증거를 굉장히 많이 수집해놓았다고 했다. 하지만 그후 몇 개월 동안 나에게 가한 모진 고문과 협박에도 불구하고, 그들은 내가 클링조르라는 결정적인 증거를 확보하지 못했다. 자신들의 실패를 감추기 위해서, 또 이 일이 세상에 알려질 경우에 벌어질 불가피한 스캔들을 피하기 위해서 그들이 선택한 해결책은 나를 정신병원에 처박아두는 것이었다. 그리고 40여 년의 세월이 흘러갔다. 그 기간 동안 나는 내가 그토록 열렬히 사랑했던 무한의 숭배자 칸토어처럼 나를 죽음에서 구해낸 그 어두운 우연에 대해서, 그리고 나를 이렇게 오랜 세월 철창 속에 가두어둔 그보다 훨씬 더 어두운 우연에 대해서 생각하고 또 생각했다. 지금 나는 그것이 내게 합당한 벌이었다고 생각한다. 이제야 비로소, 사랑하는 나탈리아, 오로지 그대만을 생각하며 그대에게 용서를 빌 수 있게 되었어. 매일매일, 내가 죽는 날까지.

베이컨은 결국 여자 때문에 나를 배신했다. 내게 어떤 고문과 학대가 기다리는지 잘 알면서도 그들에게, 죽음에게 나를 넘겨주었다. 정당한 재판의 기회도 주지 않은 채. 클링조르라는 이름 뒤에 숨어 있는 타락한 인간의 유령을 뒤쫓던 베이컨 중위는 그만 그 자신이 저주의 나락으로 떨어지고 말았다. 그의 저주받은 쿤드리는 그를 자신과 같은 거짓말쟁이로, 악당으로 바꾸어놓았다. 나 역시 똑같은 짓을 했다. 이런 사실 때문에 그를 용서해야 할까? 나도 하나도 다르지 않다는 사실로 그의 배신을 덮어줄 수 있을까? 어쩌면 그가 받은 벌은 내 것보다 더 혹독했을지도 모른다. 그후로 그는 결코 자신의 사랑에 덧씌워진 불확실성에서 벗어나지 못했을 테니까. 아무리 간절하게 바라고 소원해도 죄책감의 고통을 영원히 떨쳐버리지는 못했을 것이다. 결국 우리 두 사람은 모두 저주받은 불행한 암포르타스였다. 신에게 버림받은 우리의 상처에서는 영원히 고통스런 피가 흘러내릴 것이다.

1994년 1월, 멕시코시티-1999년 2월, 살라망카

_끝

맺는 글

구스타프 링스는 동의하지 않겠지만 이 책은 근본적으로 소설이다. 여기에 언급된 대부분의 사실들이 역사적이고 과학적인 자료에 근거한 것이지만 화자의 관점은 여전히 허구적이기 때문이다. 비록 명백한 증거가 존재하지는 않지만 나치즘에 대한 베르너 하이젠베르크의 태도는 적어도 상반된 해석의 여지가 있는 게 사실이다. 그가 전쟁 중에 범죄 행위를 저질렀는지에 대한 논의는 아직도 끝나지 않았다. 궁금한 독자들을 위한 참고문헌은 굉장히 많다. 여기서는 이 이야기를 둘러싼 많은 우연들 중 한 가지를 간단히 소개한다.

1998년 5월, 이 책의 마지막 부분을 막 완성하고 난 뒤에 나는 런던의 한 극장에서 마이클 프레인의 희곡 「코펜하겐」의 초연을 관람했다. 연극에는 이 소설에 나오는 장면도 등장한다. 1941년 9월 코펜하겐에서 이루어진 보어와 하이젠베르크의 냉랭한 만남이 그것이다. 작품의 부록에는 프레인이 이 흥미로운 사건과 관련해 섭렵한 다양한 입장과 견해들이 소개되어 있는데, 거기에는 우리의 관심을 끄는 내용들도 적지 않았다. '클링조르'와 '코펜하겐' 사이의 유사점에 대해 처음으로 지적해준 사람은 바로 카를로스 푸엔테스였다. 유익한 대화의 시간을 내어준 푸엔테스에게 이 자리를 빌어 감사의 마음을 전한다.

클링조르의 정체와 관련해 마지막으로 한마디만 덧붙이려 한다. 그와 같은 인물의 존재가 역사적으로 명확하게 언급된 적은 없다. 하지만 제국학술연구위원회가 소설에 등장하는 히틀러의 비밀 학술고문과 함께 이와 비슷한 기능을 수행한 것은 사실이다.

이런 종류의 소설을 쓰기 위해서는 역사적 사실과 관련된 다양한 문헌들이 밑바탕이 되어야만 한다. 그러므로 여기에 중요하게 참고한 책들을 소개한다.

우선 20세기의 위대한 과학자들에 대한 책 몇 가지를 소개한다. 아인슈타인과 보어에 관해서는 에이브러햄 파이스의 *Subtle is the Lord. The Science and Life of Albert Einstein*(Oxford University Press, 1982)과 *Einstein Lived Here*(Oxford University Press, 1994)과 *Niels Bohr's Times. In Physics, Philosophy and Polity*(Oxford University Press, 1991) 등을 주로 참조했다. 제레미 번스타인의 *Einstein*(Fontana, 1973)과 로널드 클라크의 *Einstein: The Life and Teime*(Hodder & Stoughton 1979)과 필립 프랭크의 *Einstein: His Life and Times*(Jonathan Cape 1948)과 로저 하이필드와 폴 카터의 *The Private Lives of Albert Einsten*(Faber & Faber 1993) 등도 함께 참조했다. 그밖에 *Mein Weltbild*(Frankfurt/M 1981)와 *Ideas and Opinios*(Alvin Redaman 1954) 같은 아인슈타인 자신의 책들과 마이클 베소와 교환한 편지들, 그리고 프린스턴 '고등연구소'를 다룬 에디 레지스의 *Who got Einstein's Office*(Addison Wesley 1987) 등의 책들도 아인슈타인과 관련하여 여기에 언급할 필요가 있다.

하이젠베르크, 나치 시대의 과학, 폭탄제조, 뉘른베르크 전범재판, 7월 20일 히틀러 암살기도사건 등에 관련해서는 데이비드 캐시디의 책 *Uncertainity. The Life and Science of Werner Heisenberg*(Freeman 1992)과 토마스 파워스의 *Heisenberg's* War(Penguin 1994)와 로버트 융크의 *Heller als tausend Sonnen. Das Schicksal der Atomforscher* (Stuttgart 1991) 등을 중요하게 참고했다. 그밖에 하이젠베르크의 자전

적 에세이 *Der Teil und das Ganze*(München 1996), 데이비드 어빙의 *The Virus House*(Collins 1967), 리처드 로즈의 *The Making of the Atomic Bomb*(Simon & Schuster 1988), 마크 워커의 *Nazi Science. Myth, Truth, and the German Atomic Bomb*(Plenum Press 1995), 윌리엄 스위트의 *Hitlers Uranium Club: The Secret Recordings of Farm Hall*(AIP Press 1996), 요셉 퍼시코의 *Nuremberg. Infamy on Trial* (Penguin 1994), 요아힘 페스트의 *Staatsstreich. Der lange Weg zum 20. Juli*(München 1997) 등을 언급할 수 있다.

슈뢰딩거와 관련해서는 월터 무어의 전기 *A Life of Erwin Schrödinger*(Cambridge University Press 1994)와 슈뢰딩거 자신의 대중적 과학서 *Meine Weltansicht*(Hamburg 1961), *Geist und Materie*(Wien 1986), *Was ist Leben? Die lebende Zelle mit den Augen des Physikers betrachtet*(München 1993) 등을 꼽을 수 있다. 폰 노이만에 대해서는 윌리엄 파운드스톤의 *Prisoner's dilemma*(Doubleday 1992) 가 있다.

그밖에도 몇 가지 일반적인 내용의 책들로 에밀리오 세그레의 *Personaggi e scoperte della fisica contemporanea*(Mondadori 1996), 에릭 벨의 *Men of Mathematics*(Simon & Schuster 1965)), F. R. 몰턴과 J. J. 시퍼스의 *Autobiografía de la ciencia*(FCE 1986), 조지 가모프의 *Biographies of physics*(Wien 1965) 등을 언급할 수 있다.

더글라스 호프슈타터의 *Gödel, Escher, Bach. Ein Endloses Geflochtenes Band*(Stuttgart 1985)는 내가 이제껏 읽은 가장 흥미진진한 책 중 하나다. 호프슈타터의 책은 내가 이 글을 쓰는 데 많은 자극과 도움을 주었다.

나의 원고를 꼼꼼히 읽어주고 조언을 해준 페르난다 알바레스, 라켈

블라스케스, 나탈리아 카스트로, 산드라 코엔, 루이스 가르시아 잠브리나, 루이스 라고스, 제라르도 라베가, 예수스 로드리게스, 서지오 벨라, 엘로이 우로스 등에게 감사한다. 멕시코 국립대 물리학과의 샤헨 하시안 박사, 루이스 델라 페냐 박사, 제이미 베스프로스바니 박사, 빅토르 마뉴엘 로메로 박사 등에게도 소설의 과학적 내용에 대한 귀중한 조언을 해준 데 대해 감사한다. 그밖에도 안토니아 케리건, 알렉산더 도블러, 앤드류 와일리, 베니타 에자르드, 에바 로메로, 루이자 헤레로, 마리아 피조안, 르네 솔리스, 예수스 아나야, 파트리샤 마손 등은 내가 이글을 써나가는 데 많은 도움을 주었다. 또한 길레르모 카브레라 인판테, 루이스 고이티솔로, 페레 김페러, 수산나 포르테스, 바실리오 발타사르 등 '간이 도서상(premio biblioteca breve)'의 심사위원들이 아니었더라면 나는 아마도 이 작품을 끝까지 쓸 엄두조차 내지 못했을 것이다. 이들에게도 감사의 마음을 전한다.

애틀랜타–멕시코에서
호르헤 볼피